AUSGABE IN DEUTSCHER ÜBERSETZUNG

DESDEMONA IN DER GLUT

BUCH ZWEI DER ILLUMINATOR-SAGA

HEATHER WOHL

DESDEMONA IN DER GLUT

BUCH ZWEI DER ILLUMINATOR-SAGA

AUS DER ASCHE – ZUSAMMENFASSUNG

Quistix Daedumal, eine Halbelfen-Schmiedin aus den hintersten Wäldern von Bellaneau, verlor ihren Sohn und beinahe alles, was sie besaß, in einem tragischen Feuer, das von einem berüchtigten Banditen gelegt wurde. Monate später raubte die verwilderte Frau in der Nähe ihres neuen Heims im Wald einen Ewanian aus und entdeckte in einer der Kisten einen verletzten Wyl namens Twitch. Sie half bei seiner Genesung, und er lud sie zum Essen nach Adum ein, wo er ihr anbot, ihr bei der Suche nach dem Smaragd-Banditen zu helfen, an dem sie Rache üben wollte. Widerwillig willigte sie ein, und sie reisten gemeinsam nach Norden nach Silvercrest. Bald trafen sie auf den niedlichen Drachenwelpen Frok und ihren belesenen Esteg-Betreuer Aurora, und nach einem Kampf mit verärgerten Inelm-Baumwesen beschlossen sie, sich als Gruppe zusammenzuschließen.

Währenddessen legalisierte Destorias Königin, Exos Tempest, eine potente, süchtig machende Droge namens Dikeeka. Zu ihrem Missfallen schürten Vervaine (die Schwester der Königin) und Arias (der Anführer der Obsidian-Garde) die Flammen ihrer verbotenen Romanze. Zerrissen zwischen dem Mikromanagement von Vervaines Provinz und dem Kampf gegen ihre rätselhafte Krankheit, hatte Exos Mühe, die Kontrolle über Destoria und sein zunehmend aufgebrachtes Volk zu behalten.

Aus purer Verzweiflung nahm Exos die Hilfe einer verstoßenen, erfahrenen magiebegabten Quichyrd namens Ceosteol in Anspruch. Ceosteol hielt ihren Teil der Abmachung ein und half Exos bei ihren niederträchtigen Taten, erhielt jedoch nicht die versprochene Begnadigung.

Nach einigen abenteuerlichen Fehltritten erreichten Quistix und ihre neuen Freunde die Höhle des Banditen, wobei die Blutlust auf Soren, den Banditen, der ihren Sohn Danson getötet hatte, in ihrem Kopf tobte.

Während des Showdowns in der Höhle des Smaragd-Banditen offenbarte Quistix zuvor unentdeckte und mächtige magische Fähigkeiten.

Auf der Suche nach Antworten machte sich die Gruppe auf den Weg nach Apex, die schwebende Stadt, in der sich das Institut der Magie befindet. Exos, die auf der Suche nach dem schwer fassbaren *Illuminator* war, von dem Ceosteol behauptete, er würde ihre Krankheit heilen, wurde immer verzweifelter darin, Quistix, die mutmaßliche Besitzerin des Illuminators, tot oder lebendig zu finden.

Omen, ein verfluchter Mensch, der zu einem Leben in ewigen Flammen verdammt ist, wurde unmissverständlich bedeutet, dass er den Illuminator zu Exos bringen oder sterben muss. Quistix wird von Königin Exos zur gesuchten

Frau erklärt, was zur Verbreitung von wenig hilfreichen und vagen Steckbriefen auf der Insel führt.

Da alle Augen nach Quistix und ihrer Crew suchen, sind sie gezwungen, im Verborgenen zu bleiben. Doch als das raue und unnachgiebige Wetter von Evolt näher rückt, müssen sie einen neuen Kurs festlegen. Als die Gruppe der geächteten Außenseiter sich zur Ruhe begibt, werden sie von einem unerwünschten Gast mit untoten Scheusaleien geweckt.

Exos hatte keine Zeit mehr – sie musste Quistix und den Illuminator finden oder dabei sterben.

Scannen Sie hier für eine erweiterte farbige Karte der Insel Destoria

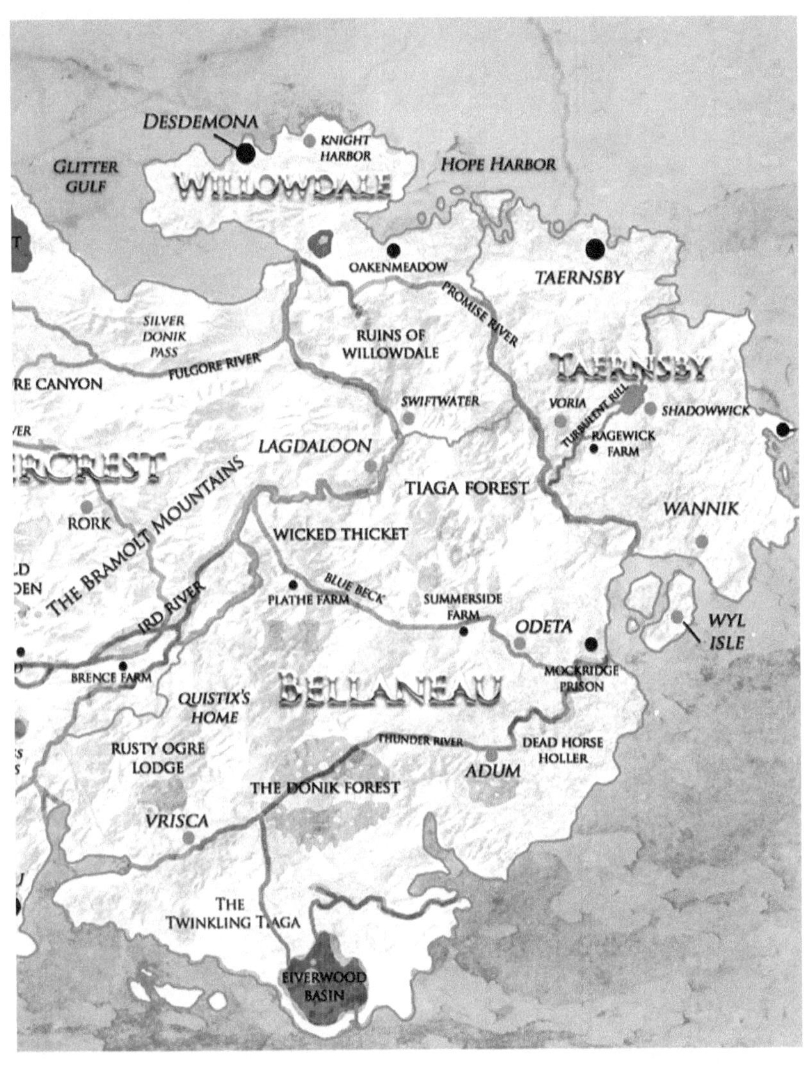

Ein vollständiges Glossar aller Wesen der Insel Destoria
finden Sie am Ende dieses Buches.

1

Die Wildnis von Silvercrest

Während die Monde hoch am Himmel ihr ewiges Versteckspiel spielten, erwachte Quistix vom Geräusch knirschender Blätter in der Ferne.

Sie griff nach *Schwertbrecher*, der neben dem glimmenden Feuer lag, das sie vor wenigen Stunden noch in mächtiger Flamme umringt hatten. Ihr Herz raste, als das Geräusch näher kam. Nervös schlang sie ihre Finger um das blutverschmierte, zerfetzte Tuch, das am Axtstiel befestigt war – ein Andenken an die Nacht, in der ihr Sohn starb. Ihre Hände wärmten den Stahlgriff, während ihre Körpertemperatur stieg. Ihre Augen wechselten von goldenen Sprenkeln zum blassesten Gelb.

Eine pechschwarze Silhouette erschien hinter einem nahen Baum, deren blaue Augen den Stamm erhellten. Der Gestank von verfaultem Fleisch und ranziger Galle lag in der Luft.

Es war ein geschwänzter Infernal, eine durch Nekromantie erschaffene Kreatur, die in ihrer Heimatprovinz Bellaneau nicht vorkam. Noch nie hatte sie eines in freier Wildbahn gesehen. Doch schlimmer noch, es waren *zwei*. Die geschwänzten Infernals traten hinter einem mächtigen Baum hervor, an einen Mann mit blauen Augen gekettet, der sie an einer doppelten Leine führte.

Adrenalin durchflutete Quistix' Adern.

„*Sede*", zischte der Eindringling mit einer Stimme, als würden mehrere Stimmen gleichzeitig sprechen. Die verrotteten, wolfsähnlichen Köpfe der Infernals knurrten, gierig nach ihrer nächsten Mahlzeit. Speicheltropfen tropften von ihren Lefzen und zischten, als sie auf das gefrorene Gras darunter trafen. Ein grünes Leuchten schimmerte unter losen Hautfetzen hervor. Die Fesseln an ihren Hälsen gruben sich tief ein, als sie sich näherzogen.

„Wer da?" klang es mehr wie ein Befehl als eine Frage aus Quistix' Mund.

Der Mann zog seine Kapuze zurück und enthüllte die ewigen blauen Flammen, die seine mittelalten Züge umspielten. Die Lederrüstung knirschte, als er die knurrenden Ungeheuer zu sich zurückzog. *Es war Omen.* Der verfluchte Mensch lächelte. „Du bist eine schwer zu jagende Elfe gewesen, Quistix. Ganz Destoria hat nach dir gesucht."

„Woher kennst du meinen Namen? Wer bist du?"

„Ich weiß *viel* über dich, *Lux Alba*." Seine Lippen formten ein eisiges Lächeln unter der flackernden Hitze. Er zog einen Handschuh aus, um dasselbe mit dem anderen zu tun.

Bald glühten die heißen Ketten in seinen bloßen Händen orange vor Hitze. Er ließ sie wie eine Peitsche gegen die freiliegenden Rippen der Kreaturen knallen. „Ich will *den Illuminator*."

Sie holte mit ihrer Axt aus und beantwortete seine Forderung mit Aggression. „Ich sage euch Idioten immer wieder, ich habe keine Ahnung, was das *ist*!"

„Exos wird das aus erster Hand hören wollen." Omen ließ die Kreaturen von den Ketten frei und stürmte auf die Elfe zu, schlug *Schwertbrecher* mit einem *Klang* seiner Ketten gegen das robuste Metall ihrer Axt aus ihrer Hand.

Bevor sie reagieren konnte, packte er sie am Hals und drückte sie gegen einen Baum. Er schlang die glühenden Ketten um ihre Handgelenke und erwartete ihr Schreien.

Erwartete, dass ihr Fleisch brutzelte.

Doch sie stand regungslos, unbeeindruckt von der Temperatur des Metalls.

Die beiden geschwänzten Infernals rannten wie zombifizierte Panther auf den Wyl zu, anmutig und verfallend. Twitch sprintete so schnell wie möglich auf seinen Beutel zu.

In Ketten gefesselt, umklammerte Quistix Omens Handgelenke mit ihren rußverschmierten Fingern, unversehrt von der sengenden Hitze seiner Haut. Er starrte auf ihre schmutzige, aber unverletzte Hand mit völliger Verwirrung. Gänsehaut überkam ihn.

Die plötzliche Berührung von Haut auf seiner eigenen fühlte sich nach all den Jahren so fremd an. Wegen des höllischen Fluches, den Exos' Vater ihm auferlegt hatte, hatte er seit Jahrzehnten keine Frauenberührung mehr gespürt. Nicht seit die Flammen diese allzu eifrige Prostituierte in Lagdaloon verzehrt hatten. Noch immer sah er ihren verratenen Blick vor sich. Er erinnerte sich an die Scham, die er empfand, als er das arme Mädchen versehentlich getötet hatte. Er hatte nicht einmal den Mut gehabt, sein flammendes Gesicht in all den Jahren an ihrem Grab in dieser geplagten Stadt zu zeigen.

Hier endlich war jemand unbeeindruckt von seiner glühenden Berührung. Während die Wut in ihr brodelte, spürte er, wie ihre Haut heißer wurde als seine eigene.

„Was *bist* du?" Seine synchronisierten Stimmen flüsterten wie ein kleiner Dämonenchor, seine marineblauen Augen im düsteren Wald erschreckend weit aufgerissen. Ohne nachzudenken, lockerte er im puren Erstaunen seinen Griff.

Quistix' Augen waren unter seinem verblüfften Blick weiß geworden. Die Baumrinde hinter ihr knisterte und knackte nun vor Hitze. Sie lächelte und würgte die Worte heraus: „Keine Ahnung, *ich* weiß es auch nicht."

Sie entlud ihre Magie auf ihn, ihre magische Kraft traf ihn mit einem Feuerball, der in seiner Magengegend entstand. Ein unheiliges Schreien entrang sich seinem Mund. Anstatt weggeblasen zu werden, hielt er mit seiner brennenden Faust nur noch fester an ihrem Hals.

Die Infernals preschten auf die anderen zu. Frok schrie, doch Aurora wusste, was zu tun war. Die Kreaturen vor ihr sahen genau so aus wie in einem grob gezeichneten Lehrbuch, das sie vor langer Zeit studiert hatte.

Sie waren nur noch Zentimeter von ihr entfernt, als sie rief: *„Aspergetur ex-spiritu!"*

Sofort schmetterten die geschwänzten Infernals ihre grotesken Leiber mit unglaublicher Wucht auf den Boden. Verweste Haut zersetzte sich zu einer giftigen Pfütze unter ihnen, zurück blieben nur zwei skeletthafte Haufen aus flüssigem Schleim an Auroras Hufen.

Doch für Jubel blieb keine Zeit. Kurz nach ihrer Zerstörung begannen die Knochen der Infernals sich zu bewegen und formten sich zu einem einzigen, zweiköpfigen, vierbeinigen Wesen mit einem knöchernen, schlangenartigen Schwanz an den Hüften. Aurora stolperte panisch zurück, als die bleichweißen Kiefer wild aufeinanderschlugen. Ihre Augenhöhlen füllten sich mit elektrischem grünen Licht.

Mit zitternden Händen spannte Twitch einen Pfeil mit gezackter Steinspitze und zielte auf das Herz der abscheulichen Bestie.

„*Aeratgu!*", schrie Omen, und das Biest reagierte auf den magischen Begriff wie auf einen *Bleib*-Befehl, während Geifer von ihren gierigen Reißzähnen tropfte und sie in Position verharrten. Er brauchte sie am Leben, was unmöglich wäre, wenn die Infernals die Elfe zu Hackfleisch zerfetzten.

Quistix schlug Omen mit geballter Faust auf die Stirn und ließ den Verfluchten taumelnd zurückweichen. Sie schüttelte den brennenden Schmerz in ihrer Hand ab und landete einen Sprungtritt mit ihrem Lederstiefel mitten auf Omens Brust. Omen flog rückwärts, schlug seinen durchbohrten, flammenden Schädel gegen einen weiteren Baum. Sein Blick verschwamm, und er lachte frustriert auf, als knallblaues Blut über seine perlweißen Zähne tropfte.

„Wer hat dich geschickt?", bellte sie wütend.

Die Ohren der Infernals zuckten unnatürlich, und ihre Köpfe schnellten zu Quistix herum. Sie riss *Schwertbrecher* aus dem Boden und machte sich bereit. Sie senkten die Köpfe, bereit zum Sprung.

Aurora stand regungslos, von Angst gelähmt, unfähig, sich zu bewegen. Frok wimmerte in ihrer Hängematte und schützte ihre Augen vor dem, was sicher ein grausiges Ende werden würde.

„*Impetum*!", rief Omen. Die Infernals stürzten sich auf Quistix.

Twitch griff nach seinem Bogen und Köcher, die noch vor Sekunden am Baumstamm gelegen hatten, an dem er geschlafen hatte. Er wandte sich an Aurora. „Lauf!"

Aurora gehorchte und flitzte auf klappernden Hufen davon, bevor sie sich noch einmal umdrehte. Sie sah, wie Twitch einen Pfeil auflegte und den Kopf neigte, ein Zeichen für sie zu gehen. Sie nickte und verschwand in der tintenschwarzen Dunkelheit.

Quistix schwang ihre Axt gegen den ersten der Infernals und schlug einem der beiden Köpfe der Bestie ab.

Ein Pfeil durchbohrte den Hinterkopf des zweiten schnappenden Mauls. Sein gewundener Schwanz schnappte nach ihr, verfehlte sie knapp und traf den Baum hinter ihr, während sie zur Seite rollte.

Der zweite Infernal sprang auf sie und drückte sie zu Boden. Beide Paare verfaulter, löchriger Lefzen tropften ätzenden Speichel auf ihre Wangen.

Ein zweiter Pfeil schoss durch beide Köpfe, nur Zentimeter über Quistix' Nase. Das zusammengeflickte Wesen brach über ihr zusammen, als sein Schlangenschwanz sich aufbäumte und neben ihrem Gesicht einschlug. Quistix kämpfte darum, den schweren Infernal von ihrer Brust zu stoßen. Twitch schoss einen weiteren Pfeil, verfehlte aber das kleine, zuckende Ziel.

Quistix schrie, als sie die schwere Gestalt über ihren Kopf warf, sie auf den Rücken drehte und ihren giftigen Schlangenschwanz am Boden festhielt. Omen trat hinter sie und hielt ihr seinen smaragdverzierten Dolch an die Kehle.

„Genug! Höchste Zeit, dass du unsere Königin kennenlernst." Omen hörte das Knarren, als Twitch die Sehne seines Bogens spannte, Pfeil aufgelegt, Spitze auf den unerwünschten Eindringling gerichtet.

„Lass sie gehen", befahl Twitch mit einer Stimme, die so streng klang, dass er sich selbst ein wenig überraschte.

Omen kicherte, ruckte Quistix hin und her und schob sein Gesicht von einer Seite ihres Kopfes zur anderen wie in einem tödlichen Guck-Guck-Spiel.

„Du würdest ihr Leben nicht riskieren, um meines zu nehmen, oder? Nur zu. *Schieß.*"

Twitch senkte langsam seinen Bogen. Quistix stöhnte resigniert.

„Gute Wahl", zischten Omens Stimmen fast zufrieden. „Jetzt gib mir den verdammten Illuminator!"

„Wie oft muss ich es noch sagen, bis es in deinen dicksten Schädel dringt? Wir. Wissen. Nicht. Was. Das. Ist. Verstanden?!", fauchte Quistix.

Omen sah sie verblüfft an. „Du meinst es ernst."

Twitch zuckte mit den Schultern. „Was auch immer es ist, du und deine Chefin würdet keine Städte niederbrennen und Kinder töten, wenn ihr nicht verzweifelt wärt. Wozu braucht ihr es?"

Omen verstärkte seinen Griff um den Dolch und drückte die Klinge in Quistix' Haut. „Ich stelle hier die Fragen!"

Frok tauchte hinter Omen auf, schwebte lautlos zwischen seinen Beinen hindurch, dünne Ranken wie ein übergroßes Band hinter sich herziehend.

Twitch blickte auf die Bewegung hinab, entdeckte Frok und richtete seinen Blick sofort wieder auf Omen.

„Okay", begann Twitch und versuchte, ihn abzulenken. „Tut mir leid, du hast recht. Du bestimmst die Regeln. Verletz sie einfach nicht."

„Der Illuminator wurde von Meister Daedumal erschaffen. Es steht in seinen Schriften. Meisterin Tempest und ihr Vater entdeckten das Geheimnis der Unsterblichkeit. Sie arbeiteten zusammen, nutzten das Wissen ihres Vaters und Meister Daedumals Neigung zur schwarzen Magie. Bevor die endgültige Lösung enthüllt wurde, nahm ihr verräterischer Vater ihre Arbeit und versteckte sie irgendwo. Er konnte sie nicht nach Apex zurückbringen, wo sie gefunden werden könnte. Schließlich verstieß sie gegen ihre idiotischen Regeln bezüglich dunkler Magie. Also, wo würde er sie verstecken? Wen hat er noch, dem er sie anvertrauen könnte? Dich!"

Quistix' Augen leuchteten weiß auf. Wut explodierte wie ein Feuerschlag in ihr. Omen wurde unruhig, als die von ihrem Körper ausgehende Hitze seine eigene übertraf.

„Ich habe seit Jahrzehnten kein Wort von diesem Bastard gehört! Er hat mich bei meinem Großvater abgeladen und ist nie zurückgekommen. Ich würde nicht mein Leben für einen Mann riskieren, dem es scheißegal ist, ob ich lebe oder sterbe."

Omen wandte seinen Blick überrascht Quistix zu. Sein Ausdruck wurde niedergeschlagen. „Wir lassen Exos darüber urteilen."

Twitch warf einen schnellen Blick nach unten und sah, wie Frok leise einen Knoten um Omens Knöchel zog.

Quistix packte Omens Hand und riss die Klinge von ihrer Kehle, während sie ihn mit dem anderen Ellbogen in die Rippen stieß. Er stöhnte, als sie sich aus seinem Griff befreite.

Sie sprang zurück. Twitch spannte seinen Bogen, als Omen auf sie zutrat, über die gefesselten Ranken stolperte und kopfüber in das gefrorene Laub fiel.

Quistix trat ihn auf den Rücken und setzte sich auf ihn, drückte seine Arme unter ihre Beine. Sie presste seine Schultern in den Boden. „Du verschaffst mir ein Treffen mit Königin Exos. Wir werden das beenden!"

Omen lachte, seine vielstimmige Stimme hallte durch den dichten Wald um sie herum. „Egal wo du dich versteckst, sie wird dich finden. Sie wird Destoria niederbrennen wie ihr Vater, wenn es sein muss."

Twitch legte einen Pfeil an und zielte auf Omens flammendes Gesicht. Als dessen brennende Augen es bemerkten, lächelte er breit und verschwand. Als Twitch den Pfeil abschoss, löste sich der verfluchte Mensch in eine Fahne ätherischen Lapislazuli-Rauchs auf, der mit der sanften Nachtbrise in den Mitternachtshimmel trieb.

Der Pfeil vibrierte, im Dreck neben Quistix steckend. Das schwache Echo von Omens vielstimmigem Gelächter kicherte finster in der Ferne.

Die vielköpfige Bestie knurrte, zerrte an ihrem toten Gefährten und grub ihre knorrigen Krallen in den Boden.

Sie kämpfte wild, um die Distanz zu überwinden, ihr struppiges Fell sträubte sich.

Mit zitternden Pfoten schoss Twitch einen Pfeil durch einen der Köpfe der Infernals. Selbst voller Angst verblüffte seine Treffsicherheit Quistix.

Sein schlaffes Maul hing leblos vom verbundenen Körper. Zwei Beine der Kreatur brachen ein. Das Tier versuchte sich aufzurichten, als es zur Seite kippte und mit seinen anderen Gliedmaßen ruderte. Twitch schoss einen weiteren Pfeil, der den zweiten Schädel durchbohrte.

Die dämonische Kreatur fiel endlich bewegungslos zu Boden. Der schlangenartige Schwanz ringelte sich, seine hervorstehenden Reißzähne entblößend. Mit ihrem smaragdgrünen Dolch beugte sich Quistix hinab, trennte den reptilienhaften Kopf ab und schleuderte ihn wie einen geworfenen Ball tief in den schwarzen Wald.

Sie betrachtete den Infernal, die beiden Pfeile in seinem Kopf wie riesige Zahnstocher in widerlichen *Horsd'œuvres*, dann blickte sie zum Wyl.

„Nun, das... war beeindruckend.“

2

Die Amethyst-Höhlen
Der Obsidianpalast
Obsidia

Exos strich mit ihren blassen Fingern über die Tischkante und musterte Omen. Er rutschte unruhig auf seinem Sitz hin und her, seine Noubald-Hose knarzte auf dem Tiaga-Holzstuhl.

„Wiederhole es. Lass mich es verstehen." Exos beugte sich vor.

Er seufzte und rieb seine flammenden Hände unter dem Tisch. „Wir haben die Biago-Beeren noch nicht erhalten. Otis hat ihnen den Brief vorgelesen. Die Bezahlung wurde dem Wyl übergeben. Seitdem hat ihn niemand mehr gesehen."

„Welcher Brief?"

Omen zog den Brief hervor, den Durwin ihm gegeben hatte. Exos las ihn und zerknüllte ihn.

„Deine Männer dachten, ich hätte das geschrieben?" Sie warf einen Blick auf die schwebenden Fackeln der Amethysthöhle. „Deshalb sollten Wyls nirgendwo *in der Nähe* von Geld sein. Also hat dieser kleine Mistkerl jetzt die Münzen *und* unser Produkt?" Exos spürte den kaum kontrollierbaren Drang zu husten. Sie holte keuchend Luft und räusperte sich. „Ich würde dir befehlen, ihn zu töten, aber du schaffst das nicht mal mit der kupferköpfigen Schlampe." Sie knurrte und schlug ihre schwache Faust auf den Tisch. „Du versagst mir immer und immer und immer wieder, Omen! Wie viele Chancen muss ich dir noch geben?!"

Omen schwieg, sein blau flammender Blick verließ sie nicht.

„Du hast mich zum Narren gemacht. Immer wieder!" Sie legte die Hände flach auf den Tisch und dachte einen Moment nach, ihr Tonfall wurde ruhiger. „Ich löse die Smaragd-Banditen auf. Du bist nicht mehr würdig, irgendjemanden anzuführen. Ich werde eine andere Gruppe für den Transport der Biago-Beeren zusammenstellen. Von heute an werden Banditen, die die Uniform tragen oder in der Öffentlichkeit Smaragddolche zeigen, für mindestens ein Jahr in den Pranger gestellt. Wenn ich herausfinde, dass auch nur *einer von ihnen* meinen Namen im Zusammenhang mit illegalem Handel erwähnt, werde ich Ceosteol anweisen, sie mit demselben ewigen Fluch zu belegen, den sie dir auferlegt hat. Ist das klar?"

Omen würde seinen Fluch nicht seinem schlimmsten Feind wünschen, geschweige denn Kameraden, die ihm ans Herz gewachsen waren. *Kameraden, an denen er versagt hatte.* „Ja, Eure Majestät."

„Du bist degradiert. Dein neuer Posten wird die Aufsicht über die Infernal-Höhlen sein. Viel Spaß als Gefängniswärter." Sie grinste grausam und winkte ihn fort. „Verschwinde aus meinen Augen."

3

Die Wildnis von Evolt

Frok schlief friedlich in ihrer verdrehten Hängematte, ungestört von den eisigen Winden und Schneefällen. Unten sträubte sich Auroras makellos weißes Fell gegen die unwirtlichen Temperaturen der hereinbrechenden Nacht. Neben ihr war Twitch in einen viel zu langen Raakaby-Mantel gehüllt, der Schleifspuren im Schnee hinterließ.

Im Mondlicht tauchte ein blutiger, schlaffer Tefly auf. Sein lebloser, pferdeähnlicher Kopf wippte unnatürlich im Schnee auf und ab. Etwas zerrte seine lange, verfilzte Mähne durch die rosa gefrorenen Flocken. Seine Brust und sein Bauch wölbten sich ungleichmäßig, wie eine embryonale Masse, die gegen den Mutterleib trat.

Plötzlich stoppte die Bewegung.

Die Beule im Bauch des edlen Teflys wanderte nach unten und schob eine tunnelartige Schneelinie vor den Hufen der Kreatur empor. Ein kleiner Kopf tauchte aus dem Schnee auf und starrte sie wütend an. Alle standen wie versteinert da und blickten in die blauen Augen des winzigen fremden Wesens. Seine spitzen Ohren zuckten, der Schnee von ihren Spitzen schleuderten. Große Fangzähne ragen über seine gerötete Unterlippe.

Die Gruppe verharrte regungslos.

Die Tefly-Leiche bewegte sich erneut. Etwas Kleines klopfte an die Rippen des Hirsches, als wäre es eine Tür. Dann brach der Tierkörper plötzlich im Schnee zusammen. Wie Maiskörner schossen sechs kränkliche, karmesinrote Köpfe aus dem Schneehaufen vor dem Aas, bedeckt mit Flocken und Blut.

Allesamt blutverschmiert und identisch.

„Das sind Tundragoblins", flüsterte Aurora. „Sie sind einfach. Sie suchen nur Nahrung und Wärme. Sie werden euch nicht verletzen, solange ihr sie nicht verletzt."

Die Goblins neigten ihre Köpfe zu Aurora, als sie näher kam.

Während ein leises Gespräch zwischen dem Esteg und den Goblins begann, senkte Quistix ihre Axt. Der Erste, der hervorkam, streckte seine Pfote nach Auroras Gesicht aus. Aurora schüttelte den Kopf und nickte der Gruppe zu.

Plötzlich entblößten die Goblins gleichzeitig scharfe, fünfzehn Zentimeter lange Klauen – lang genug, um Frok mit einer Bewegung in Thunfischscheiben zu verwandeln.

Aurora ging rückwärts zur Gruppe, fassungslos. „Wir hatten ein gutes Gespräch. Sie sind tatsächlich kalt und hungrig. Die schlechte Nachricht ist, dass sie sagten, sie werden uns essen und unsere Leichen als Unterschlupf benutzen."

„Worauf warten sie? Warum haben sie noch nicht angegriffen?" Twitchs Stirn faltete sich verwirrt.

„Sie erwarten unsere Antwort: *Unterwerfung* oder *Krieg*", erklärte Aurora und trat unruhig von einem Fuß auf den anderen. „Unterwerfung bedeutet, dass wir uns nicht wehren, während sie uns verspeisen."

Die Goblins schrien und fletschten drohend die Zähne. *„Aje! Aje! Psime da tica!"*

Um sie herum hob und senkte sich der Schnee wie weiße Wellen, als eine Schar Goblins sich unter der Decke auf sie zubewegte. Bald schon stürmten fast drei Dutzend der kleinen Kreaturen wie eine winzige Armee hervor, blutdürstig.

Ein Feld von Augen in verschiedenen Blautönen kniff sich zusammen gegen das heulende Schneegestöber. Alle skandierten: *„Aje, aje, aje!"*

„Nicht heute!" Quistix drehte sich von ihnen weg und sprintete an einem blattlosen Baum vorbei. Die anderen folgten ihr den Hügel hinauf.

Die kleinen Monster jagten ihnen den Hügel hinauf nach. Quistix lief schneller, die Steigung brannte in ihren Oberschenkeln bei jedem Schritt. Peitschender Schnee brannte in ihren Augen. Twitch kämpfte darum, Schritt zu halten. Aurora galoppierte anmutig, während der Schnee ihre kantigen Gliedmaßen zu verschlucken schien.

Als Quistix den Kopf in Laufrichtung drehte, bemerkte sie, dass sie im Begriff war, eine steile, vereiste Klippe hinunterzustürzen. Ein Sturz wäre angesichts der Tiefe tödlich. Sie schrie und stoppte gerade noch rechtzeitig, ihre Stiefel rutschten auf der vereisten Felswand nahe dem Abgrund. Der Schwarm der Kreaturen knurrte und fauchte hinter ihnen.

„Davon stand in keinem der Bücher. Keine der Kampftaktiken, Ausweichmanöver oder friedenserhaltenden Argumente, die ich gelesen habe, scheint hier anwendbar." Aurora beobachtete, wie die knurrenden Goblins untereinander sprachen, die Augen auf die bunt zusammengewürfelten Eindringlinge gerichtet.

Frok sammelte ihren Mut und schwebte aus ihrem Kokon, warf den Goblins ihren wildesten Blick zu. „Niemand wird meinen Fweunden wehtun!" Frok stieß einen winzigen Schlachtruf aus und schlug in die Luft. Der Pleom schoss wie eine Rakete auf den ersten Goblin zu und knallte ihm mit seiner gepfoteten Hand hart auf die Nase.

Seine Augen tränten vom Aufprall. Er fletschte die Zähne und knurrte: „*Biw.*"

Mit dieser einfachen Äußerung griff die Miniaturarmee der gewalttätigen Kreaturen an. Quistix schlug mit ihrer Axt nach mehreren. Sie wichen aus. Einer verfing sich in ihren Knöcheln, biss zu und zwang sie, *Schwertbrecher* fallen zu lassen.

Ihre Augen färbten sich weiß vor Wut.

Ein weiterer sprang auf Quistix, und grub seine brutalen sägeartigen Zähne in ihren Handteller. Sie stemmte seine Kiefer von ihrer Hand und schleuderte die Kreatur über die Klippe, während sie sich der winzigen Armee zuwandte.

Dicke Schneeverwehungen bewegten sich wie schaumige, weiße Meereswellen, während weitere unter der Oberfläche rumorten, der ersten Goblin-Welle zu Hilfe eilend.

Twitch zielte mit seinem Bogen auf eine Reihe von dreien und wartete auf den Moment, in dem sie sich ausrichten würden. Pfeilspitzen waren in dieser schneebedeckten Tundra rar. Er musste präzise sein.

Die Goblins stürmten auf sie zu und stießen winzige Kriegsrufe in einer fremden Sprache aus. Aurora nutzte ihr Geweih, um mehrere Goblins nacheinander über die Klippenkante zu schlagen, bevor sie überrannt und zu Boden gedrückt wurde. Mehrere Goblins kletterten auf den Esteg und knabberten an ihren Knöcheln und schillernden Geweihstangen. Sie blökte vor Schmerz. *„Bää-ää-ää!"*

Twitch schoss seinen Pfeil ab und spießte alle drei der winzigen Höllenkreaturen mit einem Schuss auf.

Frok flog Aurora zu Hilfe, wurde aber von einer klauenbewehrten Hand aus der Luft gegriffen. Frok quiekte, als einer anfing, mit seinen scharfen Fängen an ihrem schuppigen Fuß zu nagen.

Quistix trat drei von ihnen mit einem Rundumschlag in ihre Kameraden und eilte zu Frok und Aurora, während sie mit ihrem smaragdgrünen Dolch auf die Goblins einstach. Drei Tundragoblins schleppten *Schwertbrecher*, hoben ihn in die Luft und ließen ihn wie eine Guillotine nahe Auroras Kehle fallen. Als die Axt im Schnee landete, kämpften die kleinen Biester damit, sie hochzuheben. Quistix kickte sie hoch in den Himmel und traf sie hart mit ihren Noubald-Stiefeln.

Ein herumstreunender Goblin sprang auf ihren Stiefel und nagte mit gezackten Zähnen daran, während sich ein anderer in die Haut ihrer Wade verbiss. Adrenalin durchflutete ihre Adern, als sie nach Frok griff, deren Kopf nur Zentimeter vom Maul eines hungernden Goblins entfernt war. Sie schrie.

Der Schnee schmolz in einem Kreis um sie herum. Sie blickte nach unten. Die Adern in ihrem Arm leuchteten elektrisch blau.

Es geschah wieder.

Die Elfin strahlte intensive Hitze aus, die mit ihrer Wut wuchs. Der Schnee um sie herum schmolz von den zerklüfteten Felsen und rann wie ein Bach über das unebene Terrain. Die Tundragoblins erstarrten vor Schock bei diesem Anblick.

Aus ihren Handflächen materialisierte sich ein Feuerball. Er schoss schnell davon, traf eine Horde haariger Winterkreaturen und entzündete einen dahinter liegenden, schuppigen Tiaga-Baum zu einer lodernden Fackel. Ein Haufen versengter Körper wälzte sich im schmelzenden Schnee und versuchte, die flammende Hitze zu ersticken, um ihre brandblasige Haut zu kühlen. Als der Kampf nachließ, nahmen Quistix' Augen wieder ihren normalen Farbton an, und Auroras Geweih leuchtete hellgrün auf, dessen Farbe sich im schmelzenden Schneehaufen neben ihr spiegelte, während sie die Biss- und Kratzspuren, die ihren Esteg-Körper zerfetzten, mit der Berührung ihres samtigen Geweihs heilte.

Quistix trug Froks verletzten kleinen Körper schnell zu Aurora. Das grün leuchtende Licht umhüllte den geschwächten Drachen, und ihre blutigen Schnittwunden und der zerrissene Flügel heilten in faszinierendem Tempo.

Als sie geheilt war, nahm Twitch den Pleom sanft in seine Pfoten und drückte ihren zitternden kleinen Körper fest an sich. „Ich dachte schon, du wärst hinüber! Stirb mir ja nicht weg!" Twitch stupste sie mit seiner feuchten Nase an. Sie schlang ihre kleinen rosa Krallen um seine Schnauze und umarmte ihn liebevoll.

Ein einzelner Goblin trat vor die anderen und rief: *„Atig sone!"*

Die um ihn herum stimmten in seinen Gesang ein und hoben ihre pelzigen Pfoten in die Luft. Der Gesang breitete sich auf den Rest der Goblins aus. Innerhalb von Sekunden begannen sie alle einen ohrenbetäubenden Chor und riefen aufgeregt: *„Atig sone!"*

Quistix stand verblüfft da. Keiner griff an. Stattdessen reichten ihr drei von ihnen *Schwertbrecher* dar, die Mühe hatten, sein beträchtliches Gewicht zwischen sich zu halten. Sie nahm die Waffe, jetzt bedeckt mit Blut und Goblin-Speichel.

„*Atig sone! Atig sone!*“ Sie riefen im Chor, verbeugten sich ehrfürchtig und knieten vor ihr nieder.

„*Atig*!“ Der Kleine zeigte auf das Feuer, das in den Baumwipfeln wuchs. „*Sone!*“ Ein nun friedfertiger Goblin deutete mit seiner winzigen, pelzigen Hand auf Quistix und zwang sich zu einem übertrieben breiten Grinsen auf seinem dämonisch aussehenden Gesicht. Sie blickte den Esteg völlig verwirrt an.

Aurora grinste schwach und rief: „*Atig sone...* Das bedeutet *Göttin des Feuers.*“

4

Die Wildnis von Evolt

Die große Gruppe Goblins verschlang ihre Toten als Nahrung. Twitch kauerte zwischen zwei Kreaturen, die an knirschenden Knochen nagten, jeden sauber leckten und den Knorpel abschabten. Nichts wurde verschwendet.

Der Baum loderte in ihrer Mitte, seine Hitze ließ langsam nach.

Nachdem sie bereits gierig ihren Anteil an geräuchertem Goblin-Fleisch verzehrt hatte, ging Quistix zum Rand der Klippe, wo sie nur eine Stunde zuvor fast in den Tod gestürzt wäre. Sie blickte in den sternenklaren Nachthimmel und genoss die weite Aussicht. Zwei orangefarbene Monde und ein blauer schwebten in nahezu perfekter Ausrichtung am Nachthimmel. Sie schloss ihre goldgesprenkelten Augen und stellte sich vor, wie Flammen aus ihren Handflächen schossen.

Nach einigen Sekunden blickte Quistix auf ihre ausgestreckte Hand.

Nichts.

Sie dachte darüber nach, wie Danson reagiert hätte, wenn er sie bei diesen seltsamen Kunststücken gesehen hätte. Sie stellte sich vor, wie er sie ansehen würde, mit diesen riesigen Augen voller Ehrfurcht und Staunen. Er betrachtete sie bereits als seine Heldin, seine Beschützerin. Obwohl sie ihn an dem Tag schrecklich im Stich gelassen hatte, als Soren auftauchte und ihm den Rest seines Lebens raubte.

Ihnen beiden.

Und Rowland? Würde er sie wie eine Göttin ansehen, überlegte sie, nicht mit Augen voller gemäßigter, jahrelanger Liebe, sondern mit Leidenschaft für ihre überirdischen Fähigkeiten. Während Qual wie abebbende Wellen über sie hinweglief und sie unter der Traurigkeit begrub, blickte sie auf ihre Füße.

Der Schnee hatte sich in einem Radius von drei Metern um sie herum aufgelöst, und wo er gewesen war, spross die Welt darunter neu. Abgestorbene Flecken von vereistem gelbem Gras tauten auf und füllten sich mit üppigen Klee- und Kleeblattflächen. Scheue Tulpen und ungestüme Rosen schossen aus Laubresten empor, fest verwurzelt im weichen Boden. Die Donik-Bäume in ihrer Nähe trieben neue Knospen aus und entfalteten gleichzeitig junge Blätter. Der Rest der Tundra war leblos – abgesehen von den nagenden Goblins, die laut schmausten, und ihren Reisegefährten – aber in dem Bereich um sie herum war die erblühende Erde lebendig, sprießend wie im Frühling.

Das knirschende Geräusch von Hufen im Schnee in der Nähe riss Quistix aus ihren frustrierten Gedanken.

„Geht es dir gut?" Aurora klang besorgt, ihre Augen wanderten von der üppigen Vegetation unter ihren Hufen zu der tiefen, glitzernden Weite des unberührten Schnees, der sich endlos unter ihnen ausbreitete.

„Ja, nur... ich versuche zu verstehen. Oder... *zu üben*." Ihre Worte klangen eher wie eine verwirrte Frage als eine Antwort.

Aurora hob ihren Kopf, majestätisch im widersprüchlichen Licht der Monde. „Du hast die Gabe. Wenn wir in Apex ankommen, lass dich nicht abschrecken, wenn du auf Leute triffst, die mit deinen Kräften unzufrieden sind. Viele beneiden diejenigen mit natürlichen Fähigkeiten, die ihre Fertigkeiten nicht geschliffen haben. Es wird als Verschwendung angesehen, als Ablehnung deines magischen Erbes."

„Ich wusste nicht einmal, dass ich... *das hier*... hatte, bis vor ein paar Tagen." Sie hielt ihre schmutzigen Hände hoch, rau von den harten Elementen und ihrem jahrzehntelangen Beruf.

„Nicht jeden wird es interessieren. Die mit angeborenen Fähigkeiten sind zu stärkerer Magie fähig als diejenigen, die trainieren."

Das Geräusch eines zerbrechenden Knochens ließ Aurora herumfahren, ihre Hufe rutschten ängstlich aus. Sie seufzte, als sie erkannte, dass es von zwei Goblins stammte, die sich um den Brustkorb ihres toten Artgenossen stritten. Ihre Blicke wanderten erneut in die Weite zur wunderschönen gefrorenen Landschaft.

„Ich kannte meine Eltern nicht, aber ich glaube nicht, dass mein Großvater Magie praktiziert hat. Er war Schmied."

„Das heißt nicht, dass er nicht magisch war. Es steckt in dir. Du bist ein Naturtalent." Aurora deutete auf ein Stück mondbeschienenes Grün zu ihren Füßen. Neu geknospete Flora wiegte sich sanft im frostigen Wind. Aurora riss einen Büschel Klee mit dem Maul ab und kaute.

„Weißt du, mein Großvater hat mir als Kind beigebracht, wie man Tränke braut." Quistix lächelte ein wenig. „Er war streng, gelinde gesagt. Aber er merkte bald, dass ich ein Händchen dafür hatte, Zutaten zu finden. Und ich konnte riechen, wenn sie richtig gemischt waren. Er sagte auch, ich sei ein Naturtalent."

Aurora schluckte ihr Gras herunter und genoss jeden saftigen Halm. „Du hast geübt. Fertigkeiten erworben. Du warst in einer Umgebung, die deine natürlichen Fähigkeiten gefördert hat." Sie kaute noch einen Mundvoll Gras und schluckte. „Natürliche Magie hat im Vergleich zu erlernter Magie Nachteile."

„Inwiefern?" Quistix' Stimme schwankte.

„Natürlich geborene magische Wesen können ihre Fähigkeiten niemals *vollständig* kontrollieren. Von Emotionen und mentaler Manipulation beherrscht, bleibt immer ein Überraschungsmoment in deiner Magie. Zum Beispiel könntest du eines Tages einen Feuerball auf deinen Feind werfen wollen, aber unter den falschen Umständen stattdessen versehentlich deinen Kameraden einfrieren. Nachdem ich dich beobachtet habe, kann ich sagen, dass du, wenn du wütend bist, zu *Ave Ignis* neigst, was grob übersetzt *Feuermagie* bedeutet." Sie nickte mit dem Kopf in Richtung der brennenden Überreste des Baumes hinter ihnen, den Quistix Stunden zuvor in Brand gesteckt hatte.

„*Ave Ignis.*" Quistix flüsterte die Worte, schwer von ihrem dampfenden Atem, in die eisige Luft.

„Wenn du melancholisch bist, bevorzugst du Umweltmagie oder *Aliquam Venenatis*. Das sind Gras,

Wasser, Eis, Regenstürme und so weiter." Aurora nickte hinunter zu dem lebendigen Fleck Vegetation unter Quistix' Stiefeln.

Sie starrte den Esteg an, zum ersten Mal wirklich beeindruckt von dem Wissen, das sie besaß.

„Zuletzt, *Angst*. Angst macht Menschen unberechenbar, und die Ergebnisse sind zufällig. Der Kampf für deine Art ist die Kontrolle dieser Emotion. Magisch bist du am *gefährlichsten*, wenn du Angst hast."

„Oh, das ist ja toll." Quistix konnte nicht verhindern, dass der Sarkasmus aus ihrer Stimme in die gefrorene Luft tropfte. „Dann höre ich einfach auf, Angst zu haben. Problem gelöst."

5

Der kalte Körper eines Kindes lag auf dem Lager aus Stöcken und Blättern in Ceosteols Hütte. Mit schlammverkrusteten Krallen hantierte sie herum, tastete sich durch die Gläser entlang der Regale, die in den Lehmboden neben ihrem rostigen Topf gemeißelt waren. Der Löffel rührte von selbst, während die dunkle Flüssigkeit wirbelte und sprudelte. Sie keuchte vor Aufregung, als sie ein Glasgefäß hervorzog. Ein einzelner Blutegel kroch träge am Boden entlang.

„Der Letzte hat Glück", sagte sie laut. Sie zog den Korken heraus und schüttelte das Glas heftig, bis der

Blutegel auf ihre Hand klatschte. Schauer der Vorfreude liefen ihr die Federn am Rücken unter dem Umhang hoch. Sie huschte zu dem rostigen, schwebenden Topf und schüttete ihn hinein.

„Der letzte Tropfen, nur noch ein wenig", sprach sie laut in den leeren Raum.

Heute würde ihre Familie um ein weiteres Mitglied wachsen. Vor Erwartung zitternd, krempelte sie den Ärmel ihres Gewandes hoch und enthüllte den dünnen, vogelähnlichen Arm darunter. Zwischen anderen parallel verlaufenden, daumenlangen Narben zog sie ihre Kralle entlang des Fleisches, um eine frische Schnittwunde zu machen. Dick wie Melasse quoll grüne Flüssigkeit aus der Öffnung in ihrem schuppigen Fleisch. Sie schöpfte die sirupartige Substanz mit ihrer Kralle und warf sie in den Topf. Die brodelnde schwarze Masse verfärbte sich brandig. Sie zog den Löffel aus dem Topf. Der Blutegel hatte sich festgesaugt. Vorsichtig löste sie ihn ab. Smaragdfarbene Zähne klapperten und schnappten von seiner Unterseite.

„Perfektion, wie immer." Sie kicherte in sich hinein.

Sie stürzte sich auf das menschliche Kind. Das kleine Mädchen hatte Schmutz und Herbstblätter in seinem verfilzten Haar. Ihre blauen Augen waren geöffnet, getrübt vom Schleier des Todes. Ihre porzellanfarbene Haut war von Pocken und Kratzern entstellt, deutliche Anzeichen eines

Befalls, der bereits viele andere arme, abgemagerte Kinder wie sie dahingerafft hatte, die viel Zeit in der Wildnis verbrachten.

Ceosteol hob den Kopf des Mädchens an und grub eine Kralle in das Fleisch an der Schädelbasis. Mit der anderen Hand schob sie den Blutegel in die Öffnung. Begierig schlängelte er sich hinein.

„Sie haben dich wie Müll begraben. Sie sehen dich nicht so, wie ich dich sehe“, gurrte Ceosteol. Sie erinnerte sich an den Namen auf dem Grab, das sie erst vor Stunden exhumiert hatte. „Rosey, du bist hier willkommen. Man wird dich nie wieder wegwerfen.“

Während sich ihr schlängelnder Diener an die richtige Stelle fraß, musterte Ceosteol das Mädchen, während sich ein Lächeln an den Rändern ihres Schnabels bildete. Sie war perfekt.

Ihre Pupillen weiteten sich, verschlangen das Weiße und die Iris, breiteten sich wie ein Tintentropfen in den Augäpfeln aus, bis die gesamten Augen kohlschwarz waren.

Das Kind blinzelte.

Ceosteol klatschte begeistert mit den Krallen. „Willkommen, mein Schatz!“

Das Kind starrte verwirrt geradeaus. Ihre Arme zuckten und knackten, als sie versuchte, sich auf beide Ellenbogen aufzustützen. Rosey richtete sich auf, jeder Wirbel knirschte steif, als sie sich in der Taille drehte und die Füße auf den Lehmboden stellte. Sie stand einen langen Moment vor Ceosteol und versuchte zu verstehen.

„Möchtest du den Rest der Familie kennenlernen?“

Das Mädchen nickte, doch der Kopf fiel schlaff nach vorn. Ceosteol griff ihm ins Haar, richtete den Kopf wieder auf und drückte ihn fest, während das Geräusch von brechenden Knochen, die aneinanderrieben, von den Wänden widerhallte. Die Quichyrd tätschelte ihr aufmunternd den Rücken und führte sie zu den schlammigen Stufen der Hütte.

„*Revelare*“, knurrte Ceosteol.

Der Felsbrocken, der den Eingang versperrte, rollte zur Seite und gab den Ausgang frei. Als sie die Treppe hinaufstiegen, kamen Dutzende Kinder in Sicht, die unheimlich im goldenen Licht der Morgendämmerung standen. Tief im Wald lichtete sich der Nebelschleier. Lichtstrahlen kitzelten ihre bleichen Gesichter zwischen den kahlen Donik-Bäumen hindurch.

Die Kinder wandten ihre Köpfe und Körper wie auf Kommando der Neuankömmlingin zu. Ihre schwarzen Augen, hohl und leblos, starrten ausdruckslos. Ihre Mienen blieben kalt. Unbeeindruckt.

„Begrüßt eure neue Schwester“, sagte Ceosteol, mehr Befehl als Bitte.

Die Kinder sprachen monoton, alle gleichzeitig:

„*Hallo, Rosey.*"

Das Mädchen blickte zu Ceosteol auf, die von den Rändern ihres Schnabels lächelte. „Willkommen zuhause, Liebling."

6

Harpyenställe des Rubinpalasts
Desdemona, Willowdale

Mehrere Stallknechte hielten vorsichtig Fleischbrocken riesigen Kreaturen hin und zuckten mit den Händen zurück, sobald die schnappenden Schnäbel danach schnappten. Sie verfütterten Noubald-Steaks in Eimern an die farbenprächtigen Harpyien.

Arias beachtete sie nicht. Er zügelte seine Harpyie und trieb sie vorwärts, lenkte sie aus der Luft in eine freie Box. Sie landete mit einem leisen Plumps im Heubett innerhalb der Wände. Er band hastig die Zügel fest und stürmte über das Feld, den Blick fest auf das Schloss gerichtet. Plötzlich erspähte er Exos und eine Schar ihrer Wachen und änderte abrupt die Richtung.

Genau die, die er sehen wollte.

„Wo ist sie?! Wo habt ihr Vervaine hingebracht?!", fuhr Arias auf, mit langen, aggressiven Schritten die Distanz verkürzend. Mehrere Wachen stellten sich schützend dazwischen.

Exos stand mit weit aufgerissenen Augen da. „Arias! Was für eine angenehme Überraschung! Gentlemen, einen Moment unter vier Augen." Exos winkte ihre Männer weg. Nach kurzem Zögern traten die Wachen zu den Toren und bedeuteten den Stallknechten zu gehen. Sie gehorchten.

Sobald sich die Türen schlossen, wandte Exos ihre Aufmerksamkeit wieder dem wild blickenden Mann vor ihr zu. „Vervaine ist dort, wo sie hingehört: dabei, eine wertvolle Lektion in Loyalität zu lernen."

„Hältst du das für ein *Spiel*?" Arias trat auf sie zu. Seine stattliche Statur und muskulöse Erscheinung jagten Exos nicht die geringste Angst ein.

„Du und Vervaine, das war niemals von Dauer bestimmt. Sie war eine *flüchtige Affäre*. Ein kleines rotes Tuch, das du geschwenkt hast, um meine Aufmerksamkeit zu erhaschen. Es hat funktioniert. Du *hast* meine Aufmerksamkeit."

„Sie sind krank . Ihr Ego ist beispiellos. Mit ihr zusammen zu sein war kein Weg, um zu Ihnen zu gelangen. Eure Majestät", , er knirschte mit den Zähnen, „nicht alles dreht sich um Sie. Eifersucht! *Das hier ist* nichts anderes als *Eifersucht.*" Arias drehte sich frustriert ab.

Exos öffnete ihren weißen Pelzumhang und enthüllte alabasterne Rundungen, die hoch über einem spitzenbesetzten Ausschnitt thronten. „Begleite mich hier in Desdemona. Ich werde Ives degradieren und dich zum Gardekommandanten befördern. Wir werden deiner Art Ehre bringen. Zeigen, wie zivilisiert und mutig Akiah sein können. Sei nicht egoistisch. Dies ist eine goldene Gelegenheit für dich und dein *Volk.* Komm, sei an meiner Seite. Zeig Destoria, aus welchem Holz du geschnitzt bist. Führe eine Armee. Führe *die* Armee!"

Arias wandte sich ihr zu, die Stirn in Falten gezogen vor Verwirrung, der Magen voller widersprüchlicher Gefühle. Exos trat näher und blickte ihn verführerisch an, während er es vermied, ihren Blick zu erwidern. Sein Magen rebellierte bei ihrer gleichgültigen Reaktion auf solch eiskalten Verrat an der Familie.

„Jeder Teil von mir vermisst jeden Teil von dir", sagte sie und strich mit einem Finger über seine Brustplatte.

Das Bild von Vervaine, die neben ihm im Bett lag, drängte sich unweigerlich in den Vordergrund seines Geistes.

Er schalt sich für die reflexive Reaktion seines Körpers auf die Berührung einer schönen Frau.

Als ihre Hand tiefer zu seinem Schritt glitt, brummte er nur – die einzige Antwort, die er aufbringen konnte. „Bist du fertig?"

Exos zuckte zurück. „Stolz und Sturheit. Genau das, was mich an dir *wütend macht* und anzieht."

Arias ging zurück zu seiner Harpyie und griff nach den Zügeln. „Ich werde sie finden, so oder so."

„Genug! Das hier ist keine Verhandlung mehr. Es ist ein königlicher *Befehl*. Wenn du dein neues Kommando als Anführer der destorianischen Armee ignorierst, werde ich das als direkten Verrat werten und dich verhaften lassen – damit du dasselbe Schicksal erleidest wie deine kleine Hure." Sie starrte ihn eiskalt an. „Also, was wird es sein? Eine der höchsten Positionen im Land und die Wiederherstellung des Glaubens an deine Art? Oder verrottest du in einer Zelle irgendwo, bis diese Hörner von dir zu Staub zerfallen?"

Arias umklammerte die Zügel der Harpyie mit geballten Fäusten. „Du lässt mir keine Wahl, oder?" Er biss sich wütend in die Wange, bis Blut floss. „Ich nehme an, du gewinnst. Wieder einmal."

Das Gewicht dieser Worte erdrückte ihn fast.

„Nein, Arias, eine Niederlage wird erst erklärt, wenn eine Schlacht *beendet ist*. Das hier ist noch lange nicht vorbei", erwiderte sie selbstgefällig. „Wache!" Der herbeigerufene Mann eilte durch die Tür, etwas in der Hand. Exos lächelte. „Versammle, was vom Rat übrig ist, und *Ives den Unbezwingbaren*, und rufe sie alle in den Sitzungssaal. Es wird eine Bekanntmachung geben! Arias hier wird offiziell als neuer Hauptmann der Königlichen Garde eingesetzt."

Arias spannte den Kiefer an. Mit geballter Faust schlug er gegen die Wand neben sich, zerschmetterte die Holzplanken und knurrte vor Niederlage.

„Sehr wohl, Eure Majestät." Er verneigte sich, ignorierte den wütenden Akiah hinter sich und reichte ihr ein versiegeltes Pergament. „Das ist gerade eingetroffen. Ein Symph hat es vor einem Augenblick gebracht. Es scheint *Omens* Siegel zu tragen, Eure Majestät."

Sie entfaltete das Papier und las. Ihre Freude verflog augenblicklich, zurück blieb ein besorgtes Stirnrunzeln. Sie zerknüllte das Papier in ihrer Hand, grub die Nägel in ihr eigenes Fleisch, bis Blut floss.

7

Die rasenden Infernal-Höhlen
Südliches Obsidia

Ein Leguan huschte wie ein verschwommener Schatten über die roten, staubigen Felsen, schlängelte sich durch das zerklüftete Gelände auf der Suche nach einem Versteck. Ohne zu wissen, wohin er verschlagen worden war, spähte er hastig nach Deckung.

„Fütterungszeit, Jungs", knurrte Omens Stimme. Das Geräusch von sich schließenden Gittern hallte durch die dunkle, trockene Kammer. Der Ort war ein verkohlter Albtraum aus Wüste. Licht war knapp. Nahrung noch knapper.

Ein scharlachroter Symph kreiste ausgehungert über ihnen, begierig darauf, Beute zu machen, bevor er verendete. Er konzentrierte sich auf die Bewegungen des Reptils. Die Echse schoss in eine Felsspalte hinein und huschte weiter, tiefer in die Dunkelheit. Nach einigen regungslosen Momenten verlangsamte sich der Herzschlag des Tieres.

Ein ploppendes Geräusch ertönte hinter ihm, und der Leguan wirbelte herum. Ein Paar nebliger, blutroter Augen starrte aus wenigen Zentimetern Entfernung unter einer von Dunkelheit verhüllten Lederkapuze hervor.

Bis auf die Augen. *Diese toten, unblinkenden, neblig roten Augen...*

Der Seelenschnitter richtete seinen teuflischen Blick auf das versteinerte Tier und packte den Leguan mit seiner kalten, toten Hand. Belebt von dessen Entsetzen, sog er die Emotionen der schwachen Kreatur in sich auf. Die lebensspendende Angst des Leguans strömte durch seine Finger. Es genoss die gestohlene Emotion wie eine Delikatesse.

Exos schritt durch den Höhlengang, ihr bodenlanger Schneefuchspelz eng um das kunstvoll geschnürte Korsett geschnürt. Sie klackerte mit ihren lackierten schwarzen Fingernägeln an den Eisenstäben der Zelle ihrer Schwester entlang. Der Geruch von getrocknetem Blut stieg ihr in die Nase.

Vervaine lag auf dem schroffen Steinboden, in einem blutverschmierten, zerrissenen Häftlingsgewand zusammengerollt. Die blauen Flecken auf ihrem Rücken, ihren Beinen und Armen waren selbst im flackernden Fackelschein sichtbar. Hinter ihr schwebte ein ausdrucksloser karmesinroter Seelenschnitter, seine typische rote Kapuze tief ins Gesicht gezogen, das tote Menschenantlitz im Schatten. Sie waren Exos' Schöpfung, die sich von der Angst und Qual der Lebenden nährten.

„Mmmm, die Seelenschnitter sind Geschöpfe nach meinem Herzen. Das Vergnügen, Dinge unter deinem Blick zappeln zu sehen, ist", Exos atmete mit einem Lächeln den giftigen Höhlengeruch ein, *„berauschend."*

Vervaine kämpfte sich hoch, ihre Beine zitterten unter ihr. Sie bündelte ihre letzte Energie, um nicht zu schwanken. Als sie zu den Gittern schlurfte, sah Exos ihre beiden blaugeschlagenen Augen. Blut tropfte von einer geschnittenen Lippe und einer Wunde über der Augenbraue. Ihr Hals war von dünnen Handabdrücken gezeichnet.

Vervaine trat an den Rand ihres Käfigs. Sie spürte die Magie, die durch die Gitter strömte, sie verstärkte und ihren eigenen Zauber blockierte. Ein Trick, der Ceosteols Handschrift trug. In Gedanken verfluchte sie die schlaue Quichyrd täglich.

„Möchtest du wissen, was du tun musst, um aus diesem Höllenloch zu kommen?“, fragte Exos selbstgefällig und genoss ihre Macht in diesem Moment.

„Nein.“ Vervaines Antwort war simpel, doch sie nahm ihrer Schwester damit jeden Wind aus den Segeln.

„Nein?“

„Nein. Vater hat dich zu seinem eigenen kleinen pflichtbewussten Dämon verdreht. Kalt. Unberechenbar. Gefühllos. Wenigstens weiß ich hier, was ich von diesen Kreaturen zu erwarten habe. Sie haben einfache Absichten. Einfache Regeln, Bedürfnisse und Begierden. *Du* hingegen...“ Vervaine spottete mit ihrer aufgeschlitzten Lippe und beugte sich nah heran. „Du weißt, du kannst mich nicht töten. Du *brauchst* mich. Ich kehre die Zerstörung in deinem Kielwasser zusammen und füge sie wieder zu etwas Schönem. Wir beide wissen, ich bin der Grund, warum man dich für erfolgreich hält und nicht für die absolut unberechenbare, launische Kraft des kompletten Chaos, die du bist.“

Exos spürte, wie ihre Wangen vor Wärme brannten.

„Sobald ich hier raus bin, wird jeder wissen, was du getan hast. Die blutigen Lumpen. Die Hustenanfälle. Ich wusste, dass du krank bist, und habe nichts gesagt. Ich wollte die Krone nie. Ich war niemals eine Bedrohung für dich. Aber jetzt“, sie lachte herzlich, *„wird es jeder* *wissen.*“ Vervaine strich eine schmutzige Haarsträhne hinter ihr spitzes Ohr und grinste zufrieden. Dann sog sie an ihrer blutigen Lippe und spuckte, wobei sie den weißen Pelz von Exos' Mantel mit blutigem Speichel besudelte.

„Du *undankbares* Stück—“ Exos hustete heftig und presste schnell die Hand vor den Mund. Sie spürte, wie erschreckend viel frisches Blut auf ihre Handfläche spritzte.

„Oooh, das ist ein schlimmer Husten. Klingt *tödlich.*“ Vervaine umklammerte die Gitterstäbe und steckte den Kopf so weit wie möglich hindurch. „Nun, man kann nur *hoffen.*“

8

Ein eisiger Sturm tobte durch Evolt. Am Eingang von Raven Cairn wimmelte es von erschöpften Arbeitern in Kojotenpelzmänteln. Quistix stapfte mit ihren abgewetzten Lederstiefeln den letzten krümeligen, schneebestäubten Pfad hinauf und sah sich um. Vor ihnen, vor den hohen Steinmauern der Stadt, peitschte ein beleibter Barbarenkommandant auf einem Schlitten aus Donik-Holz ein Rudel grauer Zugköter an, ohne ihre Gruppe an der Baumgrenze zu bemerken. Aurora starrte angewidert auf seinen Pelzmantel.

Hinter den Stadtmauern erhob sich im Zentrum eine massive Eisenstatue eines Riesen, dessen Waffe in den Sockel gerammt war.

„Wow", gurrte Frok und schwirrte um das Denkmal, um es ganz zu erfassen. „Wer ist das?"

„Das ist *Standorr*, der Gründer von Evolt. Gerüchten zufolge wurde diese Stadt vom Riesen erbaut. In einem Text, den ich fand, stand sogar, die Einheimischen glaubten, Riesen hätten in ihrer Wut mit den Fäusten auf die eisige Tundra geschlagen und Erdkrater aus der Insel herausgesprengt, weshalb alle Städte in Evolt in solchen Mulden errichtet seien", erklärte Aurora. „Standorr ist nur einer von vielen Riesen, zu denen die Evoltianer aufblicken."

Sie schwiegen einen Moment, während sie die eisige Umgebung in sich aufnahmen, ihre Nasen und Wangen rot und aufgeraut vom eisigen Wind.

Quistix wandte sich an Aurora und sprach mit trauriger Stimme: „Ich denke, es ist Zeit für dich, zur Höhle aufzubrechen. Wir können nicht riskieren, dass einer dieser Fallensteller dich sieht.„Wir werden uns eine gute Nachtruhe und eine warme Mahlzeit gönnen. Morgen wird ein großer Tag. Ich verspreche dir, wenn wir uns morgen treffen, bringe ich heißes Essen und frisches Wasser für dich mit."

Aurora nickte ernst. Sie fühlte sich wie eine Außenseiterin, oft unfähig, Dinge mit ihren Reisegefährten zu unternehmen.

„Es tut mir leid, Aurora. Wirklich. Ich wünschte, du könntest mit uns kommen. Aber wir können einfach kein Risiko eingehen, dass dir etwas zustößt.“

„Ich verstehe. Ich möchte auch nicht als weiteres Trophäenstück an der Wand enden.“ Sie hob den Kopf, ihre grünen Geweihe pulsierten. „Frok, bleib bei Twitch. Wir sehen uns morgen früh.“

Die Augen des Pleoms füllten sich mit Tränen. „Otay, ’Rora.“

„Iss etwas Käse für mich.“ Aurora zwang sich zu einem melancholischen Lächeln.

„Nein!“ Quistix lachte. „Kein Käse. Du wirst uns mit deinen Gasen direkt aus dem Zimmer treiben. Wenn du Käse isst, schläfst du auf dem Dach!“

Aurora kicherte und trabte davon, schnurstracks zur Höhle, die sie etwa eine Stunde vor der Ankunft in Raven Cairn geräumt hatten.

Quistix marschierte weiter, und Twitch folgte, der pummelige rosa Pleom tief in der Armbeuge des pelzigen Wyls eingekuschelt. Sie näherten sich dem Sockel der Statue. Geschmeidige Kurven und gemeißelte Kanten bildeten einen lebensechten Riesen in einem üppigen Pelzmantel ab, wie er sein gewaltiges Schwert in den Boden rammte. Die Elfin konnte nicht anders, als ehrfürchtig die akribischen Details und die metallhandwerkliche Meisterschaft zu bewundern, wie sie sie noch nie in Bellaneau gesehen hatte.

Hinter der Statue entdeckte Quistix ein Gebäude, das selbst durch den weißen Schleier des fallenden Schnees deutlich zu erkennen war. *Die Taverne & das Gasthaus Zum gebrochenen Flügel.*

Im Inneren war es so lärmend, dass Quistix kaum ihre eigenen Gedanken hören konnte. Die Haupthalle wirkte von innen viel größer. Lautenmusik drang aus dem Hintergrund, nur in den Gesprächspausen der Gäste vernehmbar. Eine Gruppe winterlich gekleideter Männer drängte sich hinten zusammen, jeder verließ die Bar mit einem frisch eingeschenkten Getränk in der Hand.

Quistix bahnte sich entschuldigungslos einen Weg durch die Gästemassen und zwängte sich zwischen zwei Leute an der Theke, wo sie dem Barkeeper ein Zeichen für ein Getränk gab. Er warf ihr einen Blick zu, wurde aber fast sofort von einem schnippenden Fingerschnipsen vor Quistix' Gesicht abgelenkt. Viel zu viele Menschen drängten sich in ihrem persönlichen Raum. Neben ihr grinste ein teilweise verdecktes Menschengesicht unter der Kapuze eines grauen Kojotenpelzmantels hervor. Er hatte pockennarbige Haut und verfaulte Zähne. Er packte sie am Arm und versuchte, sie von der Theke wegzuzerren.

Sie *schlug ihm sofort* in die Kehle.

Sein Keuchen und röchelndes Atmen ließ nach. Sie wandte sich wieder der Theke zu. Fast ein Dutzend erschrockene Augenpaare starrten sie an. Sie nickte einem Paar auf den nahen Hockern zu, und die Leute darauf standen auf und gingen. Geflüster erfüllte die Luft. Sie klopfte auf die steinerne Thekenplatte und zwang sich zu einem halben Grinsen gegenüber dem charmanten Semdrog hinter der Theke. Ihre eiskalten Hände pressten sich gegen den glatten Granit. Sie spürte die intensive Kälte, die in ihre Handflächen kroch.

Die stattliche, blaue Kreatur lächelte. Seine glatte, echsenartige Haut in gletscherblau ging nahtlos in ein schneeweißes Gesicht über. Seine seitlich blinzelnden Augen ließen sie zusammenzucken.

„Willkommen in Raven Cairn." Der Semdrog streckte seine Hand aus, und sie nahm sie. Ein fast schmerzhafter Kälteschlag durchfuhr ihre Handfläche wie ein eisiger Blitz. Sie zog sofort zurück, die Augen weit aufgerissen. Es schien ihn nicht zu stören. Sein leichtes Kichern verriet ihr, dass dies häufig geschah und der Schock absichtlich war. „Ich heiße Oravak." Er schrie über den lärmenden Mob hinweg und deutete mit einem frostigen, leguanartigen Finger auf den Granit. „Ich besitze den *Gebrochenen Flügel*.“

„Quistix. Ist es *so* offensichtlich, dass ich nicht von hier bin?“

„Du bist nicht wettergerecht gekleidet. Außerdem kenne ich jeden in Evolt, also...“

Twitch schlenderte auf die andere Seite der Theke und sah sich um. Ein bäuchiger Barbar saß da und beugte sich zu einer unscheinbaren Frau neben ihm auf einem gewundenen Tiaga-Hocker. Ein dünner Schnurrbart kringelte sich von ihrer Oberlippe. Ein üppiges Gesprenkel von Muttermalen und tiefe Augenringe ließen Twitch zusammenzucken, als er sie sah. Er musterte die Frau, während er unbewusst dem bulligen Mann die Geldbörse stahl, unfähig, sich ihrem Streitgespräch zu entziehen.

„Sie ist unsere Nachbarin, Berlina. Sie hat nach einer Tasse Fett gefragt, und ich habe es ihr gegeben. Was hätte ich denn sagen sollen?!“

Twitch steckte die Münzen gedankenverloren in seinen Beutel, unfähig, seinen Blick von den vorstehenden Zähnen der Frau zu lösen. Ihre erstaunlich tiefe Stimme ließ ihn darüber grübeln, wie jemand wie sie jemanden finden konnte, während er ewig allein blieb.

„Du sagst: ‚Meine Frau würde es nicht *schätzen*, wenn du vorbeikommst!‘“

„Das kann doch nicht dein Ernst sein, Berlina. Du klingst…“ Er kratzte sich genervt an seinem ein Zentimeter langen Bart und spielte dann mit seinem halbleeren Glas warmem Ale. Sein Ehering glänzte auf seinem trockenen, schwieligen Finger. Für einen Moment überlegte Twitch, ob er schlau genug wäre, ihn dem Mann unbemerkt aus der Pranke zu stibitzen.

„Ich habe sie angesehen, okay? Sie ist eine gut aussehende Elfe. Ist das ein Verbrechen? Man sieht die hier oben nicht oft. Es ist exotisch. Du übertreibst. Soll ich mir etwa die Augen ausstechen? Wir werden doch nicht durchbrennen!“

„Weißt du was“, rief seine Frau, „ich gehe. Viel Spaß mit deiner spitzenohrigen Hure. Ich bin in Evolt City bei meiner Mutter, *danke sehr.*“

Ray knurrte frustriert und jagte ihr durch den vollen Raum hinterher. Quistix und Twitch schnappten sich mit Eifer die freien Plätze.

„Unglaublich“, murmelte Quistix.

„Wir haben ein schönes Schauspiel geboten bekommen, ein paar *Münzen,* und“, Twitch griff nach den beiden halb geleerten Ale-Gläsern zwischen ihnen, „kostenlose Getränke!“ Twitch kippte seines hinunter, bevor der Semdrog es wegnehmen konnte. Frok schlüpfte aus ihrem Sack und gähnte.

„Nein!" brüllte Oravak und zog Blicke auf sich. Er zeigte mit schuppigem Finger auf den Pleom. „Du! Raus."

Quistix stand auf, in Verteidigungshaltung. „Hey, was ist das Problem?"

Der Semdrog deutete auf ein Stück Pergament, das mit einem Nagel an der Wand befestigt war. Darauf stand: *Keine Feueratmer!*

„Das kann doch nicht dein Ernst sein!", rief Twitch.

„*Tödlicher*Ernst." Oravak wies auf seinen blauen Körper und sein weißes Gesicht. „Siehst du eine einzige Fackel hier? Oder einen Kamin? Häh?"

Quistix sah sich um. Er hatte recht. Sie war überrascht von dem Mangel an Wärme innen in so eisigem Klima. Die Balken über ihnen hielten etwa fünfzig Gläser mit Leuchtkäfern, randvoll, um das dämmrige Innenlicht zu spenden. „Deshalb leben wir in Evolt. Wir mögen es kalt! Dieses Ding muss *verschwinden*."

Twitch versuchte zu deeskalieren. „Was, wenn sie in meinem Beutel bleibt? Du wirst nicht mal merken, dass sie hier ist. Ich verspreche es. Kein Feueratmen, gar keins. Und wir", er schluckte und hielt frisch gestohlene Münzen hoch, „zahlen extra für deine Mühe."

Oravak kniff die Augen zusammen und verlagert unangenehm sein Gewicht. „Gut. Trinkt und geht."

„Wir hoffen auf ein Zimmer.„Da draußen ist es eiskalt." Quistix hoffte, ihr beharrlicher Blick würde seine harte Schale durchdringen.

„Ein Platin", bellte der Barkeeper, „und *dieses Ding* bleibt im Sack."

„Ein *Platin*? Für ein Zimmer im Rubinschloss, *vielleicht,* aber in *dieser* Taverne, für *eine* Nacht? Das ist Raub!" Quistix lachte ungläubig. „Ich gebe dir zehn Gold. Das ist mehr als fair."

„Ihr könnt trinken. Aber danach müsst ihr gehen", murmelte Oravak ohne jede Spur seines üblichen freundlichen Lächelns.

„Gibt es hier noch ein anderes Gasthaus?" Quistix klang hoffnungsvoll.

„Das nächste ist in Evolt City. Zu Fuß etwa zwölf Stunden von hier entfernt. Mit dem Schlitten sieben."

„Großartig." Twitch rollte die Augen und triefte vor Sarkasmus. „Na, das war lustig."

Twitch zwinkerte einer Menschenfrau zu, die neben ihm Brandy nippte. Sie rollte die Augen und schob ihren Hocker so weit wie möglich weg. Der Wyl schnaubte und zog die Beute hervor, die er gerade dem verzweifelten Barbaren gestohlen hatte. Er wühlte in einem klimpernden Haufen Sovereign-Silber und schob eine Münze über den

Stein zu Oravak. „Dürfte ich Sie vor unserem Aufbruch noch um ein Glas Muscadine-Wein bitten?“

Oravak musterte ihn einen Moment lang, während er mit seiner langen Zunge einen gesplitterten Zahnstocher gegen die glatten Innenseiten seiner Wangen schnippen ließ. „Muscadine wächst nicht in Evolt, und wir bekommen auch nicht viele Anfragen danach.“ Er holte eine Flasche mit dunkler Flüssigkeit hervor. „Hier gibt es Holunderbeeren. Machen hervorragenden Wein.“

„Ich wusste nicht einmal, dass man aus Holunderbeeren Wein machen kann.“ Er zwang sich zu einem schwachen Lächeln, während er auf die verheißungsvolle Flüssigkeit in der Flasche starrte. „Ich weiß nicht mal, ob ich jemals *eine* Holunderbeere hatte.“

„Probier einen Schluck aufs Haus. Du wirst ihn lieben. Du wirst gleich die ganze Flasche wollen. Er ist köstlich.“ Er goss einen Spritzer der dunklen Flüssigkeit in ein Glas. „Unser Glühwürmchenzüchter Leland – seine Frau Agatha stellt ihn hier in Raven Cairn her.“

Twitch nippte an der kalten, köstlichen Flüssigkeit und schlug seine Tatze hart auf die steinerne Theke. „Ja! Das ist... oh, bei den Göttern! Füll es auf! Und eins für sie auch.“ Er knallte zwei Münzen auf den Tisch. Er schob sein Glas begierig vor, und Oravak füllte den glatten Alkohol bis zum Rand, dann wandte er sich Quistix zu. Sie strich sich eine

Locke feuerroten Haars aus dem Gesicht und vermied Blickkontakt mit dem Semdrog.

„Also, was führt eine Elfin wie dich in unsere kleine verschneite Tundra-Ecke?“

„Stell diesen Leuten noch eine Runde auf meine Rechnung, Oravak.“ Ein massiger Klotz von einem Barbar neben ihr sprach. „Die junge Dame ist lange gereist. Sie braucht einen Drink. Kann nicht einfach sein, all diese Monate vor Exos versteckt zu bleiben.“ Er lachte.

Quistix’ Herz pochte. „Wovon redest du?“

„Tu nicht so unschuldig. Wir haben *die Steckbriefe gesehen. Ehrlich gesagt sehen die meisten aus wie etwas, das meine Tochter,* Hilde, *gezeichnet hätte, und sie ist ’fünf. Liebt ihre Kohlezeichnungen, allerdings. Aber dieser letzte Steckbrief, den die Wachen aufgehängt haben, sieht dir verdammt ähnlich. Bis hin zu diesen* langen, feuerroten Locken hier.“ Er tippte spielerisch auf das Ende einer ihrer schmutzigen Locken.

Quistix schob ihren Hocker zurück und warf Twitch einen besorgten Blick zu. Sie mussten verschwinden. *Schnell.*

„Nun warten Sie mal, kleine Dame. Ich bin nicht hier, um Sie *anzuschwärzen.* Wir sind hier keine Fans des Tempest-Clans. Nein, Ma’am.“ Er lachte und trank einen Schluck Met. „Ich hatte nichts damit zu tun, dass sie diese Krone bekam. Sie ist nichts als ein verwöhntes Gör.“

„Eine Sadistin, das ist sie." Der Mensch neben ihm meldete sich zu Wort, winzig neben der schieren Größe seines barbarischen Kumpels.

„Hier in Evolt kümmern wir uns um unseren eigenen Kram. Was Sie mit Exos zu schaffen haben, geht uns nichts an", sagte der Barbar und schob seinen leeren Humpen Oravak zum Nachfüllen hin.

Quistix dachte einen Moment angestrengt nach, unsicher, ob sie ihre Karten zeigen sollte, unsicher, ob der Mann bluffte. Sie hob einen Finger, ihr zerfetzter fingerloser Handschuh ausgefranst. Alles, was sie aus dem Versteck des Smaragd-Banditen gestohlen hatte, war von so schlampiger Handwerksqualität. Sie winkte den bulligen Barbaren heran. Als er sich herabbückte, streckte sie ihre Hand aus. „Nun, Sie kennen meinen Namen. Da sollte ich sicherlich auch Ihren erfahren."

Sie streckte ihre Hand zum Händeschütteln aus, und sein Bauch wackelte unter seinen Schichten von Mänteln vor Lachen. „Samael."

„Danke für das Getränk, Samael." Ihr Tonfall war dankbar. Sie rückte näher und flüsterte: *„Was machen Sie beruflich?"*

„Ich baue Schlitten. Repariere 'sie. Entwerfe neue. So bewegen sich die meisten in Evolt fort. Und Sie, Sie sind

Schmiedin, richtig? Eine der besten in Bellaneau, wie die Legende sagt."

„Ja. Das war ich. Nun, bevor mich ein Bandit mein Leben ruinierte." Sie trank einen Schluck Wein, Traurigkeit würgte ihre Worte etwas.

„Tut mir leid, das zu hören. Hoffe, der Bastard bekommt seine Strafe."

„Die bekam er." Sie lächelte, ihre zitronengelben Augen funkelten im Licht des Glühwürmchenglases über ihm. „Samael, wir versuchen, eine fliegende Stadt zu finden. Irgendeine Idee, wie ich dort hinkomme?" Quistix stellte das leere Glas auf die Theke und leckte sich ihre spröden, holunderbeerfarbenen Lippen.

„Sie meinen *Apex*?"

„Es sei denn, es gibt hier noch eine andere schwebende Stadt." Sie geriet in Panik: „Warte, gibt es die etwa, oder?"

Der Barbar lachte. „Nein. Nur die eine. Um dorthin zu gelangen, musst du den Drachen nehmen, der in der Nähe des *Gasthauses Zum üppigen Biber* lebt. Etwa einen halben Tagesmarsch mit dem Schlitten von hier. Du und deine Freunde können mit zu mir kommen, eine warme Mahlzeit und ein Bett für die Nacht bekommen und morgen früh aufbrechen. Meine Frau ist eine großartige Köchin. Sie hat wahrscheinlich schon einen großen Topf Eintopf am Kochen." Die Worte ließen ihren hungrigen Mund wässern.

Er lachte. „Das Bett ist strohig und klumpig, aber es ist drinnen und groß genug für euch alle drei. Bekommt auch ein Bad und so." Er deutete auf Oravak, der gerade einen anderen Gast bediente. „Werde euch nicht mal *Platin* abknöpfen wie dieser feuerfürchtende Wucherer."

9

Die rasenden Infernal-Höhlen
Süd-Obsidia

Vervaine saß in der Ecke ihrer Zelle, blutverschmiert und voller blauer Flecken. Dunkle Ringe hatten sich unter ihren Augen gebildet. Sie hatte ein Schnittergewand unter sich zusammengeknüllt, um sich vor den scharfen, unnachgiebigen Steinen darunter zu schützen.

Seelenschnitter umringten ihre Zelle wie ein grotesker Vorhang aus Fleisch, Knochen und mit Ichor bespritztem Stoff. Das rubinrote Glühen ihrer Augen hatte nachgelassen. Einer griff durch die Gitterstäbe, und seine knöchernen Finger umfassten Vervaines blutende Handfläche. Sie streichelte die übriggebliebene, verfaulte Haut an seiner

Hand und lächelte. Sie blickte zu dem von Fackeln beleuchteten, vermummten Gesicht vor ihr auf. Seine Zähne waren entblößt. Sein nekrotisches Gewebe hatte das blasse Grün einer welkenden Pflanze angenommen, das sich an den Rändern seiner Augen und Nasenlöcher ablöste. Der Schnitter nahm seine knöcherne Hand und strich über die vernarbte Haut auf ihrer Wange.

Vervaine hatte das Gefühl, sie wüsste, was er fragen würde, wenn er nur noch Worte formen könnte. „Diese Narben?"

Er nickte.

„Nun, als ich ein Mädchen war, gab es diese kleine Hütte gleich neben dem Palastgelände, wo die Farmgeräte aufbewahrt wurden. Sie war in einem schrecklichen Zustand, aber ausreichend. Ich ging dorthin, um mich zu verstecken. Ich zwängte mich zwischen Sensen und Schaufeln hindurch und vergrub mich zwischen Mäusen und Spinnen. Unter dem Tisch mit rostigen, staubbedeckten Werkzeugen baute ich mir ein Fort und ein kleines Strohbett, das ich mit Decken bedeckte, die ich aus den Gästequartieren stahl. Die Arbeiter bemerkten mich manchmal. Sie winkten höflich, griffen ihre Werkzeuge und huschten davon. Niemand sagte etwas. Einige Arbeiter ließen mir kleine Puppen aus totem Gras da. Es war unglaublich nett von ihnen, angesichts dessen, wie mein Vater sie behandelte."

Vervaine machte eine Pause, als müsse sie sich für ihre eigene Geschichte wappnen. „Eines Tages hatten Vater und Mutter einen schrecklichen Streit. Sie zerschmetterten Glas. Ich konnte hören, wie er sie gegen die Steinwand im Nebenraum warf. Ich hielt es nicht aus. Ich ging zu meiner Hütte. In dieser Nacht folgte Exos mir. Nachdem ich drinnen war und mit meinen Puppen spielte, verriegelte sie die Tür und warf einen Brandzauber auf die Hütte. Das alte, verwitterte Holz stand so schnell in Flammen.“

„Ich erinnere mich, wie ich an dem winzigen Fenster der Hütte kratzte und das Lächeln auf ihrem Gesicht sah, während der Rauch mir die Kehle zerriss. Ich habe immer noch Alpträume vom Zischen und Geruch meines eigenen brennenden Fleisches. Ein brennendes Brett schlug gegen meine Haut. Ich hörte das Geräusch von zerberstendem Holz. Ich erinnere mich, wie Omen mich heraustrug, und dann wurde die Welt schwarz.„Ich erwachte Tage später in Qualen.“ Vervaine berührte reflexiv ihre Wange. „Exos log und erzählte unserem Vater, Omen habe die Hütte in einem Akt der Pyromanie angezündet. Behauptete, *sie habe es mit eigenen Augen gesehen*. Als Vergeltung befahl Vater Ceosteol, Omen einen Fluch aufzuerlegen. Er würde für immer als Verkörperung der Flamme leben, verdammt, in alle Ewigkeit zu brennen.“

Eine ferne Stimme gurrte aus den höhlenartigen Gängen. Sie klang vertraut. Männlich. „Ceosteol entzog der kleinen Peinigerin am nächsten Tag ihre magischen Fähigkeiten, als sie die Wahrheit herausfanden." Die karmesinroten Seelenschnitter teilten sich, sodass Vervaine Omen sehen konnte. Er erschien in den Schatten vor ihrer Gefängniszelle. „Aber für mich war es zu spät. *Unumkehrbar,* sagte der alte Vogel. Die ersten Monate waren die Hölle. Es war... zunächst unerträglich. Dann, Monat für Monat, Jahrzehnt für Jahrzehnt, ließ der Schmerz nach. Jetzt bin ich taub dafür. Ich bin taub für fast alles jetzt."

Die Worte des hohlen Mannes hallten von den kahlen Felswänden wider, als er sich gegen die Gitterstäbe drückte. Er wollte sie berühren. Sie trösten. Aber das kam wegen seines *Zustands* nicht infrage.

„Wie geht es dir, alter Freund?" Vervaines Lächeln war freundlich. Nostalgisch. Sie lehnte ihren Kopf gegen die Gitterstäbe.

„Mir geht es gut." Doch sein Lächeln war voller Schmerz. Er hasste es, sie hier eingesperrt zu sehen. Exos konnte so grausam sein. „Ich sehe, all das hat deinen Geist nicht gebrochen."

„Du kannst meine Knochen brechen, aber meinen Geist zu brechen ist schwieriger. Ich habe Liebe gekannt.

Das ist das spektakulärste Elend von allen." Tränen sammelten sich in ihren Augen.

„Er hat ununterbrochen nach dir gefragt." Seine kobaltblauen Augen waren entschuldigend, während blaue Flammen sie wie leckende Wellen umspielten.

Sie zwang sich zu einem matten Lächeln. „Danke." Ihre Stimme brach. Sie durfte nicht zulassen, dass die überwältigende Dunkelheit in ihr siegte. Sie musste stark bleiben. Arias würde sie nicht in diesem Kerker verrotten lassen. Er würde nach ihr kommen.

„Ich hatte einmal eine Frau. Vor dem Fluch. Wir waren verlobt und hatten Pläne für eine Familie." Seine Schultern sackten zusammen.

Vervaine spürte einen Schmerz des Mitgefühls. „*Bei den Göttern*. Man hat dir die Schuld gegeben und du hast all die Zeit gelitten."

„Ich habe dich seitdem gut kennengelernt, und ich weiß, du hättest dasselbe für mich getan, selbst wenn du den Preis gekannt hättest."

Plötzlich wirkten die Infernal-Höhlen weniger hart und unnachgiebig als zuvor.

„Meister Omen?" Der fiebrige Ruf eines jungen Mannes hallte aus dem dunklen Gang jenseits der Zelle. „Meister Omen? Wo seid Ihr hingegangen?" Nach einer

Pause schrie die Stimme: „Au! Warum sind diese Steine auf dem Boden so scharf?!"

Vervaine grinste. „Neuer Rekrut?"

Omen nickte und kicherte.

„Hast du ihm wenigstens Stiefel gegeben?"

„Er hat einen direkten Befehl missachtet. Er verdient keine Stiefel." Omen zwinkerte Vervaine zu. „Wie du und ich durch Erfahrung gelernt haben, ist *Qual* nicht das Ende der Welt."

10

In einem Hinterzimmer saß Quistix halb versunken in einem Holzbottich, der halbiert und mit lauwarmem Wasser gefüllt war – ursprünglich für das Baden des Barbarenkindes gedacht. Die umgedrehte obere Hälfte stand daneben, bestimmt zum Schrubben von Kleidung und Geschirr oder für frisches Spülwasser. Beide Hälften standen unter einem Fenster, was das Ausschöpfen des benutzten Wassers erleichterte. Ein Klumpen Schnee lag in der zweiten Hälfte und schmolz durch die Raumwärme. Frok rülpste

Feuerstöße darauf und verwandelte ihn hastig in frisches, nutzbares Wasser.

Im großen Hauptraum jagte Samael seine Tochter Hilde im Kreis, packte sie gelegentlich und brüllte wie ein wildes Tier. Ihr Kichern war so schrill wie Schreie. Sie hätte nicht glücklicher sein können. Quistix lächelte beim Klang des Kinderlachens, als eine Strähne kaffeebraunen Haars vor ihr Gesicht fiel. Es erinnerte sie an Dansons Lachen. Laut und rein, mit all der Begeisterung, die ein Kind in sich tragen kann.

„Zeit zum Spülen! Das wird kalt", sagte Twitch und goss eiskaltes Wasser über ihren Kopf, um den überschüssigen Kaffee auszuspülen. Jetzt war sie eine Brünette, ihre roten Locken dunkelbraun gefärbt. Das ganze Haus roch nach dem Getränk, das über dem Herd im Hauptraum gemahlen und gekocht worden war. Das Färben ihrer Haare damit war der Vorschlag von Samaels Frau gewesen, während sie das herzhafte Eintopfgericht beim Abendessen verschlangen.

Es war keine vollständige Tarnung, aber es würde viel bewirken, jetzt wo das neue Plakat kursierte. Mit braunen Haaren würde sie weit weniger Aufmerksamkeit erregen.

Das neue Plakat sah ihr täuschend ähnlich. Endlich einmal eine wirklichkeitsgetreue Darstellung. Sie hatte im

Zum gebrochenen Flügel einen flüchtigen Blick darauf
erhascht, als Samael sie zur Tür hinausführte.

„Du siehst als Brünette ziemlich hübsch aus, aber ich
würde lügen, wenn ich sagte, ich würde dich nicht lieber als
feurige Rothaarige sehen", fügte Twitch mit einem Lächeln
hinzu und spülte mehr von der dunklen Flüssigkeit aus
ihrem durchnässten, verfilzten Lockenmeer.

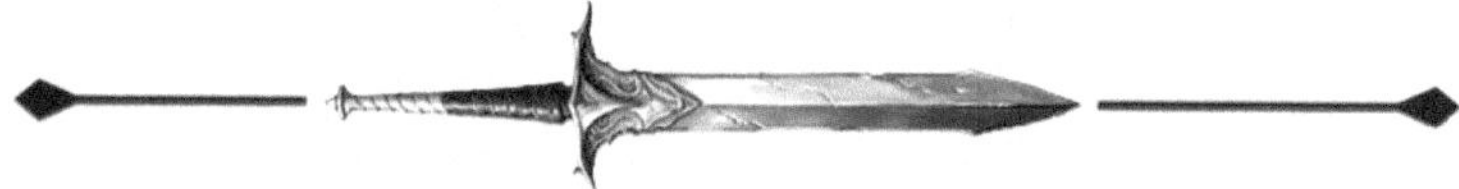

Quistix erwachte vom blendenden Licht, das vom Schnee
draußen vor dem Schlafzimmerfenster reflektiert wurde und
sich wie die Sonne durch eine Lupe in ihre Augen bohrte.
Ausnahmsweise fiel das Sonnenlicht nicht durch einen
Wirrwarr von Haaren auf sie, denn Hilde hatte ihr nach dem
Bad freundlicherweise Zöpfe geflochten.

Es war der beste Schlaf, den Quistix seit Monaten
gehabt hatte, und sie schauderte bei dem Gedanken, die
Wärme des Blockhauses verlassen zu müssen. Sie konnte den
charmanten Reiz verstehen, hier zu leben. Es gab Einsamkeit,
weites Land und bescheidene Annehmlichkeiten, die das
Leben einfach und angenehm machten, genau wie dort, wo
sie früher in Bellaneau gelebt hatte, nur mit weniger Schnee.
Sie sehnte sich danach, wieder einen Ort zu haben, den sie
ihr Eigen nennen konnte. Der nomadische Lebensstil war
nie ihre Stärke gewesen. Sie hasste es, sich zu fragen, wann sie

das nächste Mal in einem Bett schlafen oder eine richtige Mahlzeit haben würde.

Sie streckte sich und schüttelte Twitch. „Zeit aufzustehen. Wir haben viele Stunden Fußmarsch in diesem Schnee vor uns. Am besten gehen wir, solange das Wetter gut ist."

Twitch nickte wortlos und stöhnte, als er sich aufsetzte und Froks pummeligen kleinen Körper weckte.

Auf einem einfachen Tisch neben der Tür lag ein Stapel Kleidung zusammen mit einem Zettel, auf dem stand:

Für Q – Mit Liebe von Samael, Hilde und Lara

Es war ein langärmeliges Wollhemd, dicke Noubald-Lederhosen, dicke kniehohe Socken und robuste Lederschneestiefel. Daneben lagen eine große Tüte getrocknete Holunderbeeren, ein Rad gereifter Käse, ein selbstgemachter Leder-Wasserbehälter mit frischem Wasser und ein Sack Getreidekekse.

Quistix nahm den Zettel und ging in den Hauptraum. Lara kochte. Sie wischte sich die Hände an ihrer Schürze ab und strich sich eine lange schwarze Haarsträhne aus ihrem femininen Gesicht. „Perfektes Timing. Wir haben für euch alle Eier für eure Reise heute gekocht."

Quistix hielt den Zettel hoch, und Tränen füllten ihre Augen. „Ich kann das nicht annehmen. Das ist... Ihr seid zu nett.“

„Unsinn. Wir bestehen darauf. Wir haben genug. Es ist nicht jeden Tag, dass Samael eine Gesetzlose mit nach Hause bringt.“ Sie grinste. „Er ist in die Stadt gegangen, um Vorräte zu besorgen, aber er hat draußen etwas für euch hinterlassen, wenn ihr wollt. Es ist nicht viel. Nur ein alter Schlitten, den er für einen Betrunkenen in der Stadt repariert hat, der verschwand und ihn nie abholte. Wir wollten ihn eigentlich zerlegen und als Feuerholz verwenden, aber Sam dachte, ihr könntet ihn gebrauchen, wenn ihr genug Geld für ein oder zwei Hunde habt. Bringt euch viel schneller ans Ziel als zu Fuß in dieser Gegend.“

„Ich weiß nicht, was ich sagen soll.„Diese Freundlichkeit verschlug ihr fast den Atem. „Ich weiß nicht, wie ich euch jemals für alles vergelten soll, was ihr für uns getan habt.“

„Ihr müsst euch nicht revanchieren. Das ist die Art von Evolt. *Man hilft seinen Mitmenschen.* Oder in eurem Fall seinen Mit-Parias.“ Sie kicherte.

11

Die Wildnis von Evolt

Ihre knirschenden Schritte hallten durch die schneebedeckte Landschaft, als sie sich der Höhle näherten. Twitch legte die Hände trichterförmig um den Mund und stieß einen symphenartigen Schrei aus. Er wiederholte die Laute dreimal. Nach dem dritten Mal tauchten Auroras sanft leuchtende, samtene Geweihe aus der Dunkelheit auf. Erleichterung breitete sich auf ihrem Gesicht aus.

„'Rora, wir haben dir Holunderbeeren mitgebracht!" sagte Frok und mühte sich ab, die Tüte mit den Beeren mit ihrem krallenbewehrten, drachlingstumpfen Händchen hochzuhalten.

„Ich bin so froh, euch zu sehen. Ich habe mir die ganze Nacht Sorgen gemacht, dass euch etwas zugestoßen ist." Sie starrte auf Quistix' Haare und neigte den Kopf.

„Ich habe sie gefärbt. Mit dem Kaffeepulver, das wir im Versteck des Smaragd-Banditen gefunden haben. Gefällt's dir?"

„Es steht dir."

„Der Mann, bei dem wir letzte Nacht waren, hat uns eine Karte zum Drachen gezeichnet. Sieht aus, als hätten wir viel Weg vor uns. Aber wir hatten ein Glück." Quistix trat zur Seite und deutete auf den wackeligen Schlitten. „Tada!"

„Oh, ein Schlitten. Das ist brilliant. Aber..." Sie überlegte einen Moment. „Wo sollen wir einen Hund herbekommen?"

„Okay, jetzt hör mir zu..."

„Oh nein, das meinst du nicht ernst?" Aurora umrundete den Schlitten und blickte zu Quistix auf. „Du willst, dass ich euch durch Evolt ziehe?"

Quistix lächelte und faltete die Hände. In bettelndem Ton sagte sie: „Es ist nur für einen Tag. *Biiiiiiitte?*"

Der Schlitten kam zum Stehen, und Quistix sprang ab.

„Ich brauche eine Pause. Wir machen das schon den ganzen Tag, und ich bin erschöpft. Frok, kannst du mir ein paar von den Beeren geben? Ich sterbe vor Hunger.“ Aurora warf den Kopf, um die Zügel des Schlittens loszuwerden. Twitch hüpfte auf, zog das geflochtene Seil von ihrem Hals und warf es auf eine Schneewehe.

Quistix studierte die Karte und beobachtete den tiefer stehenden Sonnenstand. Das schwindende Licht ließ die Nadelbäume rabenschwarz vor dem tiefblauen Berg erscheinen. Sie trat auf eine flache Wurzel einer Schlagkiefer und entging knapp einem herabsausenden Ast, der heftig nach ihr schlug.

„Hat... hat dieser Baum gerade versucht, mich zu schlagen?“

„Ja“, antwortete Aurora und ignorierte das Ziehen in ihren Hinterläufen. „Schlagkiefern haben ein flaches Wurzelsystem mit gummiartigen Strängen, die sich wie Sehnen durch den Stamm ziehen. Wenn Druck auf eine Wurzel ausgeübt wird, reißt es an den Ästen, und diese schlagen reflexartig aus.“

„Interessant.“ Quistix nickte und trat vorsichtig über die nächste Wurzel. „Laut Samaels Karte sind wir nah dran.“

Vor ihnen knackten und brachen Bäume. Ein dämonisches Knurren durchdrang das Tal zwischen den erhobenen Gipfeln, die mit riesigen Schlagkiefern übersät waren. Ein Paar riesiger, regenbogenfarbener Iris erschien unter einer Schneeschicht. Die schlitzförmigen Pupillen passten sich an und fixierten die Reisenden.

Sie blinzelten.

Die riesige Schneewehe vor ihnen schüttelte sich und gab einen darunter schlummernden elfenbeinfarbenen Drachen frei. Er erhob sich unsicher, und seine Farbe verdunkelte sich zu einem lebhaften Königsblau. Die Flügel des Drachen entfalteten sich, schleuderten Schneehaufen ab und spannten sich vollständig. Der dämmrige Himmel warf sein fahles Licht über die massigen Saphirschuppen und -kämme des Drachen. Schneeweiße Stacheln ragten von seinem Rücken auf und umrahmten sein Gesicht.

Froks feuchte Augen wurden groß. Sie öffnete den Mund zum Schreien, aber kein Laut kam heraus.

Quistix blickte zu den anderen, unsicher, was zu tun war. „Sprechen Drachen eine Sprache, Aurora?"

„Ich... ich weiß nicht. Vielleicht Drakonisch?" Aurora rutschte nervös mit den Hufen und suchte nach einem Versteck für den Fall eines Angriffs.

Eine gespaltene Zunge zuckte hervor und verschwand wieder im schuppigen Maul. Wirbelnde Rauchschwaden quollen aus den beiden breiten, flachen Nüstern. Massive Klauen ragten von den Flügelrändern.

„*Non est tibi... tibi nihil mali ferit*", flüsterte Aurora nervös. „Entschuldige, *mali fecerit.*"

Der Drache blinzelte seitlich mit den Augen. Aus seiner Brust entwich ein Luftstoß wie ein herzhaftes Lachen. Seine Stimme ließ den Boden unter ihren Füßen erzittern. „Euer Drakonisch ist grauenhaft."

„Ihr sprecht *Destorianisch*?" fragte Quistix ungläubig.

„Ich beherrsche eure Sprache weit besser als euer Esteg das Drakonische."

Quistix blinzelte verblüfft und rang um Fassung. „Entschuldigt, ich komme aus Bellaneau. Ich kannte bisher keine richtigen Drachen, geschweige denn einen, der sprechen kann."

„Sie hat nicht viel von der Welt gesehen", warf Twitch ein und versuchte, welterfahren zu klingen.

„Frok kommt einem Drachen am nächsten, dem ich bisher begegnet bin." Sie hob den Pleom aus dem Beutel. Frok zitterte, und ihre hochfrequenten, hyperventilierenden Atemzüge waren besorgniserregend.

Die gigantische Echse brach in dröhnendes Gelächter aus, und die Erde erzitterte erneut. Quistix fürchtete, es könnte eine Lawine vom nahen Berg auslösen. Als das Tal sich nicht mehr bewegte, hielt sie den rosa, geflügelten Ball zitternden Specks vor ihr Gesicht und übertrieb ihre langsamen Atemzüge, in der Hoffnung, Frok würde es ihr gleichtun. Bald passte sich der Drachling ihrem Rhythmus an.

„Alles gut", beruhigte sie ihn und steckte das Wesen zurück in den Beutel zwischen Auroras leuchtenden Geweihen. „Ich bin Quistix. Das ist Twitch und Aurora. Frok hast du schon kennengelernt." Sie gestikulierte bei den Vorstellungen. „Habt Ihr einen Namen?"

„Veynan." Stolz breitete er die Flügel. Die Saphirfarbe des Drachen verdunkelte sich, als die Sonne hinter dem Berg verschwand. Quistix' Blick heftete sich fasziniert auf die chamäleonartige Farbanpassung.

„Freut mich, Veynan." Sie lächelte aufrichtig. Eine verirrte Locke kaffeebraunen Haars fiel ihr ins Gesicht und brachte den schwachen Duft von geröstetem Kaffee mit.

„Ihr seid der einzige Transport zur schwebenden Stadt und zurück, stimmt's?", fragte Twitch.

Der Drache nickte träge und angestrengt.

„Das habe ich befürchtet." Twitch räusperte sich und bemühte sich, mutig zu klingen. „Wir brauchen eine Mitfahrgelegenheit dorthin."

„Fünf Platin für euch alle." Veynan wackelte, um eine bequeme Position zu finden. Sein stachelbewehrter Schwanz traf eine Kiefer, und die Stacheln gruben sich tief in den Stamm. Verärgert riss er den Baum mühelos allein durch Schwanzkraft aus dem Boden. Er *knallte* ihn auf den Boden, befreite die Stacheln und rollte den Baum mit zischendem *Rauschen*einige Meter weg.

„Fünf Platin?!", rief Quistix entsetzt. „Warum verlangt jeder in Evolt ein Vermögen?"

„Ich könnte auch *das* als Bezahlung akzeptieren." Der Drache lachte dröhnend, woraufhin mehrere Symphs panisch aus den Kiefern flüchteten.

Eine piepsige Stimme schimpfte hinter ihm: „Verdammt, Veynan! Wie oft soll ich dir noch sagen, du sollst dich ruhig verhalten? Mit deinem Baumzertrümmern hast du halb Evolt geweckt!" Ein hässlicher Goblin in Obsidian-Baumwollhosen und einem Noubald-Ledermantel mit Minkkragen watschelte auf stämmigen Beinen heran. Quistix schätzte ihn auf halb so groß wie sich selbst.

Als der Goblin sie erblickte, blieb er stehen. „Kunden, hä? Zu dieser Nachtzeit? Glück gehabt, dass ihr uns gefunden habt, sonst wärt ihr erfroren." Mit seinen übergroßen Pelzstiefeln stapfte er zur Seite des Drachen und lehnte sich gegen dessen massigen Oberschenkel.

Quistix räusperte sich. „Wir benötigen Passage nach Apex. Er sagte, es koste fünf Platin."

„Fünf Platin? *Veynan,* wir haben darüber gesprochen! Ich verhandle, du fliegst. Mehr nicht." Er musterte die Reisenden und grinste. „Für eine Elfe, einen Wyl und ein Esteg... ja, ich würde fünf Platin sagen."

Twitch durchwühlte seinen Beutel und klimperte mit den Münzen. Er zählte sie.

Quistix seufzte: „Wir haben bei Weitem nicht genug, Herr.“

Sie blickte sich um, ernsthaft besorgt, sie könnten in dieser unwirtlichen Umgebung in der Nacht erfrieren.

Twitch meldete sich beschämt zu Wort: „Würdet ihr *vier* Platin nehmen? Das ist alles, was wir haben.“

Während der Goblin überlegte, stürzte Quistix zu Twitch.„Wo zur Hölle hast du *vier Platin*her? Gestern noch–“

Ihre Worte erstarben, als sie sah, wie Twitch zum Hundeschlitten zurückblickte. „Es tut mir leid.“

„Twitch, sag, dass das ein Witz ist!“ Ihre Fäuste ballten sich. Wut stieg in ihr auf. „Du hast diesen Mann bestohlen, nach allem, was er für uns getan hat?“

„Ich bin ein Dieb! Das ist, was ich tue! Es hat dich nicht gestört, dass ich anderen die Taschen leere, um diese Expedition zu finanzieren! Warum ist er anders?“

„Er hat alles für uns getan! Diese Familie ist über sich hinausgewachsen. Und sie hatten ein Kind!“, knurrte sie.

„Die Hälfte der Männer, die ich bestohlen habe, seit ich dich kenne, hat wahrscheinlich ein Kind! Du kannst nicht einfach moralisch überlegen tun, wenn es dir passt.“ Er stellte sich ihr trotzig entgegen, ebenso wütend. Ebenso leise.

„Du brauchtest Geld, und ich habe es beschafft. Ich habe gerade unser Leben gerettet. Willst du, dass wir hier draußen erfrieren?! Wir haben nicht viele Möglichkeiten für Unterschlupf, bis wir mehr Geld auftreiben können.“

„Du wusstest nicht, dass wir *vier Platin* brauchen würden, als du es genommen hast. Du hast einen Unschuldigen bestohlen.“

„Aber bist du nicht froh, dass ich es getan habe? Häh? Darum geht es doch die ganze Zeit, seit wir das Banditenversteck verlassen haben. Willst du nach Apex oder nicht?“

12

Auroras Kopf ragte über Veynans Schuppen empor. Der Wind zerrte an ihren Geweihen, strich über das Fell ihres Gesichts und trocknete ihre Augen aus. Sie war fest mit Seilen am Sattel des Drachen gesichert. Es war die einzige Möglichkeit, da ihre Hufe keinen Halt finden konnten. Es war nicht das erste Mal, dass der Goblin ein Esteg auf den Drachen gebunden hatte, aber beim letzten Mal – vor Jahren – war das Esteg als Nahrungsquelle nach Apex unterwegs gewesen. Es war ungewöhnlich, eines als Gleichgestellten behandelt zu sehen.

Quistix saß hinter Aurora, Füße und Arme um so viel Sattel und Rückenpanzer geschlungen, wie sie greifen konnte. Frok krallte sich an Twitchs wehendem Pelzmantel fest, der nun wie ein Cape flatterte. Sein Platz an Veynans Hinterteil fing die stärksten Windböen ab. Er grub seine Krallen in das Sattelleder.

Veynan schoss in steilem Winkel empor und bewegte sich mit bemerkenswerter Anmut durch die Luft. Seine Flügel schlugen mit einem *Rauschen* durch den eisigen Nachthimmel. Er durchbrach die Wolkendecke und glitt dann sanft dahin wie ein Krabbenkutter auf ruhiger See.

Die gewaltigen Gebirgszüge von Evolt wirkten wie unbedeutende Hügel. Gefrorene Seen sahen aus wie winzige Pfützen. Die Welt, die Quistix einst kannte, erschien ihr plötzlich so unspektakulär.

Twitch tippte ihr auf die Schulter und brüllte gegen den Wind an. „Ich weiß, dass du sauer auf mich bist, aber ich sehe das Grinsen in deinem Gesicht. Gib es zu. Du *liebst* das hier. Das schlägt doch bei Weitem das Betrinken im Wald und das Ausrauben von Ewanianern, oder?"

Sie hasste es, das zuzugeben. Twitch hatte *recht*. Sie hatte sich in den Tagen dieses Abenteuers lebendiger gefühlt als seit Jahren. Nach Dansons Tod hatte sie sich innerlich für tot gehalten. Doch als die eisige Kälte ihr ins Gesicht peitschte, fühlte sie sich zutiefst *lebendig*.

Eine Handvoll Sterne strahlte herab, jeder mit seiner eigenen Geschichte. Die drei Monde wirkten größer denn je, fast in einer Linie. Sie fühlte sich wieder wie ein sorgloses Kind. Der Drache schlängelte sich durch die Luft, als würde er vorsichtig einen Teppich aus Himmel weben.

Frok starrte ehrfürchtig empor. „Wow", war das einzige Wort, das sie hervorbrachte.

Die starren Sattelgriffe im Klammergriff haltend, blickte Quistix hinab. In der Ferne durchbrach ein kleiner Lichterhaufen die pechschwarze Nacht. Sie nickte Twitch zu, um ihn auf die atemberaubende Aussicht der sich nähernden Stadt aufmerksam zu machen.

Als Aurora das gewaltige College über der Stadt erblickte, hüpfte ihr Herz vor Freude. Ein lang ersehnter Schatz an Wissen war endlich in Reichweite.

Ein bläuliches Licht strahlte von mehreren Ebenen eines turmhohen Gebäudes über die Wege zum Institut der Magie. Um das Gebäude herum lagen vier Viertel, durch Kopfsteinpflaster getrennt. An den Grenzen des unteren rechten Viertels flackerten verschiedenfarbige Lichter. Glühend gelbe Laternen, an Pfosten aufgehängt, säumten jeden Weg und bildeten einen großen, kreisförmigen Umriss um die Außenbezirke, während sie die üppige, sorgfältig angelegte Vegetation der Stadt beleuchteten. Apex war oval und an beiden Enden spitz zulaufend, mit Wegen, die das Bild eines von einem Kreis umschlossenen menschlichen Auges formten.

Noch bevor sie in der makellos wirkenden Stadt landeten, war Quistix sicher: Apex war ein Produkt der Magie.

Veynan hörte auf, mit den Flügeln zu schlagen, und landete auf einer unsichtbaren Barriere über der Straße. „*Vivat Hadina*", donnerte der Drache.

Nach diesen Worten glitt ein blauer Lichtstreifen kuppelförmig über die Stadt und beleuchtete ihre Grenzen. Plötzlich durchbrach Veynan die Barriere, fing sich mit einem einzigen Flügelschlag knapp über dem Boden ab und setzte seine krallenbewehrten Füße sanft auf das dichte Wiesengras.

Wärme überflutete sie. Das Klima hatte sich abrupt von eisiger Kälte zu tropischer Hitze gewandelt, als wären sie in eine warme Luftblase eingetreten. Feuchtigkeit beschlug die Laternen am Landeplatz und verlieh der exotischen Flora und Fauna einen frischen, taubenassen Glanz. Quistix hätte schwören können, dass sich der Mund einer stattlichen Blume schloss, sobald sie hinüberschaute. Ihr kanariengelber, knolliger Kopf und der glatte Stiel kamen ihr irgendwie bekannt vor, doch sie konnte es nicht genau einordnen.

Veynans schwere Füße landeten unglaublich sanft auf dem spiralförmigen Kopfsteinlandeplatz. Er presste seinen Körper flach gegen die Plattform, um ihnen das Absteigen zu erleichtern. Eifrig kletterte Twitch von Veynans Schulter.

Quistix löste das Seilgeschirr, das Aurora hielt, und sie halfen einander hinab. Die Beine des Estegs zitterten wie bei einem Neugeborenen.

Der Pfad vor ihnen war auf beiden Seiten von riesigen, ungestümen Rosen gesäumt.

Veynan drehte sich. „Willkommen in Apex. Passt auf, dass ihr den Pflanzen nicht zu nahe kommt. Sie werden von den örtlichen Alchemisten und dem College genutzt." Er nickte zum nördlichsten Pfad. „Folgt diesem Weg ein paar Meilen, um zur Herberge zu gelangen. Sie liegt links. Wenn ihr zur Teergrube kommt, seid ihr zu weit gegangen."

„Danke." Quistix' Stimme war aufrichtig, als sie die Seite des Drachenhalses streichelte.

Ohne ein weiteres Wort schlug er mit den Flügeln und stieg durch die klimatische Blase empor. Unachtsam wurde Twitch von der Böe aus dem Gleichgewicht gebracht und fiel gegen die gelbe Blume. Bei der Berührung zuckte die Pflanze hin und her und riss ihre gewaltigen Wurzeln aus dem Boden. Twitch wich zurück – es war eine riesige scheue Tulpe.

Frok flatterte von ihrem Versteck zur Öffnung im Tulpenkopf. „Pssst, is' okay. Er tut dir nix. Wir sind Fwende!"

Die Tulpe senkte ihre Blätter und zitterte heftig. Frok stemmte die Hände in die Hüften und tauchte kopfüber in sie hinein.

„Frok!" Aurora klapperte zur Seite der Tulpe und suchte nach einer Öffnung. Die Blütenblätter bewegten sich ruckartig. Von innen drang ein gedämpfter Schrei.

Quistix zog ihren smaragdgrünen Dolch aus ihrem geflochtenen Gürtel und hob ihn über die Blume, bereit, sie aufzuschlitzen, um den Drachenling zu befreien. Plötzlich erzitterten die Blütenblätter und öffneten sich, wobei zwei kleinere Blätter in der Mitte sichtbar wurden, die Frok unbarmherzig kitzelten. Sie schrie tatsächlich – nicht vor Angst, sondern vor purer Freude. Quistix senkte den Dolch langsam und seufzte erleichtert.

„Frok, komm sofort da raus!" Auroras Tonfall war streng wie der einer Mutter, die ihr Kind zurechtweist.

„Wir haben nur gespielt", piepste Froks Stimme aus der Blütenmitte. Ihre Lippe zitterte, die Augen füllten sich mit Tränen. „Du lässt mich nie spielen!"

„Doch, tue ich! Jetzt komm her!"

„Ich hab nicht mehr lang zu leben, und ich mag's nicht, angeschrien zu werden! Vor allem nicht von so'nem Spaßverderber wie *dir*! Ich hasse dich, 'Rora!" Frok schoss aus der Tulpe und flitzte davon.

„Ich weiß, dass du nicht mehr lange hast. Deshalb will ich dich *beschützen*!" Aurora bog um die Ecke, Froks leises Schluchzen in der Ferne verfolgend.

Quistix und Twitch folgten einem waldähnlichen Pfad, gesäumt von fremdartigen Pflanzen. An einem Inelm-Baum am Wegrand öffneten sich blinzelnde Augen. Sie verfolgten die Gruppe, bis diese außer Sichtweite war. Aurora spähte die Promenade ab, ihre Ohren zuckten bei den hohen Klängen der in der Ferne heulenden Symphs.

Quistix konnte ihren Blick nicht von dem Turm lösen, der hoch über Apex aufragte. Selbst aus dieser Entfernung war er ein Wunder.

13

Taverne & Gasthaus Zum flüsternden Zauberer
Apex City, Apex

Die Einrichtung war elegant. Feines, kaffeebraunes Tefly-Leder bezog die Sitzflächen und Lehnen der meisten Stühle, die größtenteils von Elfen in farbenfrohen Roben besetzt waren. Bardamen balancierten mit hoch erhobenem Kinn metallene Becher auf Tabletts.

Trotz der kühlen, abweisenden Blicke wirkte der Raum durch Kerzenlicht und rotgetäfelte Wände warm und einladend. Goldverzierte Embleme schmückten jeden Stuhl. Knackweiße Tischdecken bedeckten die Tische, darauf goldene Vasen mit duftenden Wildblumen. Dasselbe Gold zierte die Wandverkleidungen und die Bar im Hintergrund.

Die missbilligenden Blicke ignorierend, nahmen Quistix und Twitch an der Bar Platz. Dasselbe Augenemblem, das über der Stadt schwebte, war auch in die Barfront eingraviert, eingebettet in goldene Verzierungen.

Haldir, der Barkeeper mit grauer Haut, schenkte eine rubinrote Flüssigkeit in einen Becher. Seine spitzen Ohren ragten aus weißem Haar. Als er sie erblickte, weiteten sich seine Augen, als stünde ein Überfall bevor.

Quistix trommelte mit den Fingern auf die Bar und sprach leise, dem gedämpften Ton des Raums angepasst: „Habt ihr Muscadine-Wein?“

Der Barkeeper zuckte die Schultern und blickte zu Twitch, der seinen Beutel neben seine Hinterpfoten warf.

„Oder Holunderbeerenwein?!“

„Bitte senke deine Stimme!“ Haldir stellte die Flasche ab. Die Taverne verstummte, alle Augen auf sie gerichtet – manche ängstlich, andere wütend, der Rest angewidert. „Wir führen keinerlei Bauernfusel, sehr zu deiner Enttäuschung, gewiss. Und wir bedienen hier nicht *seinesgleichen*.“

„Ernsthaft?“ Quistix’ Stimme hatte einen scharfen Unterton, verletzt. Sie versuchte, sich zu zügeln.

Twitch folgte Haldirs erschrockenem Blick zu Quistix’ weiß glühenden Augen, die vor Empörung funkelten.

„Wie viel kostet dann einfach ein Zimmer?" Sie spannte ihren Kiefer an.

„Ein Zimmer hier kommt für Ihresgleichen nicht infrage." Haldirs Stimme war schroff.

Quistix stellte sich vor, ihm so heftig ins Gesicht zu schlagen, dass seine Zähne sich in seinen Hinterkopf bohrten. „Bei den *Göttern*, was ist euer Problem mit uns?"

„Mein Problem habe ich mit dir." Er sprach leise und glättete sein schwarzes Baumwollgewand. „Ich habe deine Augen gesehen. Du bist mit Magie geboren. Angesichts deiner Kleidung und deiner wenig ansehnlichen Begleiter ist klar, dass du deine Gabe verschwendet hast. Leute wie ich müssen täglich arbeiten, studieren und üben, nur um unsere Fähigkeiten zu verfeinern. Ich habe kein Mitleid und keine Geduld für eine Elfe, die ihren angeborenen Fähigkeiten den Rücken kehrt, während der Rest von uns sich zu Tode rackert, um Großes zu erreichen. Ich schlafe drei Stunden pro Nacht, um genug für die Schulgebühren aufzubringen – für eine Schule, die mir verspricht, so zu werden wie *du*. Aus meiner Sicht hat dir deine Gabe keinerlei Vorteile gebracht."

Quistix presste beide Hände flach auf den Tisch. „Ich wurde von einem Schmied auf einer kärglichen Farm mit schlechtem Boden in Bellaneau aufgezogen. Ich wusste bis vor Kurzem nichts von meinen Fähigkeiten. Du urteilst, ohne etwas über mich zu wissen. Warum? Weil ich rieche?

Weil ich schäbige Kleidung trage? Du hast keine Ahnung, was ich durchgemacht habe, um hierher zu kommen.“

„Ich glaube, es ist Zeit, dass Sie gehen, Madame.“ Haldir deutete auf die verzierten Eingangstüren.

„Gibt es hier noch eine andere Herberge? Vielleicht eine, deren Betreiber kein voreingenommener Elf ist, der im Leben versagt hat und es an denen auslässt, die nur für eine Nacht ein Dach über dem Kopf brauchen?“

„Leider nicht“, sagte er mit einem boshaften Grinsen, das sich über seine straffe Elfenhaut schob.

14

Die rasenden Infernal-Höhlen
Südliches Obsidia

Exos betrat den Raum wie eine Frau mit einer Mission. Als sie um die Ecke in Vervaines Zelle bog, streichelte die verrückte Quichyrd das struppige Fell eines stinkenden, geschwänzten Infernals. Fell, das sich bei jedem liebevollen Streicheln ihrer knöchernen, gefiederten Krallen löste. Die Königin beobachtete das abscheuliche Schauspiel der Zuneigung mit blankem Ekel.

Exos kniete vor einer Gestalt nieder, die in blutige Tücher gehüllt war. Als sie den Stoff von der Haut zog, erkannte sie den zerfetzten Körper.

Vervaine.

Oder vielmehr *das, was von ihr übrig war.*

Die erkaltende Leiche hatte eine deutlich ausgerenkte Schulter. Der Arm abgewinkelt. Verkrümmte Finger, die über die aufgeschlitzte Haut ihrer Hüfte strichen. Krusten von getrocknetem Blut überzogen die Kratzspuren. Eines ihrer Beine war gebrochen, verdreht.

Omen stand ehrfürchtig in der Ecke, die Arme verschränkt. Flammen leckten schweigend über sein Gesicht wie ein Meer zorniger Wellen. Er starrte auf die Leiche des Mädchens, das er zu einer liebevollen Frau heranwachsen gesehen hatte – eine, für deren Schutz er ewig verflucht war. Zum ersten Mal wurde der körperliche Schmerz von seelischer Qual überschattet.

Sie hatte immer gedacht, der Tod ihrer Schwester würde Erleichterung bringen, doch stattdessen fühlte sie sich hohl und leer. Freude wurde von Unglauben überlagert. Exos blickte zu den zerstörten karmesinroten Seelenschnittern, die in ihrer magisch verstärkten Zelle eingesperrt waren.

Sie waren zu weit gegangen.

„Was ist hier passiert?" In Exos' Stimme lag nichts als Wut, was sogar Omen verblüffte. Ihre Gefühllosigkeit kannte keine Grenzen.

„Die karmesinroten Seelenschnitter haben das getan, was du Nictis befohlen hast, ihnen beizubringen. *Folter.* Das wolltest du doch, oder nicht? Deine Schwester jeden noch so kleinen Schmerz spüren lassen, weil sie die Zuneigung hatte, nach der du dich gesehnt hast?" Ceosteol nahm ihren Blick nicht von der Leiche.

„Ich wollte ihr eine Lektion erteilen. Sie nicht *ermorden*, du Idiot!" Sie knurrte in die Luft und fletschte dann die Zähne gegen die geschwänzten Infernals. „Ich wusste, dass alle diese Verfluchten von dir und Nictis *Abschaum*sind!" Exos trat nach dem Wassereimer auf dem Boden, wodurch sich rosa gefärbte Flüssigkeit über den gezackten Kristallboden ergoss, der scharf wie eine Messerschneide war.

„Achte auf deine Worte!", warnte Ceosteol. „Du magst einen Titel tragen, aber diese *Infernals* sind Teil meiner *Seele*." Ceosteol versuchte, ihren gekränkten Ton zu verbergen, indem sie ihren Schnabel gegen die Schnauze eines der zweiköpfigen Bestien drückte. Dieses leckte sie anmutig mit zwei gierigen, verfaulten Zungen ab, die wie bei einem zombifizierten Hundeexperiment aus den Köpfen glitten. Der zweite Kopf des Infernals griff den ersten aus Bitterkeit und Neid an, schnappte mit beiden knochenfreigelegten Kiefern und knurrte wild. Das verbliebene Nackenhaar sträubte sich.

„Audite sermonem meum et cessate!" Ceosteol schrie.

Der grüne, wirbelnde Rauch in ihren Augen wurde heller, und beide Infernals setzten sich auf ihre Schlangenschwänze. Ihre vielen Gesichter wandten sich ihr zu und erwarteten einen Befehl.

„Weck sie auf!" verlangte Exos, wollte es immer noch nicht wahrhaben. Als könnte sie ihrer Schwester befehlen, wieder zu leben. Als wäre sie so daran gewöhnt, ihren Willen durchzusetzen, dass sie selbst den Tod mit ihrer trotzigen Aggression herausfordern könnte. *Aber das konnte sie nicht.*

Ceosteol kniete sich neben die Leiche und starrte die Königin an, ihre Augen leuchtende grüne Kugeln in den hohlen Augenhöhlen. „Man kann sie nicht wecken. Vervaine ist tot."

Exos wäre fast zusammengesackt. Ihr Kopf war leicht, ihre Lungen schwach, unfähig, genug Luft zu schnappen. Sie krümmte sich, unsicher. Die Welt drehte sich. Sie schlug ihre geballten Fäuste mit zunehmender Heftigkeit gegen ihre Schläfen, hämmerte die Knöchel hart gegen ihren Schädel. Sie schrie und hustete heftig, sprenkelte den Körper ihrer Schwester mit rubinroten Tröpfchen. Die Seelenschnitter gerieten bei ihren gequälten Schreien in rasende Begeisterung.

„Du trotziges kleines *Miststück*!" Das letzte Wort war giftig. *Hasserfüllt.* Sie trat dem schlaffen Körper ihrer Schwester in die Rippen. Die Knochen brachen. Die

Totenstarre machte ihr zähes Fleisch unnachgiebig. Exos hörte ihren eigenen Herzschlag in den Ohren. *„Hol sie zurück.* Das Ganze sollte sie nur in ihre Schranken weisen, nicht töten. Meine Befehle waren *unmissverständlich*."

Ceosteol kicherte über die Dreistigkeit der Frau über ihr. Immer nur *nehmen*. Versprechen, die ständig bröckelten. Und jetzt wollte sie *noch einen* Gefallen. Die Federn in ihrem Nacken sträubten sich, Lebensenergie rauschte wütend durch ihre kaltblütigen Adern. Sie stand auf, unerschütterlich. Sie rührte keinen Muskel. Sie starrte nur mit diesen leuchtenden grünen Kugeln,die einen neonfarbenen Schimmer über ihren rabenartigen Schnabel warfen.

„Die Schnitter wissen nicht, wann sie aufhören sollen. Sie ernähren sich von Schmerz und Elend, und du hast ihr reichlich davon beschert", warf Omen ein, die Arme noch immer verschränkt.

Exos hielt ihren Blick auf die Quichyrd gerichtet, ignorierte Omens Vorwurf. „Tu es! Ich habe gesehen, wie sehr du es *liebst*, an deinen kleinen toten Dingen herumzuspielen. Hier ist noch eines. Genau wie du es vor all den Jahren mit diesen armen Wyl-Kindern gemacht hast. *Tu es mit ihr*!", schrie sie.

„Ich bin es leid, von dir benutzt zu werden", kreischte Ceosteol. „Jahr für Jahr wird mir die Hoffnung wie eine

Karotte vor die Nase gehalten. Du bist *grausam*. Das warst du *schon immer*, sogar als *Mädchen*. Ich mache deine Drecksarbeit nicht mehr. Ich habe getan, was du verlangt hast. Ich half *dir*, Königin zu werden. Ich half *dir*, Königin zu bleiben. Alles, was du bist und hast, hast du mirzu verdanken!"

„Ich sollte dir hier und jetzt die Kehle aufschlitzen und dich diesen verrotteten Abscheulichkeiten zum Fraß vorwerfen!"

„Tu es! *Töte mich jetzt*", atmete sie tief ein, „oder unterzeichne meinen Begnadigungsbefehl. Gib ihn deinen Männern. Rehabilitiere meinen Namen. Nur *dann*werde ich ihre Seele an mich binden."

„Alles, wovon du redest, ist die Begnadigung! Dein unaufhörliches Betteln macht mich wahnsinnig! Du weißt, dass ich dich nicht wirklich begnadigen kann. Dass du immer wieder darauf hereinfällst, zeigt mir, was für ein *Narr* du bist!" Der Raum wurde totenstill. „Soll ich etwa *allen* Gefangenen die Freiheit schenken? Oder nur der verrückten Quichyrd, die an Wyl-Kindern experimentiert hat? Der verdrehten Hexe, die wilde Tiere zusammennäht. Derjenigen, die diese untoten Scheusale erschafft. Du glaubst wirklich, ich kann ein Monster begnadigen und die Destorianer würden mich weiter regieren lassen?"

„Ja! Du hast immer getan, was du wolltest, egal welche Konsequenzen, du Göre! Das hier ist nicht anders. Ich habe mir das verdient!" Die Quichyrd streckte einen Flügel in Richtung von Vervaines Leiche aus. „Wenn ich das tue, wird sie nicht mehr dieselbe sein, was dich, wie ich weiß, ungemein erfreuen wird. Ich würde eine weitere Verlängerung meiner selbst erschaffen, genau wie sie." Sie strich mit einem Flügel über die geschwänzten Infernals, die gehorsam zu ihren Füßen saßen. „In deinen Augen wird sie besser sein. Präsentabel für öffentliche Auftritte. Ich kann sie alles sagen und tun lassen, was du willst." Ihr ernster Ausdruck verzog sich zu einem Grinsen. „Aber sie betritt die Straßen nicht wieder... bis ich es tue."

15

Apex City, Apex

„Das scheint so gut ein Platz wie jeder andere zu sein." Quistix zeigte auf eine Kopfsteingasse neben dem Hauptplatz der Stadt. Müllberge türmten sich an der linken Wand. Hinter ihnen stand eine massive Granitstatue eines Magiers, die Hände vor sich ausgebreitet. Er schien mitten dabei zu sein, einen Raakaby in einen Menschen zu verwandeln. Anmutige Steinbänder wirbelten um das schlappohrige, sich wandelnde Wesen.

„Mir recht", sagte Aurora, fasziniert von der Steinmetzarbeit. Sie konnte den Blick nicht davon abwenden. „Ich bin es gewohnt, draußen zu schlafen."

„Wenigstens ist es warm!„Das ist ja mal richtig vornehm!" rief Frok aus ihrer Hängematte, während sie sich träge mit einem Holzsplitter die Zähne pickte.

Twitch ließ das Bündel Äste fallen, das er getragen hatte – seine „Schätze der Wanderung", wie er sie genannt hatte – und griff nach einem Müllsack. Mit mürrischem Gesicht schleuderte er ihn in eine Ecke, trat noch einmal zur Sicherheit dagegen, bevor er sich wie ein sackartiger Getreidehaufen darauf fallen ließ.

„Wieder mal das große Leben", brummte er und schnappte sich die Äste. Er begann, seine Klinge darüber gleiten zu lassen. Pfeile zu schnitzen half oft, seine Frustration zu besänftigen. Für ihn war es eine entspannende Tätigkeit.

Quistix seufzte. „Es ist nur für eine Nacht. Morgen früh gehen wir zum Institut, und ich werde sehen, was ich tun kann, um uns eine bessere Unterkunft zu besorgen, solange wir hier sind."

„Warum? Das hier ist erstklassig!" Die Stimme des Wyls triefte vor Sarkasmus. „Der Ort riecht fantastisch. Ich habe ein weiches Bett, tolle Aussicht." Er starrte auf den überquellenden Müllcontainer, der von Fliegen wimmelte. „Fünf-Sterne-Unterkunft, meine Dame."

16

Das Institut der Magie
Apex City, Apex

Twitch blickte auf und sah ein rundes Steingebäude, das stolz über einer Heckenwand aufragte. Graue Steingargoylen thronten obenauf, ihre gemeißelten Augen beobachteten jede Richtung. Die Fenster waren bogenförmig, zwischen Steinpfeilern eingebettet. Dazwischen spannten sich wirbelnde, halbdurchsichtige, indigofarbene Magiebarrieren. Im Morgenlicht wirkten sie wie Wände aus Buntglas. Die äußere Steinverzierung, die jedes Stockwerk trennte, trug destorianische und lateinische Begriffe für verschiedene Magiearten.

Ein gezacktes Erdstück erhob sich aus dem Boden hinter den Sträuchern. Wurzeln und Erde hingen wie Quallenarme von der grasbewachsenen Plattform herab. Darauf standen drei Magiestudenten in ihren Zwanzigern, jeder mit einem Arm voller Bücher. Die Plattform glitt am Gebäude entlang nach oben und hielt im dritten Stock an. Sie traten durch das durchsichtige Kraftfeld und verschwanden.

Ein Elf mit Saphiraugen und blassgelber Haut explodierte aus dem Nichts in ihrem Sichtfeld. Zwei weitere Lichtblitze ließen gepanzerte Magier in polierter Messingrüstung erscheinen, ihre Stäbe kreuzweise in ein „X" gelegt. Ihre Brustpanzer waren mit dem umkreisten-Auge-Emblem verziert. Blau leuchtende Lichtbögen verbanden die Spitzen ihrer Stäbe wie ein blendend heller, stetig zuckender Blitz.

Ein dürrer Elfenschüler wurde durch die Barriere geschubst und landete auf seinem übervollen Koffer. Er klopfte sich den Staub ab, ging auf die Wachen zu und versuchte, wieder Einlass in die Eingangshalle zu erhalten. Die Wachen stoppten ihn mit ihren knisternden Stäben, durch die die Magie pulsierte. Der blaue Umhang des Jungen klebte an seinem sehnigen Körper, ein gelber Schal baumelte um seine Taille, als er protestierend die Hände hochriss.

„Mich rauswerfen?! Mich?! Es war doch keine große Sache! Wisst ihr überhaupt, wer ich bin? Meine Eltern haben den gesamten Heiltrakt bezahlt! Vergesst diese blöde Schule!", schrie der Student und stürmte den Weg hinab direkt auf die Reisenden zu. Twitch duckte sich hinter einen Busch, aber Quistix blieb aufrecht stehen, unfähig, ihren Blick abzuwenden.

„Professor Daedumal hätte nicht so überreagiert!"

Quistix zog die Augenbrauen hoch, als sie den Namen hörte.

„Wundert euch nicht, wenn ihr beiden bald arbeitslos seid!", fauchte er und stürmte davon.

Quistix trat dreist auf die Wachen zu. Sie hatte keinen Plan. Selten machte sie sich einen, sondern handelte rein aus dem Bauch heraus.

„Entschuldigen Sie, meine Herren." Quistix nickte den Wachen respektvoll zu. „Wie könnte jemand wie ich Zutritt zum Institut erhalten?"

Die Männer musterten sie von Kopf bis Fuß, sagten aber kein Wort.

„Was führt Sie zum Institut?" Eine weibliche Stimme erklang aus einem der Gesichtshelme, eine verblüffende Enthüllung, da Quistix sie aufgrund ihrer Größe und Statur für Männer gehalten hatte.

Quistix blickte zu Aurora. „Wir haben eine lange Reise hinter uns. Meine Freundin möchte in Ihrer Bibliothek lesen.“

Die Wachen sahen sich an, regungslos wie die Gargoylen über ihnen. Schließlich sprach einer. Der männliche. „Es tut mir leid, gnädige Frau. Nur Studenten, Mitarbeiter und Angehörige dürfen diesen Punkt passieren.“

„Nun, zufälligerweise, wenn ich den Jungen richtig verstanden habe, bin ich mit einem Professor hier verwandt. Würde das reichen?“

„Wer ist Ihr Verwandter?“ Seine Stimme klang misstrauisch.

„Professor Daedumal“, antwortete Quistix unsicher.

„Und Ihr Name?“, fragte der andere Wachposten.

Quistix überlegte einen Moment. Sie war eine Gesuchte, und ihren Namen zu nennen, könnte Exos' Wachen direkt zu ihr führen. Sie könnte sich gleich selbst auf dem Silbertablett servieren. Nach einigem inneren Ringen sprach sie die Wahrheit. „Quistix Daedumal.“

„Warum kommt mir dieser Name so bekannt vor?“, fragte der Mann die Frau.

„Ich habe diesen Namen schon gehört.“

Twitch schluckte, und Quistix' Herz sprang ihr in die Kehle. Sie hatten sicher die Steckbriefe gesehen, ihren Namen fett gedruckt obenauf.

Das war es, dachte sie.

Die beiden Wachen flüsterten miteinander, bevor sie schließlich nickten. Diesmal sprach die Frau. „Wir brauchen einen Beweis. Können Sie das belegen?"

Quistix überlegte einen Moment, durchforstete ihr müdes, erschöpftes Gehirn nach einer Möglichkeit, sich zu verifizieren. Dann kam ihr ein genialer Einfall. Sie eilte zum Esteg, griff in die schlecht gearbeiteten Satteltaschen, die sie genäht hatten, und holte ihr Buch hervor. Sie wickelte es aus der noubald-Ledertasche und schlug den Deckel auf.

Die Wachen beugten sich gemeinsam über den uralt wirkenden Folianten und lasen die Widmung:

An meine Tochter Quistix,

Du bist die Verkörperung der Alchemie. Aus der Ferne habe ich dich aufwachsen sehen und bin so stolz auf dich. Möge Erleuchtung deinen Pfad erhellen und deine Schritte lenken.

In Liebe, Eldrin Daedumal

Die Handschrift war sauber und ordentlich, jeder Buchstabe fast genau gleich hoch und gleich weit vom nächsten entfernt. Quistix hatte es dutzende Male gelesen, ohne je ganz zu verstehen, was es bedeutete.

„Wir müssen das mit der Schulleiterin abklären. Bitte warten Sie hier.“

Quistix griff instinktiv nach dem Buch ihres Vaters, doch die Wache, die es hielt, hatte sich bereits auf dem Absatz umgedreht und marschierte durch die Haupthalle. Gemeinsam polterten die Wachen eine breite, gewundene Treppe hinauf. Von Sorge und Verwirrung erfüllt, drehte sie sich um und warf Aurora ein schwaches, beruhigendes Lächeln zu. Wenn dies funktionierte, bedeutete es das Ende ihrer gemeinsamen Reise. Sie hatte erreicht, was sie sich vorgenommen hatte, und das Leben des Estegs würde dadurch unermesslich bereichert sein.

Die schnellen, *metallischen* Schritte der Stiefel der Wachen näherten sich, dröhnten über den Marmorboden. Eine schlanke Elfe mit platinblondem Haar folgte der Wache und drängte sich mit einem einladenden Grinsen und weit geöffneten Armen an ihr vorbei. Ihre karmesinroten Iriden wurden weich. Sie umarmte Quistix fest. „Ach du meine Güte, wie du gewachsen bist!“

Quistix war sprachlos.

„Ach, wo sind meine Manieren? Sie erinnern sich wahrscheinlich gar nicht mehr an mich. Ich bin Madame Emma Aerendyl, Schulleiterin hier am *Institut der Magie*. Allerdings war ich bei unserem letzten Treffen nur eine Studentin hier. Das fühlt sich an wie vor Äonen.“ Sie lachte, ein Hauch von Nervosität schwang in ihrer Stimme mit. Sie nestelte an den langen Ärmeln ihres makellosen Gewands herum. „Ich bin so froh zu sehen, dass du nach all den Jahren den Weg zurückgefunden hast. Ich—“ Sie zögerte, stockte bei der Formulierung des nächsten Satzes. „Ich... es tut mir so leid für Ihren Verlust.“

Quistix' Stimmung verdüsterte sich. Sie neigte den Kopf und starrte verwirrt. „Welchen Verlust?“

Die Schulleiterin fuhr sich erschrocken über den Mund.

„Hat Ihnen das niemand gesagt?“ Madame Aerendyl atmete lang und schwer aus und ließ ihren Blick über den Innenhof des Instituts schweifen. „Es tut mir so leid, Ms. Daedumal, Ihr Vater ist vor fast einem Monat verstorben. Ein schrecklicher Unfall in seinem Labor. Es tut mir leid, dass Sie diesen weiten Weg zurücklegen mussten, um das zu erfahren.“

Quistix stotterte: „Ich... ich habe ihn *eigentlich kaum* gekannt. Nur ein paar vage Erinnerungen.“ Ihr Geist wurde überflutet von Bildern, Fragen, Erinnerungen und überwältigenden Gefühlen des Verlustes für jemanden, den sie kaum gekannt hatte.

„Es ist perfekt, dass Sie hier sind. Wir haben einige Dinge bezüglich seines Nachlasses zu besprechen. Bitte folgen Sie mir." Schulleiterin Aerendyl ging voran. Als sie Quistix' Schritte nicht hörte, drehte sie sich um. „Was ist los?"

„Eigentlich bin ich nicht wegen meines Vaters hier." Quistix deutete auf den Esteg. „Aurora ist den ganzen Weg von den Bramolt-Bergen gekommen, um Ihre Bibliothek zu besuchen. Wir sind wochenlang gereist, haben kaum gegessen, haben geschlafen, wo wir konnten, um sie hierher zu bringen. Sie hat einen Wissensdurst, und die Bibliothek hier soll unübertroffen sein, so haben wir gehört."

„Das ist sie. Leider erlauben wir keinen Zutritt für Personen, die nicht mit dem Lehrpersonal oder Studenten verwandt sind." Emma steckte eine lose Strähne ihres silbernen Haares zurück in ihren Zopf und blickte entschuldigend. „Allerdings war Ihr Vater hier eine *Legende*, und er wäre außer sich gewesen, wenn er gewusst hätte, dass ich Sie abgewiesen hätte. Aus Respekt vor Eldrin, *Gott hab ihn selig*, bin ich bereit, eine Ausnahme zu machen." Sie setzte ein schüchternes Grinsen auf und machte den Weg frei, um die müden Reisenden einzulassen. Die Wachen drückten sich an die Seiten des Eingangs und senkten ihre Stäbe. Die

Elektrizität zwischen ihnen erlosch. Aurora nickte jeder Wache zu, als sie vorbeiging. Froks Augen quollen angesichts der Haupthalle hervor.

Schulleiterin Aerendyl führte die zerzausten Entdecker durch die große Haupthalle des Verwaltungsgebäudes, unter der gewundenen Treppe hindurch und durch eine Doppeltür hinaus in einen weiteren atemberaubenden Innenhof auf der anderen Seite. Hinter einem hohen Kräutergarten spannte sich eine massive Brücke hoch in den Himmel. Während sie weiter gingen, spähte Quistix über die Steinwände der Brücke und erspähte winzig kleine, weiß gekrönte Wellen eines aufgewühlten Meeres weit, weit unter ihnen. Apex war wahrhaftig eine schwebende Stadt. Stücke makellos gepflegten, pflanzenübersäten Landes waren durch Himmelsbrücken verbunden, die meilenweit über dem Platin-Kap hingen. Wenn sie die Augen zusammenkniff, konnte sie kleine, dunkle Punkte auf dem Wasser erkennen – Handelsschiffe, die die gefährlichen Gewässer Destorias durchquerten.

Bevor Aurora protestieren konnte, katapultierte sich Frok aus ihrem Kokon und flatterte über die Kante, eine halbe Meile hinab zu den tobenden Wassern unter ihr. Die warme Luft in Apex, vermischt mit dem makellos blauen Himmel, ließ sie vor Freude aufschreien, ihre winzige Stimme hallte von den Felsen der Brücke zurück. Aurora hatte ihr oft erzählt, dass der Legende nach noch nie ein Pleom nach Apex gelangt sei. Überglücklich sog sie den Anblick in sich auf. Die Erste ihrer Art zu sein, war eine Ehre. Magische Mauern, schwebende Städte und riesige Drachen waren Teil einer Welt, von der sie nie gedacht hätte, sie lange genug zu erleben, um sie zu sehen.

Als sie die verwunderten Blicke sah, hob die Schulleiterin ihre schlanken Hände. Mit einer schwungvollen Geste schlängelten sich prächtige Mandevilla-Ranken schnell durch die Spalten und Vertiefungen der Felswand, die sie vom Gehweg und dem tödlichen Abgrund trennte. Magentafarbene Blüten sprossen entlang der Ranken und übersäten die grauen Steine mit lebhaften Farbtupfern. Twitchs Mund stand offen angesichts solch eines Wunders. Er verstand, warum Apex so perfekt gestaltet war. Mit einer solchen Macht wäre es einfach, eine botanische Oase zu erhalten.

Am Ende der Brücke saßen zwei elbische Wachen auf jeder Seite des massiven Messingtors, und eine weitere stand mit perfekter Haltung in der Mitte, ihre Rüstung blendend im sommerlichen Sonnenlicht. Madame Aerendyl hielt ihre Hände zusammengeführt in der Luft und bewegte sie langsam auseinander, die Augen konzentriert geschlossen. Ihre Verzauberung öffnete die riesigen Tore weit, und der

Elf in der Mitte trat pflichtbewusst nach rechts, um ihnen Durchgang zu gewähren.

Hinter den Toren erstreckte sich ein kleiner, üppiger Innenhof mit akkurat angeordneten Steinen und üppigen Kletterpflanzen, die sich an hohen Spalieren an jeder Seite emporrankten. Polierte Steinstufen umringten ein Gebäude. Auf der gegenüberliegenden Seite standen vier geschnitzte Holztüren, vierzig Fuß hoch am Eingang. Studenten gingen ein und aus, öffneten die Türen jeweils mit müheloser Gedankenmagie, während ihre Arme mit entmutigenden Stapeln von Lehrbüchern beladen waren.

„Willkommen am *Institut der Magie*.“ Madame Aerendyl trat als Erste ein und breitete die Arme aus, als präsentiere sie eine Galerie voller Kunstwerke. „Heimat von 183 Magiestudenten und 37 hoch angesehenen Lehrkräften.“

Im Zentrum der Lobby gedieh ein runder Garten mit einem Teich in der Mitte. Schmetterlinge, Bienen und Feen flatterten um das magisch abgeschirmte Biotop voller regen Lebens. Mehrere goldschuppige Fische brachen durch die Wasseroberfläche, ihre Mäuler tauchten nur für ein, zwei Sekunden auf, bevor sie wieder darunter verschwanden.

Zwei Marmorbänke im Biotop waren von elbischen Studenten in hellen Roben besetzt, ihre nackten Füße baumelten im Teich neben den Fischen.

„Magie kann erschöpfend sein. Wir haben einen Garten geschaffen, damit die Studenten sich von ihrer Studienbelastung erholen können. Jeder Student wird magisch unterschiedlich aufgeladen und benötigt eines der vier Naturelemente als Quelle. Dieser zentrale Garten ist tabu, daher die Biosphärenkuppel. Sie hat den doppelten Zweck, uns mit einer Vielzahl von Pflanzen für unsere Alchemieklassen zu versorgen.“

Quistix horchte bei dem Wort Alchemie auf, was in ihr die einzigen positiven Kindheitserinnerungen an ihren Großvater wachrief. Indigofarbenes, kraftfeldgefiltertes Sonnenlicht strömte durch gleichmäßig verteilte Fenster in den Raum. Stolze Säulen standen da, umschlungen von rankenden Weinreben und einer bunten Vielfalt trompetenförmiger Prunkwinden. Schwebeleuchtkugeln, die in das üppige Efeu an den Wänden eingebettet waren, warfen warmes Licht in die dunkleren Ecken. Eine breite Wendeltreppe schraubte sich mehrere Stockwerke hoch bis zur obersten Etage. Madame Aerendyl führte sie hinauf.

„Diese Ebene ist für das Studium der *Illusion*.“ Einige Studenten standen in verschiedenfarbigen Kreisen in einem weiten Raum mit hohen Decken. „Dieser Kurs vermittelt die Grundlagen. Wie Sie an dem Alter der Studenten und der blassen Farbe ihrer Roben erkennen können, entfalten sie erst ihre magischen Fähigkeiten. In ein paar Jahren werden sie in der Lage sein, ganze Landschaften zu erschaffen und alle fünf Sinne zu manipulieren."

Eine elbische Jugendliche mit langem, blondem Haar und granatfarbenen Augen schlüpfte an ihnen vorbei, stellte ihre Bücher ab, schloss die Augen und verharrte schweigend am Geländer in der Mitte. In ihrer Hand hielt sie eine stiellose, ungestüme Rose, fast so groß wie ihr Kopf. Twitchs Schnurrhaare zuckten, als er beobachtete, wie sie mit dem Fuß einen Kreis auf den Steinboden um sich herum zog. Plötzlich erschien dort, wo ihr Fuß gewesen war, eine feuerrote Linie. Sie ließ die Blume fallen, und das Emblem des Institutsauges erschien leuchtend rot im Kreis. Sie öffnete die Augen. Auch sie waren vollständig rot, samt Lederhaut, beide laserfokussiert auf die stiellose Blume.

Nach einer ruckartigen Bewegung ihres Handgelenks drehte sich die Blume um und stand auf ihren Blütenblättern. Mit einer Handbewegung, Handfläche nach oben, schwebte die Rose empor wie eine rote Qualle, deren tentakelartige Blütenblätter sich drehten, während sie die Richtung änderte und über ihren Köpfen flatterte. Die Farbe der Rose verblasste, schnell von stumpfen Grautönen überlagert. In einem Augenblick verwest, zerfiel sie zu Asche und rieselte wie Staub zu Boden.

Ein einäugiger Ewanian schob einen borstigen Besen heran und fegte die Überreste der Rose zusammen. Er warf ihnen vom Treppenabsatz aus ein gequältes Lächeln zu, sein schlaffer Luftsack wackelte bei jeder Bewegung wie loses Hühnerfett.

Sie stiegen eine weitere lange, gewundene Treppe zum nächsten Stockwerk hinauf. Quistix bereute die ausgedehnte Führung bereits, ihre Oberschenkel schmerzten höllisch vom Reiten auf Veynans riesigem, ratterndem Sattel am Vortag. Gemeinsam blieben sie auf dem Podest stehen und starrten in einen unglaublich großen Raum, nahezu identisch im Aufbau wie der vorherige. Dutzende Studenten standen vor Verzauberungstischen. Indigofarbenes Licht wirbelte um Klingendolche, schwebende Halsketten und rotierende Ringe. Jeder Student rezitierte auf Latein, schlug mit Kristallen in jeder Hand gegen die Tischkanten und sandte Blitze in die Luft.

„Dies ist die Ebene der Verzauberungen. Die Aufgaben konzentrieren sich hauptsächlich auf Schutz, Heilung und Zerstörung. Flüche sind strikt verboten." Das Lächeln der Schulleiterin verblasste. „Wenn auf diesem Gelände schwarze Magie beobachtet wird, werden die Beteiligten sofort relegiert und des Hauses verwiesen. Die Böden bestehen aus Achat, wie alle Stockwerke darüber. Wir ließen ihn für seine Eigenschaften abbauen und importieren. Er fördert die Sicherheit unserer Studenten, daher der Name *Sicherheitsstein*."

„Der Student, der vorhin von den Wachen am Tor vorbeigeführt wurde. War das eine Relegation?" Twitch klang neugierig.

„Tatsächlich", antwortete sie, ihre Worte wogen schwer. „Kommt, es gibt noch viel zu sehen."

17

Die rasenden Infernal-Höhlen
Südliches Obsidia

Ein Portal öffnete sich in der Wand, und Ceosteol trat hindurch. Es war ein anstrengender Zauber, aber er würde es ihr ermöglichen, Vervaine in ihr feuchtes, unterirdisches Versteck zu bringen, ohne bei möglichen Beobachtern Alarm auszulösen. Drinnen angekommen, legte sie den Körper ab und wandte sich der Tür zu, die in die freiliegenden Lehm- und Erdwände ihres unterirdischen Refugiums gemeißelt war. Mit einer schwungvollen Bewegung ihres Flügels versiegelte sich das Portal, und seine Ränder verschwanden, als hätte es nie existiert. Sie hoffte, noch genug Energie zu haben. Die körperliche und magische Anstrengung zehrte an ihrem uralten Körper.

Sie huschte die Stufen hinab. Mit zitternden Händen kramte sie nach Vorräten. In der fast völligen Dunkelheit tappte sie zu Regalen voller Glasgefäße und Metallbehälter und kniff die Augen zusammen, um ihre eigene Handschrift zu entziffern. Da sie die Etiketten nicht lesen konnte, entzündete sie mit einem *Wusch* smaragdgrüner Flammen bei einem Handgelenksknacken eine Fackel an der Wand. Nach sorgfältiger Auswahl dreier großer Phiolen goss sie den Inhalt jeder einzelnen in ein Einmachglas auf ihrem Alchemietisch. Der erste war eine beißende, schwarze, teerartige Masse, die *glucksend* aus ihrem Behälter floss. Dikeeka hatte viele Verwendungszwecke, doch ursprünglich war es für weitaus *unheilvollere* Kreationen wie diese gedacht. Ihr übler Geruch hing noch lange in der Luft, nachdem der Deckel wieder verschlossen war.

Als Nächstes hielt sie eine Flasche mit rauchender gelber Flüssigkeit. Als sie den Korken herauszog, ließ ein heller Blitz sie Sternchen sehen. Ein kleiner Feuerball entstand und verpuffte, wobei er den Raum mit einem beißenden Brandgeruch füllte. Sie goss sie hastig hinein und setzte den Korken wieder auf.

Vorsichtig hielt sie die letzte Phiole in ihrer Hand. Sie war warm. In der türkisen Flüssigkeit, die im Glas eingeschlossen war, sah sie, wie Erinnerungen aus ihrem Leben in farbigen Streifen durch die blaue Masse wirbelten. *Die Essenz ihres Seins.* Schmerzhaft über die Jahre extrahiert für Zwecke wie diesen. Sie goss sie über die anderen Komponenten. Während sie mit einem Holzlöffel umrührte, hörte sie in der Flüssigkeit ihre eigene Kinderstimme, die sie anflehte aufzuhören. Der schauerliche Schrei ließ ihr Gefieder sich sträuben. Sie roch den Lavendelduft des Feldes neben ihrem Elternhaus in Silvercrest, gefolgt vom Aseran-Parfüm ihrer Mutter.

Sie setzte einen Deckel auf das Einmachglas und schüttelte die Mixtur wie eine Maraca gegen das Glas, während sie beobachtete, wie die Farbe sich in das gleiche gespenstische Grün wie ihre Augen verwandelte. Ihr Blick wanderte zur Nische neben der Treppe.

Vervaines Leichnam.

Gequetscht, geschlagen und gebrochen.

Mit scharfen Krallen öffnete sie die kalten Lippen der Elfe und goss den Inhalt des Glases hinein, während sie grinsend daran dachte, wieder frei in Destoria umherzuwandern. Frei, zu gehen, wohin sie wollte, und zu experimentieren, wie es ihr gefiel.

18

„Ich glaube, die nächsten Ebenen könnten Sie besonders interessieren", sagte die Schulleiterin lächelnd zum Esteg. Aurora nickte aufgeregt und klapperte unruhig und voller Vorfreude mit den Hufen auf dem Steinboden, als sie das Plateau erreichten. „Dies ist die Ebene der Wiederherstellung. Ein lebendiger Esteg wird für die Studenten eine echte Freude sein. Hier spezialisieren wir uns auf die Heilung gängiger Gebrechen. Sie arbeiten eng mit dem Professor zusammen, um Heilungszauber und Schutzbarrieren zu üben. Eines Tages hoffen wir, ganz Destoria mit unseren Heilkünsten versorgen zu können.

Ganz wie auf unserer Schwesterinsel Asera, wo Heilungsmagie weit verbreitet ist. Wir sind hier, um zu heilen, niemals, um zu verletzen." Sie deutete auf die belegten Betten neben der Treppe und fuhr fort: „Heute müssen, aufgrund eines Fehlers bei unüberwachten Zaubern nach Unterrichtsschluss, mehrere unserer Studenten versorgt werden, wie Sie gleich sehen werden."

Sie beobachteten, wie ein männlicher Student in einem langen hellblauen Gewand schweigend neben dem Bett eines großen, schwer verbrannten Barbarenmädchens im Teenageralter stand. Quistix sah die braunen Locken des jungen Mannes und dachte an Danson, wie er als erwachsener Student aussehen mochte. Sie lächelte bei der Vorstellung, ihr Kind könnte seine Gaben und Zukunft erkunden.

Dem verwundeten Barbarenmädchen waren Rußstreifen ins Haar geschmiert, mehrere Strähnen waren zusammengeschmolzen. Die Hände des Heilers spannten sich über ihren Körper, als sich himmelblaue Magiefäden von seinen gespreizten Fingern in ihren Unterleib schraubten. Das gerötete, offene Fleisch schloss sich langsam, bis keine Wunde mehr zu sehen war.

„Schulleiterin", rief eine schwache Stimme einige Betten weiter.

Madame Aerendyl entschuldigte sich und ging zu dem elbischen Studenten. Seine schiefergrauen Augen waren von geröteter Lederhaut umgeben. Seine Hände waren bandagiert, sein blassgelbes Gesicht schwer verbrannt. Sie nahm eine Blechtasse vom Holzgestell neben seinem Bett und führte sie an seine Lippen. Er nippte am Wasser und nickte als Zeichen, dass sie sie wegnehmen sollte.

Twitch bemerkte, dass viele der Jugendlichen im Raum ähnliche Brandverletzungen hatten.

„Deshalb ist schwarze Magie strikt verboten. Sie ist gefährlich. *Unberechenbar.* Nichts Gutes kann daraus entstehen. Sobald diese Studenten geheilt sind, werden sie als lebendes Beispiel für die Magiergemeinschaft über die Gefahren solcher Praktiken dienen." Sie tätschelte dem jungen Mann die Hand und beugte sich vor. Nach einem geflüsterten Austausch kehrte sie mit schmerzerfülltem Blick zum Treppenhaus zurück.

Die nächste Etage führte sie in eine gewaltige Bibliothek. Studenten saßen auf Bänken an den Geländern und lasen wie besessen. Fünf Stockwerke hoch türmten sich entlang jeder Wand Bücher bis unter die Decke. Wackelige Türme aus Büchern standen neben Stühlen, bereit, einsortiert und zurück in die Regale gestellt zu werden. Auf dieser Ebene gab es keine Fenster, doch sie war hell erleuchtet von verstreuten Lichtkugeln. Dutzende davon schwebten wie ein gewaltiger Kronleuchter im Raumzentrum.

„Diese uralten Texte sind unglaublich empfindlich. Fenster wären hier unklug. Tatsächlich müssen viele Studenten Handschuhe tragen, um die in den Seitenräumen hinter den Regalen gelagerten Werke zu berühren. Nur Professor Patteryl und seine Assistentin Annabelle dürfen den Zugang gewähren."

Aurora trat näher, ihre Augen glänzten vor Tränen. Es war der schönste Anblick, den sie je gesehen hatte.

„Wir besitzen die größte, umfassendste Bibliothek in ganz Destoria. Manche dieser alten Schriftrollen und Zeichnungen würden die Grundfesten der Insel erschüttern."

„Schulleiterin Aerendyl, verzeihen Sie meine Aufdringlichkeit, aber dürfte ich hier im Kolleg bleiben und studieren?", fragte Aurora höflich. „Meine Hufe würden die Bücher nie berühren, und Froks Hände sind so klein, man würde nie merken, dass sie sie angefasst hat. Es war mein lebenslanger Traum, den Wissensschatz zwischen diesen Mauern in mich aufzunehmen."

„Ich fürchte, das ist nicht möglich." Als die Worte Madame Aerendyls Mund verließen, spürte Aurora, wie ihr die Träume unter den Hufen zerbrachen. „Sie sind keine Studentin, kein Lehrpersonal und auch keine Verwandte von beidem. Dieser Bereich ist für Studienzwecke sonst gesperrt."

Zögerlich sprach Quistix: „Wenn ich mich als Studentin einschreiben würde, könnte sie dann bleiben?"

Madame Aerendyl blickte Quistix an. „Dieses Kolleg hat Regeln, die lange vor mir bestanden und lange nach mir bestehen werden. Ich war nachsichtig wegen Ihres Vaters, aber die Regeln besagen, wenn sie keine Familie ist, muss sie nach dieser Führung gehen. Selbst wenn Sie irgendwie die zweihundert Platin pro Semester aufbrächten, stünden Sie nicht über den Regeln."

Twitch wäre beinahe bei dem horrenden Preis in Ohnmacht gefallen.

Quistix trat näher, mit flehendem Ton. „Ich stehe vor Ihnen als eine Frau, die nichts mehr zu verlieren hat. Wir sind zwei Seiten derselben souveränen Münze. Vielleicht wurden Sie hier geboren oder jahrelang auf diese Position vorbereitet. Ich bezweifle, dass Sie jemals zusehen mussten, wie Ihr ganzes Leben vor Ihren Augen verbrannte. Wir sind durch ganz Destoria gereist, haben azurblaue Gestaltwandler und Banditen überlebt, draußen geschlafen, nach Nahrung und Münzen gesucht, unsere Geldbeutel geleert, sind zu einer schwebenden Stadt geflogen, wo man uns mit Vorurteilen empfing... Nur um sie hierherzubringen. Und jetzt weisen Sie sie ab? Ich flehe Sie an, ihr Zugang zu gewähren. Sie will nur lesen. Sie würden dasselbe für jemanden wollen, der Ihnen am Herzen liegt, nicht wahr? Jemanden mit einem Durst nach Wissen. Genau wie Sie es für Ihren Sohn dort unten in der Brandstation taten.“

Emmas Augen weiteten sich, doch Quistix fuhr sanft fort: „Ich sah, wie Sie seine Hand hielten. Wie er nach Ihnen rief. Ich hatte einmal einen Sohn, Schulleiterin.“ Sie räusperte sich, um ihre Emotionen zurückzuhalten. „Ich erkenne die Bindung zwischen Mutter und Kind, wenn ich sie sehe.“

Madame Aerendyl starrte in Quistix' durchdringende, mandarinenfarbene Iris, unsicher, was sie sagen sollte. „Da Sie eine bemerkenswerte magische Abstammung haben, kann ich Ihnen ein zweiwöchiges Stipendium gewähren, aufgrund Ihres Vaters und dessen, was er für uns alle bedeutete. Aber was Sie betrifft, Aurora, tut es mir leid, doch die Regeln sind eindeutig.“

Aurora klapperte die Steinstufen zu ihr hinauf und schob Quistix sanft mit dem Kopf zur Seite. „Wie wäre es mit einem Wettstreit der Gelehrsamkeit? Wenn ich alle Ihre Fragen richtig beantworte, gewähren Sie mir für die zwei Wochen ihrer Einschreibung Zugang zur Bibliothek. Scheitere ich auch nur bei einer Antwort, gehe ich sofort freiwillig.“

Madame Aerendyl war fasziniert. Sie tippte mit dem Zeigefinger gegen ihre Lippen und lächelte. „Warum reflektieren die Fische des Glitter Gulf?"

Ohne zu zögern antwortete Aurora eifrig: „Laut dem ewanischen Text *Willowdale: Ein Sammelband* von Franz Ordenlacht wurde ein Fluch über den Golf gelegt, nachdem ein Magier von einem scharfzahnigen Fisch gebissen wurde, als er im Dunkeln badete, um seine Deformitäten vor neugierigen Blicken zu verbergen. So wurde der Fluch gewirkt, damit er sie bei zukünftigen Bädern im Dunkeln sehen könnte. Wissenschaftlich gesehen jedoch liegt die Wahrheit darin, dass die Färbung von einer evolutionären, adaptiven Deformation herrührt, verursacht durch anhaltende Verschmutzung der Gewässer dort."

„Gut, das muss ich zugeben, das war schon beeindruckend." Die Schulleiterin wippte auf den Fersen. „Wie bleibt Apex eine schwebende Stadt?"

Wieder überraschte die Esteg sie mit einer blitzschnellen Antwort. „Es schwebt aufgrund eines meisterhaften Schwebzaubers, der von mindestens drei erfahrenen Magiern gleichzeitig gewirkt wird. Er muss wöchentlich neu gewirkt werden. Während der Amtszeit Ihres Vaters als Schulleiter jedoch hatte er an einem Erneuerungstag eine Ratsversammlung einberufen, und Apex sank binnen einer Stunde hunderte Fuß tief."

Emma lächelte breit. „Singe mir das Lied von Apex, *aber in Inelm-Sprache.*"

„*Aked ure dkis pers—*", sang Aurora, bevor sie vom Lachen der Schulleiterin unterbrochen wurde.

„In Ordnung! Cedrick ist nicht einmal so bewandert in Inelm, und er ist unser *Botschafter*. Sie sind offensichtlich hochgebildet. Wo haben Sie studiert?"

„Im Mönchstempel der Bramolt-Berge. Es war die einzige andere gelehrte Bibliothek in Destoria."

„Wie lesen Sie ohne Hände?"

Aurora blickte zur Hängematte zwischen ihrem Geweih auf und schüttelte sie. Frok umklammerte den Rand des Stoffs und lugte hervor.

„Hallo!", quiekte sie. „Ich hab die Bücher für sie gehaltet."

Emma kicherte. „Ein Pleom und ein Esteg im Team. Ich habe davon gelesen, aber es nie selbst gesehen. Außergewöhnlich." Ihr Gesicht rötete sich verlegen. „Ich genehmige Ihren Antrag mit Freuden."

19

Ceosteols unterirdische Höhle
Amethyst Cove, Obsidia

Altes Blut färbte den Lehmboden. Flaschen schimmerten in den Regalen, ihre Inhalte in einem öligen Farbspektrum. Vervaines neongrüne Augen rissen auf. Ruckartig setzte sie sich auf, spuckte heftig Blut, bis sie ihre Lunge frei hatte. Sie zog die Knie an die Brust und schlug nach der Luft, als sähe sie wilde Halluzinationen. Ihre leuchtenden Augen intensivierten sich, und sie brach in einen ohrenbetäubenden Schrei aus. Die Gläser in Ceosteols Versteck explodierten, und das schlichte Strohbett fing Feuer. Ein boshaftes Lächeln stahl sich auf das Gesicht der Quichyrd, und ein krankhaftes Gefühl der Erleichterung

erfüllte sie, als die wiederbelebte Leiche vor ihr nach Luft
schnappte.

Es hat funktioniert.

20

Institut der Magie
Ebene der Beschwörung
Apex City, Apex

Ein durchscheinender, halbtransparenter Adler flog vorbei und wirbelte Quistix' kaffeebraun gefärbtes Haar durcheinander. Dutzende durchsichtige Tiere, von Wölfen bis zu Frettchen, wuselten durch den Raum als Reaktion auf die Zauber der Studenten, die jeweils in ihren eigenen Kreisen standen und sich intensiv auf ihr Handwerk konzentrierten.

„Dies ist die Ebene der Beschwörung", verkündete Emma Aerendyl stolz und winkte Professor Glenshire zu.

Die Frau lächelte und winkte zurück, bevor sie sich einem anderen Studenten zuwandte.

„Das sind Projektionen. Bald werden die Studenten lernen, auch Waffen zur Verteidigung zu beschwören. Beschwörung ist zwar ein sehr nützliches Können, aber ein schwieriges Fach. Das hier sind Anfänger. Diejenigen, die *Beschwörung als Hauptfach* wählen, werden lernen, fortgeschrittenere Dinge herbeizurufen, wie Transportmittel und Schutzunterkünfte für schlechtes Wetter.“

Eine undurchsichtiger Esteg tänzelte auf Aurora zu, berührte sie mit der Nase und löste sich dann in rauchiges Nichts auf. Die schüchterne elbische Studentin dahinter beobachtete sie aus der Raummitte. Helle Brauen umrahmten ihre honigfarbenen Augen.

Quistix erkundete den Raum im nächsten Stockwerk mit großem Interesse. Da keine Studenten im Unterricht waren, schlenderte sie umher, schlängelte sich zwischen den beschädigten Alchemietischen hindurch, strich mit den Fingern über die verbrannten Tischplatten und untersuchte verschiedene Becher und Gläser auf schwebenden Regalen. Sie atmete tief ein und genoss den vertrauten Duft von Wildblumen und Kräutern. Quistix' Blick blieb an einem Glas mit Schmetterlingen hängen.

Eine Erinnerung von vor langer Zeit traf sie mit betörender Gewalt. In der Erinnerung war sie ein kleines Mädchen, nicht älter als vier:

Ihr Vater huschte in diesem Raum umher, nachdem sie ein Glas mit Monarchfaltern befreit hatte. Die Tat war absichtlich. Auch daran erinnerte sie sich. Sie wollte ihnen helfen, diesem Ort zu entkommen. Sie kicherte, als ihr Vater durch die Luft sprang und mit leeren Glasgläsern nach flatternden Insekten schlug.

Aerendyl trat näher und kicherte. „Ich war hier nur eine Assistentin, als Sie geboren wurden. Ihr Vater war mein Lieblingsvorgesetzter. Seine Kurse waren immer äußerst unterhaltsam. Er brachte Sie oft mit. Es hat Ihren Vater förmlich umgebracht, Sie wegzuschicken. Verzeihen Sie die unglückliche Wortwahl." Ihre Augen wurden weich. „Nachdem Ihre Mutter starb, war er nie mehr derselbe. Es war, als wäre das Licht in seinen Augen erloschen."

Quistix ging zur Treppe, begierig, den Erinnerungen zu entfliehen. Aerendyl beobachtete sie, von einem starken Mitgefühl für die verlorene Halbelfe erfasst. „Wir sollten unser Tempo beschleunigen. Ich muss bald zurück. Ich habe Treffen mit den Eltern der Verletzten."

Seite an Seite gingen sie zum nächsten Stockwerk. Oben angekommen, betraten sie die Lehrerwohnheime. Statt eines riesigen Bereichs wie auf den vorherigen Ebenen war es ein einziger, schmaler, für zwei Personen ausgelegter Flur mit hohen, schmalen Türen, die nur wenige Fuß voneinander entfernt waren. Jede trug einen in das Holz geschnitzten Namen sowie das Symbol für ihre magische Schule.

„Die nächsten zwei Stockwerke sind für die Lehrer, das darüber ist der Speisesaal, und schließlich die vier Stockwerke darüber, die Studentenwohnheime. Das Gebäude, in dem ich Sie traf, beherbergt die Studentenratskammern, einen festlichen Speisesaal und mein Büro. Bitte zögern Sie nicht, mich dort aufzusuchen.“

Vierzehn Türen weiter den schmalen Flur entlang blieb Emma stehen. Die Tür trug eine eingravierte Phiole und einen Phönix. Der Name, ordentlich in das Holz gekerbt, lautete:

Professor Eldrin Daedumal.

Madame Aerendyl holte einen großen Schlüsselbund aus ihrer Robentasche und sortierte ihn durch, während sie mit sich selbst sprach. „Küche, Bibliothek, Bibliothek, Hausmeister, Büro, Bibliothek... Ah! Hier haben wir's. Daedumal.“

Der Raum war schmal, mit hohen Wänden und einem engen Boden wie eine tiefe Gasse. Eine ganze Wand war ein riesiges Bücherregal mit einer eigenen, überquellenden Bibliothek voller Alchemie- und Heilbüchern, für die eine

Schiebeleiter nötig war, um die obersten Reihen zu erreichen. Abwechselnde Banner mit blauen Phönixen und orangen Phiolen hingen an der gegenüberliegenden langen Wand.

„Hier ist Ihr bescheidenes Domizil für die nächsten zwei Wochen." Emma wirbelte eine halbvolle Tasse mit schimmliger Flüssigkeit auf einem Schreibtisch nahe dem Eingang und stellte sie unbehaglich wieder ab. „Sie können alles mitnehmen, was Sie aus dem Wohnheim Ihres Vaters möchten, wenn Sie gehen. Ich bitte nur, die Bücher hierzulassen, da die meisten der Bibliothek gehören. Ihr Timing ist perfekt. Heute Abend ist die Feier im Hauptspeisesaal zu Ehren Ihres Vaters."

Quistix lächelte schwach. „Ich würde daran gerne teilnehmen, wenn möglich."

„Ich werde es arrangieren. Wir sehen Sie zur Dämmerung beim Festmahl." Die Schulleiterin blieb in der Tür stehen. „Melden Sie sich, wenn Sie etwas brauchen, Ms. Daedumal. Es war wunderbar, Sie wiederzusehen."

Damit schloss sie leise die Tür.

Mit weit aufgerissenen Augen ging Quistix auf eine winzige Küchenzeile in der Mitte zu, komplett mit Arbeitsplatte und Schränken. Daneben stand ein kleiner, quadratischer Esstisch, beladen mit Büchern und verstreuten Papieren. Ein glänzendes Metallstück funkelte zwischen dem Durcheinander und einem Buch mit dem Titel *Das Unmögliche heilen.*

Quistix nahm das Schmuckstück aus dem Stapel. Es machte ein metallisches Klimpern, als sie es bewegte. Zwei kleine, mit Kügelchen gefüllte Kugeln waren an einer dünnen Stange befestigt. Es war ein Spielzeug für ein Baby. Eine *Rassel.* Winzige Worte waren in das Metall der Stange graviert, die lauteten:

Mein Baby wirst du immer sein.

Tränen schossen ihr in die Augen. Es stammte aus dem Lied, das sie Danson immer vorgesungen hatte. Sie hatte geglaubt, die Worte und die Melodie selbst erfunden zu haben, doch als sie das Spielzeug in den Händen hielt – *ihre* Rassel – erinnerte sie sich vage an die Stimme ihrer Mutter, die es sang. Sie trug es durch den Raum und hielt es fest umklammert wie eine Erinnerung, die sie nicht verblassen lassen wollte.

Twitch stupste sie mit dem Ellbogen an und deutete auf ein großes Gemälde zwischen den Bannern an der Wand. Es zeigte einen Mann, eine Frau und ein Baby. Die Frau hatte mandarinenfarbene Augen und wildes, rotes Haar. Sie sah Quistix täuschend ähnlich, nur älter.

Der Mann war Eldrin, seine grünen Augen standen in scharfem Kontrast zu seinem kupferroten Haarschopf. Sein glatt rasiertes Gesicht ließ ihn auf Anfang dreißig schätzen. Die zitronengelben Augen des Babys waren denen der Mutter beinahe identisch. Die silberne Rassel lag an dem pausbäckigen Mund des Babys, gehalten von molligen Ärmchen. Eine Tafel am unteren Rand trug die Inschrift: *Die Familie Daedumal.*

„Die ganze Zeit dachte ich, es wäre ihm egal. Ich dachte, er hätte mich verstoßen. Er schickte mich mit fünf zu meinem Großvater. Kein Besuch. Kein Brief. Warum hat er all das aufgehoben?" Quistix rieb nervös ihre Finger über die gravierte Rassel in ihrer Hand.

Twitch zuckte mit den Schultern und ging weiter. Nahe dem einzigen schlichten Fenster mit Blick nach draußen, am Ende des langen Raumes, stand ein großes Strohbett mit einem wunderschön geschnitzten Tiaga-Kopfteil an der Rückwand, je ein Nachttisch auf beiden Seiten. Daneben ein Kleiderschrank. Durch die Spalten sah Quistix eine Reihe dicker Roben mit kunstvollen Verzierungen an den blumigen Ärmelaufschlägen.

„Das sieht aus wie *das Ätherische Sanktuarium* nach dem, wo wir in letzter Zeit geschlafen haben!" Twitch warf sich aufs Bett, kuschelte sich in das Kissen und kneifte die Augen vor Wonne zusammen.

21

Eldrin Daedumals Wohnheim
Institut der Magie
Apex City, Apex

Twitch schlief bäuchlings über das Bett verteilt und genoss jeden verfügbaren Zentimeter. Quistix saß am Schreibtisch ihres Vaters und las im schwachen Tageslicht. Ihre Gedanken wirbelten. Mehrere Konzepte in der Abhandlung ihres Vaters überstiegen ihr Verständnis. Oft ließ sie sich von seiner präzisen Handschrift ablenken. Jeder Schwung und jede Senke in den Buchstaben wirkte berechnet und akribisch.

Tag 192.

Die heutigen Wiederbelebungstests scheiterten an Ablenkungen. Mir fehlte die Konzentration wegen des Illuminators. Ich habe das Testsubjekt von gestern immer noch nicht gefunden. Die Schulleiterin informierte mich, dass die grünäugige Symph, mit der ich gearbeitet hatte, um den Turm flatternd gesichtet wurde.

Zwar ist es beruhigend, dass die Wiederbelebungsmagie in den Experimenten so vielversprechend ist, doch fürchte ich, ich nähere mich den Grenzen der schwarzen Magie. Vielleicht muss ich den Illuminator zur Sicherheit wegschicken. Mein Ziel ist die Entwicklung eines Zaubers, den jeder Heiler an Toten anwenden kann. Leider spüre ich, wie meine Objektivität mit fortschreitenden Versuchen schwindet.

Ich muss das zum Laufen bringen. Es muss funktionieren.

Es klopfte an der Tür. Twitch rollte auf die Seite und brummte verschlafen: „Sag ihm, ich bin nicht da!"

Draußen stand ein schlanker Elf, gerade dabei, erneut zu klopfen, als Quistix weit öffnete. Sie musterte seine elegant gealterten Züge. Ein langer, blonder Haarzopf lag über seiner linken Schulter, unter einem formellen Hut hervor. Er hielt einen Holzstab mit einem kunstvoll geschnitzten Vogel an der Spitze.

„Guten Abend, ich bin Cedrick, der Botschafter." Er erinnerte sie an eine scheue Katze. „Sie und Ihr Wyl-Begleiter sind offiziell zum Essen zu Ehren Ihres Vaters eingeladen. Bitte begeben Sie sich zum festlichen Speisesaal." Ohne ein weiteres Wort ging er.

Twitch richtete sich auf dem Bett auf, das Fell um seinen Mund von Speichel verklebt. „Götter sei Dank! Ich bin ausgehungert. Wir hatten seit Samaels Haus keine anständige Mahlzeit mehr."

Quistix' Gesicht verzog sich bei diesen Worten. Sie fühlte sich schrecklich, Samaels Großzügigkeit mit blankem Diebstahl vergolten zu haben. Irgendwie würde sie ihn entschädigen.

22

Vervaines Gemach im Obsidianpalast
Amethyst Cove, Obsidia

Vervaine kramte in ihrem Schminktisch nach dem alten Handspiegel ihrer Mutter. Zwischen einer Fülle von Haarbürsten und -nadeln fand sie ihn. Sie griff nach dem angelaufenen Silbergriff, richtete den Spiegel auf ihr Gesicht und erschrak vor dem neongrünen Leuchten ihrer eigenen Augen. Sie berührte sanft die weiche Haut darunter, zog das Unterlid herunter, um das Auge zu untersuchen. Unter dem Lid vzogen sich spinnennetzartig graue Äderchen durch das Weiße. Ihr Blick wanderte nach unten. Ihre Lippen waren ohne Leben. Farblos und grau. Sie war nicht mehr sie selbst.

Gefangen im eigenen Körper, jede Bewegung langsam, als pflüge sie durch einen Fluss aus zäher Melasse.

Sie berührte die vernarbte Seite ihres Gesichts, nicht länger erschrocken von dessen Anblick. Nicht länger erschrocken vom Anblick *irgendetwas*, wirklich.

23

Die Anwesenden im Speisesaal versammelten sich in kleinen Gruppen, liefen plaudernd umher, während sie ihre Plätze suchten. Übervolle Weingläser säumten einen langen, schmalen Tisch mit Platz für etwa zwanzig Personen. Kerzenleuchter aus gebündelten magischen Orbs strahlten orangefarbenes Licht entlang der Mitte und beleuchteten feines Kristallgeschirr und königlich anmutendes Tafelservice.

Madame Aerendyl winkte Quistix zu sich und sprach dann laut die Schar umherwandelnder Zauberer an: „Danke, dass Sie alle gekommen sind."

Als sie ihre Stühle heranzogen, nahm Twitch den Platz gegenüber von Quistix ein und prostete ihr aus der Ferne mit seinem Kelch zu. Ein paar Stühle weiter starrte Professor Patteryl den Wyl angewidert an und setzte sich unbehaglich hin.

„Wie Sie alle wissen, ehrt dieses Abendessen unseren verstorbenen Absolventen und Professor Eldrin Daedumal. Wir servieren einige von Eldrins Lieblingsspeisen und teilen einige freundliche Worte. Heute Abend haben wir einen Ehrengast. Seine Tochter Quistix ist hier." Sie deutete auf ihre Seite und klatschte dann in die Hände. „Nun, wer möchte anfangen?"

Professor Patteryl hatte ein zurückgekämmtes erdbraunes Haar mit schimmernden weißen Strähnen. Sein frisch rasiertes Gesicht wirkte seltsam jugendlich und verärgert. „Professor Patteryl. Ich bin seit sechzehn Jahren Bibliothekar hier. Niemals in all der Zeit habe ich mit einem Wyl gegessen. Das ist eine Beleidigung für alle, die an diesem Tisch gesessen haben. Wir sind eine Schule höherer Bildung, kein Bauernhof. Wenn ich mit Tieren speisen wollte, würde ich mich in einen *Schweinestall* setzen."

Quistix stand auf und knirschte wütend mit den Zähnen, doch Twitch bedeutete ihr, sich zu setzen. Als sie es tat, kam er auf ihre Seite des Tisches. „Diese Nacht dreht sich nicht um mich. Es geht um deinen Vater. Ich weigere mich, das zu trüben. Ich warte draußen." Er beugte sich vor und drückte seine pelzige Schnauze an ihre Wange. Er flüsterte in ihr spitzes Ohr: *„Vergiss nur nicht, mir etwas zu essen mitzubringen. Ich sterbe vor Hunger.*" Er lächelte sanft und ging zur Tür hinaus.

Professor Patteryl schnaubte und ließ sich auf seinen Stuhl fallen.

Die Frau zu seiner Linken stand auf und glättete ihr sapphirblaues Gewand. „Ich bin Professor Glenshire. Eldrin und ich habenzusammen Heilungsmagie unterrichtet. Zuvor war ich Eldrins Schülerin. Er brachte mir alles bei, was ich über die Kunst der Heilung weiß. Wenn ich den Rest meiner Tage arbeiten würde, würde ich nie wieder jemanden wie Professor Daedumal treffen." Sie strich sich eine honigblonde Haarsträhne hinter das Ohr und setzte sich wieder.

Der bullige Mann neben ihr erhob sich und wischte sich nervös die Hände an seinem dunkelblauen Gewand ab. „Professor Opid, *Apothekenwissenschaften.* Ich unterrichte seit einem Monat hier als Vertretung für Professor Daedumal." Er sah Quistix an. „Leider habe ich Ihren Vater nie kennengelernt, aber die Studenten und Kollegen sprachen alle hoch von ihm."

Als er sich setzte, stand ein weiterer Mann in seinen Fünfzigern mit einem gestutzten, ergrauten Schnurrbart auf.

„Ich bin Professor Teryl und unterrichte“, er hielt inne. „Würde es Ihnen etwas ausmachen, wenn ich es ihr einfach *zeige*, Schulleiterin?“

„Oh, du hattest schon immer *ein* Händchen für Dramatik“, bemerkte Glenshire und tätschelte ihm leicht mit ihrer Serviette das Bein.

Emma nickte, und Teryl trat vom Tisch zurück. Er zog mit seiner Stiefelspitze einen Kreis um sich. Aus seinen Handflächen quollen blaue Rauchfäden, die sich zu einer dichten Wolke sammelten. Er schloss die Augen, atmete ein und warf die Handflächen nach oben. Die Wolke zuckte und verformte sich, bis sie das Gesicht eines älteren Mannes annahm, mit verblüffend vertrauten Augen...

Es war Eldrins Gesicht.

„Ich kannte deinen Vater gut. Wir haben zusammen studiert. Eldrin Daedumal war brillant.“ Sein Atem stockte, und seine Augen füllten sich, bereit, eine Träne über seinen verstorbenen Freund zu vergießen. „Ich beschwöre ihn gelegentlich, um mir zu helfen, wenn ich Inspiration brauche.“

Quistix hatte Mühe, seinen Worten zu folgen, und nickte nur abwesend, während sie das Bild ihres Vaters anstarrte. Die Eingangstür öffnete sich, und drei große Speisenwagen rollten herein.

„Ahh, das Festmahl!", rief Emma aus, und die Anwesenden rückten auf ihren Stühlen, bereiteten Servietten und Besteck vor.

Zuerst wurde eine riesige Schüssel Kartoffelpüree hereingefahren. Dann folgten Schüsseln mit frischem Salat und Butterspargel, gefolgt von Wagen voller gefüllter Kaninchen und brutzelnder Noubald-Steaks. Ein großer Wagen mit süßen Brötchen und Kuchen kam durch die Türen.

Madame Aerendyl lächelte. „Lasst uns dieses Mahl zu Ehren deines Vaters genießen, solange es noch warm ist."

Quistix nickte und rang darum, ihren Blick von dem beschworenen Abbild ihres Vaters zu lösen.

24

„Ich möchte einen Fortschrittsbericht über *den Illuminator*." Exos hielt ihr Kinn gesenkt, ihre grünen Augen unter der breiten Hutkrempe verborgen. „Arias?"

Arias stand auf. „Eure Majestät, ich verfolgte sie den Strogsend-Fluss hinauf, vorbei an den Tamber-Fällen bis nach Raven Cairn, wo einige Berichte sagen, sie reise immer noch mit einem Esteg und einem Wyl. In Evolt heißt es, sie seien auf dem Weg zum Platin-Kap, aber niemand scheint den Grund zu kennen." Arias senkte beschämt den Blick auf den Tisch.

„Gut.„Das ist... bemerkenswert. Nictis?"

Trotz ihres ruhigen Tons standen die Hautlappen auf ihrem Kopf halb aufgerichtet. „Nichts Neues zu berichten, meine Königin. Bisher nur Gerüchte und Sackgassen."

„Wieder einmal erweisen Sie sich als wertloser Semdrog-Abschaum. Sie sind entlassen, Nictis. Ihre Nachfolgerin, sofort wirksam, ist Ceosteol."

Arias schnappte nach Luft, völlig überrumpelt.

Die Quichyrd mit den neongrünen Augen trat ins Fackellicht.

„Ceosteol? Das kann nicht Ihr Ernst sein! Sie ist eine Verräterin! Warum ist diese alte Närrin nicht weggesperrt?!" Arias hämmerte seine Fäuste auf die Tischplatte.

„Ceosteol ist nicht mehr auf freiem Fuß. Ich habe sie vollständig begnadigt. Sie ist von allen Anklagen freigesprochen. Die Wachen jedes Staates sollten bereits ihre Benachrichtigungsschreiben erhalten haben."

Nictis verzog das Gesicht. „Ich werde durch eine mörderische Quichyrd ohne Erfahrung im Training dieser Tiere ersetzt?"

Mit einer Drehung ihrer Krallen setzte sich der knurrende Infernal, der an der Wand angekettet war, hin und wartete auf Ceosteols nächste Bewegung. *„Ad illam exspecta me imperio."*

Der Infernal stürmte los, wurde jedoch von der Kette an seinem Halsband gestoppt, als er versuchte, den Semdrog anzugreifen. Die Quichyrd zog an den Ketten, löste sie von der Wand und ließ den Infernal los. Er sprang vorwärts, landete auf dem Besprechungstisch und schnappte nach Nictis' Gesicht, stoppte Millimeter vor ihrer Haut. Grüner Speichel tropfte aus Löchern in seinen Lippen. Ceosteol hielt die Kette fest in ihren krallenbewehrten Fingern. Der schlangenartige Schwanz des Wesens zischte.

„*Promptus pro occiditis,*" zischte sie.

„Du magst sie kontrollieren, aber sie werden mir nichts tun. Sie *kennen*mich. Ich habe ein Jahr lang mit ihnen trainiert! Sie beißen nicht die Hand, die sie füttert!", bellte Nictis.

„Sie können einem Tod entgehen, den ich als *äußerst unterhaltsam* empfinde, aber nur, wenn Sie meine Bedingungen akzeptieren." Exos lachte. „Sie können weiter beschäftigt bleiben, indem Sie die Infernal-Gruben reinigen und Ceosteol in allem dienen, was sie benötigt."

Nictis wandte ihren Blick vom knurrenden Infernal ab und sah Exos direkt in die Augen. „Ich würde lieber sterben, als diesem verdrehten Vogel zu dienen."

Exos nickte der Quichyrd zu.

„*Occidere!*"

Bei dem einfachen Wort aus Ceosteols Schnabel stürzte sich der Infernal auf Nictis' Kehle und warf sie rückwärts zu Boden. Als sie aufschlug, rissen die Zähne des Wolfes Nictis in Stücke, zerrten und zerfetzten die Haut ihrer früheren Herrin mit der Gier eines Tieres am Rande des Verhungerns. Nictis gurgelte, als sie auf dem rauen Edelsteinboden verblutete.

Sobald Nictis sich nicht mehr bewegte, trat Exos über die wachsende Lache aus Semdrog-Blut. Sie beugte sich zu Arias hinab, ihr rabenschwarzes Haar streifte seine Hörner.

„Ihre Männer werden ihr bei allem assistieren, was sie für ihre Arbeit benötigt. Verstanden? Oder muss der Infernal das auch noch *Ihnen* erklären?"

Der Infernal knurrte, Gesicht und Pfoten blutverschmiert, der aufgeblähte Bauch unter verfaulender Haut sichtbar.

Arias presste die Zähne zusammen. „Was immer Sie benötigen, Eure Majestät. Ich bin hier, um zu dienen."

25

Eldrin Daedumals Schlafsaal
Institut der Magie
Apex City, Apex

Quistix lag entspannt am Schreibtisch ihres Vaters und versenkte sich in seinen gewaltigen Folianten. Jede Seite erzählte von einem Tag in seinem Leben, von Experimenten, die sowohl gelungen als auch furchtbar schiefgegangen waren. Handgezeichnete Illustrationen zeigten verschiedene Zaubersprüche. Detaillierte Zeichnungen dokumentierten Pflanzen für die Alchemie. Das Buch war seine Karriere, sein *Leben*.

„Wie ist das Buch? Schon was gelernt?", fragte Twitch, während er den Knorpel von einem Teller voller Rippen knabberte, Speisereste in seinem Gesichtsfell verstreut.

„Es ist, als würde ich meinen Vater zum ersten Mal kennenlernen." Quistix' orangefarbene Augen ließen das Foliant nicht los.

Aurora und Frok schliefen, Frok zerquetscht unter einem dicken Lehrbuch, das sie für den Esteg gehalten hatte. Aurora war tief weg, ihr zufriedenes Gesicht darauf gebettet.

„Ich weiß nichts über Magie, und genau darum geht es bisher in diesem Buch. Als müsste ich bei seinen Anfängen beginnen, um es überhaupt zu verstehen. Es geht um das Bändigen von Kräften, Konzentrationsmethoden, Magieringe..."

„Was, wenn du dich eine Weile am Institut einschreibst? Damit du die Fachbegriffe lernst."

„Das könnte ich mir niemals leisten. Außerdem würde Exos mich bestimmt finden, wenn ich so lange an einem Ort bliebe."

„Ich besorge dir das Geld."

„Sei ernsthaft. Diese Menge Platin trägt niemand im Beutel."

26

Klippen der Amethyst Cove
Obsidia

Hoch über der Jadesee stehend, den Abgrund dahinter überblickend, starrte Vervaine teilnahmslos auf die wechselnde Flut. Sie trat an den Rand, die Zehen über der Kante, über fallenden Kieseln, die hunderte Meter hinab zur felsigen Küste stürzten. Der salzige Geruch des Meeres und das Plätschern der Wellen beruhigten sie nicht mehr. Der einst so ehrfurchteinflößende Anblick bereitete ihr keine Freude mehr. *Nichts davon.*

Stattdessen tobte ein Sturm in ihrem Inneren. Ihre Seele fühlte sich schwach an. *In sich selbst gefangen.* Sie war eine hohle, vernarbte Hülle der Frau, die sie einst gewesen war.

Die Frau, die sie war, bevor sie starb.

Seit ihrer Rückkehr fühlte sich nichts mehr richtig an. Es war, als teile sie ihren Geist mit einer dunklen Macht, die sie in eine winzige Ecke ihres Bewusstseins drängte.

Sie wünschte, sie könnte kopfüber hineinspringen und das Wasser ihre Lungen füllen lassen. Ein für alle Mal.

Würde es das Leiden wirklich beenden? Oder würde es diese untote Existenz nur noch schlimmer machen, fragte sie sich.

Sie zwang sich zum Sprung, um diesmal alles *endgültig* zu beenden.

Wie Krakenarme fühlte sich die Magie der Quichyrd an, als würde sie sie von allen Seiten in ihrem eigenen Körper erwürgen. Die Nekromantin verletzte das winzige *Quäntchen* an freiem Willen, das ihr noch geblieben war. Genau wie ihre Schwester es in den Jahren vor ihrem Tod getan hatte.

Sie war nur ein Hirsch, gejagt in der Wildnis von einer Armee *Wilder.*

Als sie ihren Versuch, erneut zu sterben – *diesmal aus eigenem Willen*– stoppte, zogen die ätherischen Tentakel in Vervaine sie vom Abgrund zurück und zwangen ihre Füße auf festen Boden. Sie verstand, ohne die Worte hören zu müssen.

Die Quichyrd war noch nicht mit ihr fertig.

Eine Stimme tief in Vervaine schrie, aber der Schrei erreichte nie ihre Lippen.

27

Das Institut der Magie
Apex City, Apex

Die letzten zwei Wochen waren lang und mühsam gewesen. Twitch verbrachte viel Zeit in einer Taverne im Westen der Stadt, wo er eine Geliebte gefunden hatte. Er blieb verschlossen, wenn sie ihn bei ihren nächtlichen Abendessen in Eldrins Schlafsaal darauf ansprachen. Der freche Wyl war kaum noch da, seit sie angekommen waren. Obwohl Quistix zugeben musste, dass sie seine Gegenwart vermisste, war sie erleichtert, endlich etwas völlige Einsamkeit zu genießen.

In dieser Zeit versank Aurora gierig in einem schier endlosen Wissensschatz und studierte, als stünde sie kurz vor einer Prüfung. Ihr unstillbarer Durst nach Bildung und

Verständnis führte zu langen Nächten, in denen sie zwischen aufgestapelten Büchern einschlief, während Frok alles verschlang, was sie für sie aus der Studentenkantine zusammenkratzen konnten. Obwohl sie seit ihrer Ankunft in Apex das Doppelte an Gewicht zugelegt hatte, hatte die quirlige kleine Fressmaschine die Zeit ihres Lebens, auf ihren abendlichen Flügen zusammen mit dem Esteg die lebendigen Gärten voller seltsamer magischer Mutationen erkundete.

Quistix verbrachte unzählige Stunden damit, das Foliant ihres Vaters zu studieren, oft analysierte sie Kapitel und übte die Beschwörungsformeln spätabends mit Aurora, während die anderen schliefen.

Trotz des Geldmangels der Elfin bot Schulleiterin Aerendyl Quistix an, an einigen Trainingskursen teilzunehmen, im Austausch für die Herstellung verzauberter Gegenstände für die Studenten. Ringe, metallische Zauberstäbe und Waffen wurden mit unglaublicher Sorgfalt und Geschicklichkeit gefertigt. Die Handwerkskunst und das außergewöhnliche Augenmerk für Details verblüfften selbst die erfahrensten Beschwörer und Alchemisten. Quistix wusste, dass ihre beschworenen Kreationen nicht mit der Kunst eines Meisterschmieds mithalten konnten, der ebenfalls in Flammen geschmiedet worden war.

„Du konzentrierst dich nicht!", brüllte Professor Teryl.

Eine Feuerexplosion prallte gegen die unsichtbare Barriere auf dem Rasen des Instituts und erschreckte die vorbeigehenden jungen Studenten. Die Druckwelle breitete sich aus und bog die indigofarbene Blase wie einen hüpfenden Quecksilbertropfen.

Quistix betrachtete die Rauchwolke, die sich über ihr in den Himmel auflöste, und knurrte. „Doch, tue ich! Was soll ich denn noch tun? Ich habe den Kreis mit dem Fuß gezogen. Ich habe mir Wasser vorgestellt—"

„Du musst alles ausblenden. Du bist frustriert, daher das Feuer. In dir brodelt zu viel Wut!"

„Ich gebe mein Bestes!" Quistix zerrte wütend an der Schärpe um ihre Taille.

„Mach eine Pause." Professor Teryl seufzte und setzte sich auf eine nahe steinerne Bank, winkte einer Gruppe Studenten zu, die vorbeikamen. „Komm! Setz dich."

„Es tut mir leid, Professor. Ich kämpfe." Ihre Iris leuchtete weiß.

„Deine Eltern waren zwei der mächtigsten Elfen in Destoria. Ich bin sicher, auch sie hatten anfangs Schwierigkeiten." Er lachte, ein herzliches Kichern aus der Tiefe seines Bauches. „Dein Vater erzählte mir einmal, als er einen Patienten mit besonders stacheligem Charakter heilte, dass er versehentlich dessen Mund verschlossen hatte. Glücklicherweise war das Wiederöffnen ein einfacher Eingriff, aber dein Vater war zutiefst beschämt." Teryl kicherte, dann wurde sein Gesicht ernst. „Dein Vater liebte dich zutiefst. Er sprach ständig von dir. Ich hatte das Gefühl, dich bereits zu kennen, als wir uns trafen. Er war so verliebt in deine Mutter. Um Himmels willen, er versuchte sogar, sie zurückzubrin—" Professor Teryl hielt inne und winkte Quistix ab. „Weißt du was, das reicht für heute. Ruhe dich aus. Wir versuchen morgen wieder, einen Wasserfall zu erschaffen."

Er ging, und sie lehnte sich auf der Bank zurück, während die Sonne sie brütend heiß traf, trotz des Schutzes der Grenzblase. Die feuchte Luft lag wie ein nasses Tuch über ihrem Mund. Sie konnte nicht atmen, erstickte nicht an der drückenden Hitze, sondern vielmehr an einer Geschichte, in der sie keine Rolle gespielt hatte.

28

Als die Morgensonne aufging, studierte Quistix in dem hochlehnigen Sessel neben dem Bett Eldrins Foliant, die Füße auf der Matratze in der Nähe von Twitchs schlafendem Gesicht gekreuzt. Die Esteg und der Pleom waren bereits wieder in der Bibliothek. Der Wissensdurst des Estegs schien unstillbar. Froks halb gegessenes Rad eines gereiften Käses lag auf dem Boden, dessen Duft die Luft mit Parmesan durchdrang.

Quistix strich über die rauen Pergamentsplitter nahe dem Buchrücken, wo Seiten aus dem Buch ihres Vaters gewaltsam herausgerissen worden waren, und blickte durch die getönte Blase der schwebenden Stadt zum Sonnenaufgang hinaus. Der Himmel bot ein Feuerwerk an Farben ohne eine einzige Wolke, die die klare Sicht trübte.

Quistix hatte brennende Fragen, die Antworten verlangten. Sie schaute über die gepflegten Anlagen zum Verwaltungsgebäude, das mindestens eine Meile entfernt sein musste. Wenn sie jetzt zum Eingang aufbrach, konnte sie die Schulleiterin erwischen, bevor deren hektischer Tagesablauf begann.

29

Tag für Tag saß Annabelle Kybcheck auf demselben Platz in der Bibliothek und las Bücher alphabetisch nach Autoren geordnet in völliger Stille. In ihren Jahren am Institut hatte sie es nur bis zu den Werken von *Eileen Balky* geschafft, deren frühe Werke die Geschichte Destorias aus Sicht einiger ursprünglicher ewanianischer Siedler erzählten. Es umfasste zwanzig Bände, alle dicht und geistig erschöpfend. Besonders frustriert war sie, als Aurora jeden einzelnen Band in anderthalb Tagen verschlang.

Das Geräusch von Auroras Geweih, das täglich versehentlich *klappernd* gegen die alten Holzregale stieß, brachte ihr Blut zum Kochen. Jedes Mal beruhigte sie sich damit, dass ihre Schicht bald vorbei sein würde und die Esteg mit dem Pleom dann Patteryls Problem für den Rest des Tages wären. Sie hatte das Gefühl, die Minuten herunterzuzählen.

An diesem Morgen las Aurora ein späteres Werk von Paetle aus dem aufgestellten Lehrbuch zwischen ihren Lesestapeln. Als der kleine Drache umblätterte, entwich ihr ein langer, übler Furz, was sie scheinbar nicht bemerkte. Das Echo hallte von den Wänden wider und hämmerte wie ein Schlegel gegen Annabelles Ohren. Unfähig, ihre Wut zu zügeln, klappte sie ihr Buch zu, stand auf und näherte sich mit langen, aggressiven Schritten dem Pleom, was den Esteg alarmierte. Frok hob bei dem Geräusch ihren engelsgleichen Kopf und rieb sich die schläfrigen Augen.

„Raus! Ich habe genug!", zischte Annabelle scharf. „Das hier ist eine Bibliothek, keine *Latrine*! Nehmt die Bücher und lest woanders!"

30

Büro von Schulleiterin Aerendyl
Das Institut der Magie
Apex City, Apex

Madame Aerendyl öffnete die Jalousien in ihrem geräumigen Büro, während Quistix Platz nahm. Golddurchzogene Stuckleisten, smaragdgrüne Wände und ein Boden aus Augenachat verliehen dem Raum eine Aura von Bedeutung und erinnerten an die historische Vergangenheit der Schule. Ein großer Holzschreibtisch mit ordentlich gestapelten Papieren und Büchern stand zwischen ihnen.

Quistix verschnaufte. Sie hatte vergessen, wie weit der Weg war – alle Treppen hinab und über die Himmelsbrücke, nur um zum Verwaltungsgebäude zu gelangen. Ihre Beine schmerzten vom hastigen Gehen, und das schwere Foliant zu tragen hatte es nicht leichter gemacht.

„Welcher Ehre verdanke ich diesen Besuch, Ms. Daedumal?" Aerendyls Stimme war melodisch. Ein offensichtlicher Morgenmensch.

„Beim Lesen des Buches meines Vaters bin ich auf herausgerissene Seiten gestoßen. Ich dachte, ich frage, ob Sie wüssten, wo sie geblieben sind."

Die Schulleiterin senkte bedrückt den Kopf, ihr Tonfall veränderte sich. „Leider wurden sie einem Studenten abgenommen und mit den anderen verbotenen Texten in einem Hochsicherheitstrakt der Bibliothek verwahrt."

„Ich verstehe nicht. Warum hatte ein Student sie?"

„Er", sie zögerte lange, „betrat Eldrins Zimmer ohne Erlaubnis und nahm sie. Er hätte sich und mehrere andere beinahe mit dem Inhalt dieser Seiten getötet."

„Er ist einfach eingebrochen und hat sie gestohlen?"

„Genau genommen ist er nicht eingebrochen. Er hatte einen Schlüssel."

„Warum sollte er einen Schlüssel haben?"

„Er", das Thema bereitete ihr zunehmende Pein, „nahm ihn von meinem Schlüsselbund."

„Klingt für mich nach Einbruch."

„Es war nicht so, als hätte er mir den Schlüssel im Unterricht gestohlen. Er hatte zu Hause Zugang dazu. Eldrin war sein Vater.“

Quistix lehnte sich einen Moment zurück, versuchte die Worte der Elfin zu verarbeiten und zu begreifen, was das alles bedeutete. Ihre Augen weiteten sich, als es ihr klar wurde. „Der Junge im Krankenzimmer.“

„Ja.“ Emmas Kopf sank, und sie blickte zu den Gärten hinaus. „Er ist mein Sohn... mit Eldrin. Was ihn zu deinem—“

„Halbbruder machen würde.„“ Quistix war wie betäubt, ihre Augen glasig vor dem, was sie hörte.

Ihr Vater hatte ein ganzes Leben ohne sie geführt.

„Sei nicht wütend. Ich weiß, das ist ein Schock für dich, und ich hätte es dir wahrscheinlich früher sagen sollen.“

„Nicht wütend sein?! Mein Vater hat mich mit fünf im Stich gelassen und zu meinem Großvater geschickt, um dort zu arbeiten. Nie besucht. Nie geschrieben. Und hatte ein neues Kind, um das er sich täglich kümmerte. Und ich soll einfach damit klarkommen?“

„Es ist kompliziert.“

„Das scheint mir nicht besonders kompliziert. Versager-Vater lässt seine Tochter fallen und fängt neu an. Ende. Er ist kein toller Typ, der Jubel-Dinner verdient. Er ist ein selbstsüchtiges Arschloch!“

„Jetzt hör auf! Pass auf, wie du über meinen verstorbenen Mann sprichst. Ich werde nicht hier stehen und zulassen, dass du so über Eldrin redest. Zeig wenigstens etwas Respekt vor den Toten. Er hatte seine Gründe. Nach allem, was ich getan habe, um dir zu helfen—“

„Und warum hilfst du mir überhaupt?“ Quistix hob eine Augenbraue, eine widerspenstige, die nicht zu ihrem kaffeebraun gefärbten Haar passte. „Hmm? Ist es Mitleid, weil er mich weggeworfen hat, als wäre ich nichts für ihn gewesen?“

„Nein! So war das nicht!“ Madame Aerendyl schrie jetzt und schlug ihre Faust auf den Tiaga-Holzschreibtisch. „Er hätte dich niemals einfach weggeworfen. Er liebte dich! Er war ein guter Mann. Er war nur...“

„Nur was?“ Quistix kochte vor Wut, ihre Augen verfärbten sich langsam zu Weiß vor den Augen der Schulleiterin.

„Setz dich. Lass es mich erklären. Ich werde dir sagen, was ich dir hätte sagen sollen, als du hierherkamst.“

Quistix setzte sich wieder auf ihren Stuhl, ihre Iris verdunkelte sich, ihre spitzen Ohren zuckten. Gedankenlos strich sie über den Einband des Folianten und suchte nervös nach etwas, das ihre Hände tun konnten.

Madame Aerendyl holte tief Luft und sprach: „Eldrin Daedumal war ein eigenwilliger Junge mit einer Faszination für alles, was mit Heilung zu tun hatte, besonders besessen von der Bewahrung des Lebens. Er studierte hier jahrelang, genau wie deine Mutter. Er liebte sie mehr als alles andere." Diese Worte ließen ihre Stimme schwanken, als stünde sie kurz vor Tränen. „Eldrin verbrachte jede wache freie Minute mit dir, sobald du geboren warst. Und nachts, nachdem sie dich ins Bett gebracht hatten, forschte dein Vater in der Bibliothek über Erhaltungs- und Wiederherstellungsmagie, unzufrieden mit dem Wissensstand, den sie in seinen Kursen vermittelten." Sie klopfte nervös mit einer Feder auf ein Stück Pergament und fuhr fort: „Lura, deine Mutter, wurde ein zweites Mal schwanger."

Quistix' Augen waren nicht länger weiß, sie starrte voller Staunen wie ein Kind, das am Lagerfeuer einer Geschichte lauscht, gefesselt.

„Es gab Komplikationen während der Geburt. Das Kind, ein Junge, wurde tot geboren, und deine Mutter bekam Krämpfe." Madame Aerendyl wischte sich die Augen. „Es tut mir leid. Lura war eine enge Freundin von mir." Sie raffte sich zusammen, räusperte sich und schniefte. „Nach ihrem Tod verfiel dein Vater in eine tiefe, tiefe Depression. Er aß nicht. Er schlief kaum. Er bekam diesen... diesen Blick in den Augen. Ich kann ihn nicht einmal beschreiben. Es war erschreckend. Ich überredete deinen Vater, dich wegzuschicken.“

Die Worte trafen Quistix wie ein Blitzschlag. Sie fühlte sich ausweidet. Plötzlich verstand sie, warum sie Zugang zu einem so teuren Programm erhalten hatte:

Schuldgefühle.

„Aha. Also wolltet ihr da meine Mutter aus dem Weg war einen sauberen Schnitt für eure neue glückliche kleine Familie.“

„Nein!“ Madame Aerendyl schrie erneut, unfähig, ihre plötzlichen Ausbrüche zu kontrollieren. „Das ist überhaupt nicht der Fall!“ Sie dachte lange nach, versuchte die richtigen Worte zu finden. „Dein Vater wurde nach dem Tod von Lura und dem Baby zu einer dunkleren Kraft. Eines Tages kam ich in sein Zimmer im Studentenwohnheim, um ihm etwas zu essen zu bringen, um sicherzugehen, dass er aß. Um sicherzugehen, dass ihr *beide* es tattet. Ich hörte dich weinen, durch die Tür schluchzen. Als ich eintrat, sah ich... ich hatte so etwas noch nie in meinem Leben gesehen.“

Sie stand auf und ging um den Schreibtisch herum, setzte sich darauf, wobei ihr Knie Quistix fast berührte. Die Sonnenstrahlen aus dem Fenster beleuchteten ihren knitterfreien, farbenfrohen Umhang und ließen ihre nervösen Hände funkeln, die sich beim Sprechen ineinander verkrallten.

„Quistix, er hatte die Leichen deiner Mutter und deines kleinen Bruders aus den Begräbnisgärten exhumiert. Sie lag nackt auf dem Bett, dein Bruder in ihrem Arm. Darüber standest du, an das Kopfteil gebunden. Blut tropfte von deinen Handgelenken auf sie herab. Eldrin hielt ein zeremonielles Messer in der Hand. Seine Augen waren rot umrandet mit dunklen Ringen vom Schlafmangel, ausgezehrt von Tagen ohne Essen. Er rezitierte aus einem alten, vergilbten Buch, das in Leder gebunden war." Sie starrte Quistix einen Moment an. „Es war ein Buch schwarzer Magie. Wo er es fand, weiß ich bis heute nicht."

Quistix sah auf ihre Hände hinunter, die die der Schulleiterin nachahmten, nervös zappelnd, und dann wieder in Emmas aufrichtige, purpurrote Augen.

„Ich rang mit ihm um das Messer, und er versuchte, sich dabei selbst zu verletzen. Ich konnte es ihm schließlich entreißen, dein Vater geschwächt vom Schlafmangel und der Nahrungsverweigerung. Er weinte die ganze Nacht, und am Morgen holte ich ein paar vertrauenswürdige Freunde, um die Leichen zurück auf den Friedhof zu bringen. Der Illusionist der Schule legte einen Schlafzauber auf ihn. Er schlief drei Tage am Stück. Als er aufwachte, konnte er sich an nichts erinnern. Als ich es ihm erklärte, brach er erneut zusammen. Die Schuld darüber, was er dir angetan hatte... Er fühlte sich wie ein Monster."

„Ich weiß nicht... Ich weiß nicht, was ich sagen soll." Quistix fuhr sich mit zitternder Hand durch ihre dunklen Locken und atmete tief aus.

„Eldrin glaubte, dass dieses Buch einen Zauberspruch enthielt, der sie beide von den Toten zurückholen würde. Doch was auch immer durch schwarze Magie zurückgebracht wird... es ist nicht dasselbe. *Niemals.* Was zurückkehrt, ist etwas viel Schlimmeres. Etwas, das aus der Dunkelheit entfesselt wurde." Ihr Ton wurde noch trauriger. „Monatelang war er ein gebrochener Mann. Ich kam vorbei, um nach ihm zu sehen, nur um sicherzugehen, dass er noch lebte und um dich zu versorgen. Ich überredete ihn, dich zum Hof seines Vaters zu schicken, wo du ein normales Leben führen könntest, bis er seine Trauer bewältigt und wieder zu sich gefunden hatte – was er widerwillig tat. Und ein Jahr später, als er das Schlimmste überstanden hatte und wieder an der Spitze seiner Klasse stand, kam er zurück, um dich zu holen. Er stand am Rande des Grundstücks und beobachtete dich, sagte er. Dein Großvater brachte dir bei, mit Metall zu arbeiten. Er sagte, du seiest Lura wie aus dem Gesicht geschnitten, nur kleiner. Er ertrug es nicht. Er kehrte um, sagte, du seiest ohne ihn besser dran nach dem, was er getan hatte, und wir sprachen nie wieder darüber."

Quistix' Augen füllten sich mit Tränen. Sie erinnerte sich an das Porträt in seinem Schlafsaal und wie sie tatsächlich eine frappierende Ähnlichkeit mit ihrer Mutter Lura hatte.

„Dein Vater hat sich mit der Zeit durch seine Arbeit und Studien in Heilungsmagie rehabilitiert. Er half so vielen Menschen, rettete unzählige Leben und bildete andere aus, dasselbe zu tun." Sie holte tief Luft und atmete langsam aus. „Über ein Jahrzehnt nach Luras Tod umwarb mich dein Vater heimlich. Ich kandidierte für das Amt der Schulleiterin, und er hatte eine Stelle als Professor für Heilungsmagie erhalten. Etwa ein Jahr darauf wurde ich schwanger, und schließlich bekamen wir einen Sohn."

Quistix erinnerte sich an die Zuneigung, die die Elfin dem jungen Mann am Tag ihrer Ankunft gezeigt hatte. „Der Junge im Krankenzimmer?"

„Ja. Er ist dort mit demselben Wahnsinn gelandet. So verzweifelt, seinen Vater zu sehen, dass er meinen Schlüssel stahl, alle Seiten herausriss, auf denen dein Vater von seinen Erfahrungen mit den Wiederbelebungszaubern berichtete, und beinahe einige seiner Mitstudenten tötete, als er versuchte, Eldrin wiederzuerwecken." Die Tränen flossen nun ungehindert über ihr elfisches Gesicht. „Trauer ist etwas Schreckliches. Ich vermisse deinen Vater jeden Tag. Und jetzt muss ich meinen eigenen Sohn aus dem Institut verweisen, das Eldrin und ich mit aufgebaut haben." Sie schniefte. „Eldrin hat viele Fehler gemacht. Aber er hat dich niemals als einen davon betrachtet. Tatsächlich sprach er oft im Schlaf mit dir, führte ganze Gespräche. Er sehnte sich stets danach, dich in seinem Leben zu haben. Er konnte es nur nicht ertragen."

Emma wischte sich das Gesicht ab und kehrte zu ihrem Sitz zurück. „Er hätte gewollt, dass ich dich in das Programm aufnehme. Er wäre verdammt wütend gewesen, wenn ich dich an der Tür abgewiesen hätte, besonders mit deiner magischen Abstammung. Also bist du hier in der Ausbildung – wegen ihm."

Quistix nickte, unfähig, alles, was sie gerade gehört hatte, vollständig zu verarbeiten. Aerendyls Worte wirbelten wie ein emotionales Durcheinander in ihrem Kopf herum.

Als die Schulleiterin Eldrins Foliant näher zu Quistix schob, um das Gespräch zu beenden, sprach sie erneut, mit sanfter Stimme, doch ihre Worte waren kalt. „Eldrin war ein wunderbarer Vater für unseren Jungen. Er weiß nichts von dir, und um seine Erinnerung an Eldrin zu schützen, würde ich es lieber so belassen. Er hat genug Sorgen mit der drohenden Verweisung."

31

„Es gibt magische Menschen auf der Welt. Das war schon immer so, und wird hoffentlich immer *so* bleiben. Vor Hunderten von Jahren wurden Menschen wie ihr als Götter verehrt. Angebetet. Als Führer von Nationen positioniert. Menschen wie ihr haben allein mächtige Armeen vernichtet und Kontinente zerstört. Ihr seid das Beste und das Schlimmste, was Destoria widerfahren ist. Manche Kulturen versuchen, magische Fähigkeiten durch die Verdünnung von Blutlinien auszumerzen und verbieten Magiern den Umgang miteinander. Andere Kulturen verbieten die Magie ganz und stigmatisieren uns als Hexen und Zauberer. Destoria ist eine der wenigen Inseln, wo Magier offen existieren können. Wir vermehren unsere Kräfte hier durch die Fortführung von Blutlinien und das Verfeinern unserer Fähigkeiten. Verbindungen zwischen magischen Familien können mächtigere Magier hervorbringen."

Opid tippte auf Quistix' Pergament, das mit Notizen übersät war, die sie mit einer Feder aus dem Schlafsaal ihres Vaters gemacht hatte. Der alte Mann lächelte sie an, bevor er seinen Rundgang zwischen den Tischen im Klassenzimmer fortsetzte.

„Nehmen wir Quistix hier. Ihre Blutlinie ist rein. Obwohl sie noch eine Anfängerin ist, ist sie dennoch natürlich begabt, weil sowohl ihr Vater als auch ihre Mutter Magier waren. Manche Menschen müssen ihr ganzes Leben lang studieren, um das zu erreichen, was sie kann. Doch wenn ihr eure Kraft fokussiert und lernt, sie zu konzentrieren, könnt ihr Destoria beschützen, ja ganz Feradona…"

Sein Ton wurde ernst, kein Lächeln blieb auf seinem Gesicht. „Oder ihr könnt es *zerstören*."

32

Uveges Metallwerke
Apex City, Apex

Beim Betreten fühlte sich Quistix seltsam heimisch. Der metallische Geruch von frisch bearbeitetem Stahl und Rauch erfüllte ihre Lungen und beruhigte sie nach dem aufwühlenden Morgen. Ein Schwert, das auf einem Stein aufgestellt war, stach hervor. Es schien aus minderwertigerem Metall zu sein als das, was sie in ihrer Werkstatt verwendete. Sie untersuchte die Krümmung der Klinge und musterte die schlampige Arbeit am Griff. Sie klopfte mit der Spitze der Klinge auf das Holzbrett und lauschte dem Nachhall. Das Metall tönte nur einen Moment, bevor es wieder verstummte. Sie spottete über die schlechte Handwerkskunst.

„Ein Schwert wie das wäre wohl viel zu schwer für eine Frau.“

Unschlüssig, woher die Stimme kam, sah Quistix sich um, ohne jemanden zu entdecken. „Wie wäre es stattdessen mit einem netten Dolch? Oder einem Kurzschwert?“

„Sollte für jemanden wie mich kein Problem sein.“ Ihre Stimme hatte einen harten Unterton. Sie hasste es, wenn Leute sie für eine hilflose Dame hielten.

Sie war abgehärtet. *Zäh.*

Unterschätzt.

Auf einem Balkon im zweiten Stock entdeckte sie die Quelle der Stimme. Er hatte die Gesichtsform und Haut eines Leguans. Stacheln verliefen entlang seines Rückens, die sich mit jedem Atemzug bewegten. Er trug schwarze Baumwollhosen, die von der Schmiedearbeit mit Asche bedeckt waren. Seine amphibischen Augen waren groß und hell.

Da Quistix noch nie einen Baiya gesehen hatte, war sie fast sprachlos. „Ich nehme an, du bist *Uvege*?“

Er kam die Treppe herunter und lachte laut, sein Gesicht schien fast in zwei Teile zu zerreißen, als sein riesiges Maul sich öffnete, die Kiefer nur durch eine dünne Schicht rosa Haut verbunden. „Uvege war mein Großvater. Ich bin Thaxl.“

„Nun, *Thaxl*.“ Quistix drehte den Griff in ihrer Hand und zeigte auf eine Stelle der Klinge. „Du erhitzt das Metall zu lange, bevor du es abschreckst. Welche Farbe hat es, wenn du es aus der Kohle ziehst?“

„Blau“, sagte er langsam.

Quistix zischte scharf bei seinem Geständnis. „Wer hat dich das Schmieden gelehrt?“

Die Stacheln auf Thaxls Hinterkopf richteten sich auf. „Mein Vater, der es von seinem Vater lernte, der es von seinem Vater lernte—“

„Nun, es tut mir leid, dir das sagen zu müssen, aber irgendjemand in dieser Kette hat es falsch gemacht. Es sollte strohgelb sein, wenn du es aus der Kohle ziehst. Und am besten schreckt man es in Öl ab, aber ich wette, du verwendest Wasser.“

Thaxl wurde still. „Wie...?“

„Ich war Schmiedin in Bellaneau. Abschrecken zum genau richtigen Zeitpunkt in *Öl* ergibt eine stärkere, flexiblere Waffe.“

Er neigte den Kopf zur Seite und schluckte seinen Stolz hinunter. „Interessant.“ Er zeigte ein strahlendes Lächeln. „Nun, da ich weiß, dass ich in Gegenwart einer Expertin bin, kann ich dir irgendwie helfen? Suchst du etwas Bestimmtes?“

„Nur schauen.“ Sie wandte ihre volle Aufmerksamkeit seinen Regalen mit Waffen und den Kisten mit Ringen, Halsketten und Haarklammern unten zu, alles aus denselben Materialien, einige mit fehlerhaften Edelsteinen verziert.

„Großartig. Schau dich einfach um und frag, wenn du etwas wissen willst.“ Er wischte sich die Krallen an seiner Schürze ab und musterte sie. „Bist du in dieser Zauberschule?“

„Ja. Nun, irgendwie.“ Sie seufzte. „Eigentlich nicht wirklich. Meine Zeit dort ist bald vorbei. Ich werde mit dem Woragor zurück aufs Festland reisen.“

„Nun, du siehst aus wie der *Typ*. Wir haben nicht viele Elfen hier, die keine Studenten oder Lehrkräfte sind. Verdammt, wir haben überhaupt nicht viele Elfen hier. Tatsächlich beliefern wir hauptsächlich das Personal.“

„Ach ja?“, fragte sie, nur halb zuhörend und seine anderen Waren und Metallkreationen nach versteckten Schätzen durchsuchend.

„Hast du irgendwelche Rüstungen?“ Er klang neugierig, auf den Zehenspitzen über den Tresen gelehnt, um besser zu sehen, was sie betrachtete. „Eine gute Rüstung wird dir auf deinen Reisen sehr helfen. Da draußen gibt es vieles, das eine Elfe wie dich töten will."

Sie lachte. „Das ist mir bewusst."

„Also...?" Er wartete darauf, dass sie seine Frage tatsächlich beantwortete.

„Ich hatte mal welche." Sie erinnerte sich an die Flammen, die vor fast einem Jahr ihr Haus in Bellaneau geleckt hatten. „Warum? Hast du welche in einem Hinterzimmer oder so? Alles, was ich hier sehe, sind Waffen und Schmuck."

„Nun, falls du je welche brauchst, denk daran, dass du Stücke brauchst, die gegen deine Fähigkeiten resistent sind. Ich habe eines Nachts einen dieser Kids draußen vor der Hochschule einen Feuerzauber wirken sehen." Er pfiff. „Hat das Bruststück direkt mit seiner Haut verschmolzen! Das Metall war in Sekunden geschmolzen. Er ist gestorben. *Qualvoll.*"

Das erregte ihre Aufmerksamkeit. Sie erinnerte sich, wie ihre Kleider in der Höhle des Smaragd-Banditen zu Asche verbrannten, als ihre Augen weiß aufglühten. „Also, stellt jemand eine besondere Art Rüstung für unsere Art her?"

„Ja, aber magiekompatible Rüstungen sind nicht üblich. Nicht mal 'hier in der Gegend."

Ihre Schultern sackten zusammen. Er schlängelte sich durch einige Regale und beugte sich nah zu ihr, dann schaute er sich um, um sicherzugehen, dass sie allein waren. „Ich weiß aber, wo du welche finden kannst. Wenn du etwas kaufst, sage ich dir, wo. Es ist nicht weit von hier."

Sie lachte. „Jetzt willst du mich wohl veralbern."

„Nein! Ich schwöre auf die ungeborenen Eier meiner Frau! Es soll ein atemberaubendes Set sein, habe ich gehört." Er wirkte aufrichtig. „Denk einfach... über das Angebot nach. Ich habe ein paar magische Gegenstände vorn, inklusive eines Fokus-Anhängers, den jemand erst eingetauscht hat."

„Wie viel kostet der Anhänger?"

„Fünfzig Gold."

Sie kicherte und machte Anstalten, den Laden zu verlassen.

Seine reptilische Hand schoss in die Höhe, Finger gespreizt. „Warte! Zwanzig Gold."

„Zehn und die Wegbeschreibung. Letztes Angebot."

Er dachte einen Moment nach und nickte dann. „In Ordnung." Er streckte die Hände aus. Sie kramte eine Handvoll Münzen aus ihrem Beutel. Sie hatte kaum genug, um den Preis zu decken.

„Ich garantiere dir. Es werden die besten zehn Goldstücke sein, die du je ausgegeben hast.„

„Wenn es nicht da ist, komme ich *zurück*.“ Sie fixierte ihn mit ihren zitronengelben Augen. Ihre Drohung war vage, doch die Botschaft kam an.

„Du wirst staunen, wenn du es siehst. Gerüchten zufolge ist es legendär. Und es ist ein komplettes Set, dazu noch magisch verstärkt. Es wird perfekt für dich sein. Ich habe dir gerade eine Menge Geld gespart!“

„Das werden wir sehen.“

Er holte den Fokus-Anhänger hervor und legte ihn behutsam in ihre Hand. Er beugte sich über den Tresen. „Also, diese alte Hexe wurde darin draußen in den Greatwich-Gräbern vor der Stadt begraben. Das Problem ist, es liegt in ihrem Grab.“

„Großartig.“ Sie spottete. „Ich soll einen Sarg plündern?“

„Pff, das sollte für jemanden wie dich kein Problem sein“, sagte er und warf ihre eigenen Worte zurück. „Es ist das größte Grab auf dem Friedhof. Du kannst es nicht verfehlen.“

33

„Stellt euch ein Wesen und seine Motivation vor. Ihr erschafft ein temporäres neues Leben mit einer eigenen Triebkraft. Wenn ihr unkonzentriert oder frustriert seid, desto wahrscheinlicher ist es, dass ihr ein Wesen erschafft, das euch selbst oder andere Unschuldige verletzt." Professor Glenshire klopfte auf ihre Handgelenke und schob sie sanft in die Luft.

„Gut, gut." Quistix rieb an ihrem Fokus-Anhänger und lockerte ihre Schultern. Sie streckte die Hand aus, die Finger gespreizt.

Vor ihr erschien aus dem Äther Samael. Der wütende Barbar, der sie in Raven Cairn aufgenommen hatte, stapfte auf sie zu, sein Gesicht voller Wut über den Vertrauensbruch. Die Schuld lag noch frisch in ihrem Gedächtnis. Sie hatten seine Güte mit Einbruch vergolten. Scham erfüllte sie, als sie in seine zornigen Augen unter einer gerunzelten Stirn blickte. Als er sich ihr näherte und seine riesige Faust zum Angriff erhob, verblasste sein beschworenes Abbild zu Staub. Quistix brach erschöpft zusammen und sackte keuchend in den Kreis auf dem Boden.

„Fantastische Arbeit!" Professor Glenshire klatschte ihre behandschuhten Hände zusammen und lächelte, ihre Wangenknochen hochgezogen.

„Das ist anstrengend." Ein Lächeln breitete sich auf Quistix' Gesicht aus, als sie sich aufrappelte. „Aber... ich glaube, ich habe es geschafft!"

„Das hast du! Ruhe dich aus. Ich werde es dich noch einmal machen lassen. Nächstes Mal länger. Und denk daran", sie formte die Hand der Elfin anders als zuvor, „die konzentrierteste Magie kommt aus deiner Handfläche. Deine Finger sind nur für komplexe Magie, die präzisere Führung erfordert." Glenshire lächelte. „Magie ist so einzigartig wie ihre Anwender. Sie ist so rein wie deine

Absichten und so stark wie dein Wille. Dein Vater war großartig, und deine Mutter, wage ich zu sagen, war sogar noch besser als er. Ich weiß, dass heute dein letzter Tag ist, und es wäre fahrlässig, wenn ich nicht sagen würde, dass du etwas ganz Besonderes in dir trägst. Übe weiter. Ich bin fest überzeugt, wenn du *es tust*, und das *häufig*, wirst du eine legendäre Magierin werden, auf einer Stufe mit Größen wie Hadina und Merlin.“

34

Eldrins Schlafsaal-Suite
Institut der Magie
Apex City, Apex

Die Wochen waren wie im Flug vergangen, und Quistix fand sich in der langen Kammer ihres Vaters wieder, umgeben von seinen Leidenschaften und Kreationen, während sie sich darauf vorbereitete, sie möglicherweise für immer zu verlassen. Obwohl er sie in jungen Jahren weggeschickt hatte, hatte sie das Gefühl, dass sein Raum ihr Dinge über ihn gelehrt hatte – vor allem, dass er sie all die Jahre nicht vergessen hatte. Sie hatte Kleinodien aus ihrer Kindheit gefunden, die vage Erinnerungen an ihre kurze, prägende gemeinsame Zeit wachriefen, sowie einen Stapel

Briefe an sie, die er geschrieben, aber nie abgeschickt hatte. Nacht für Nacht hatte sie Stunden damit verbracht, sie aufmerksam zu lesen, wenn die anderen schliefen. Sie fühlten sich an wie ein Gespräch, das sie sich so lange gewünscht hatte, auch wenn es einseitig war.

Nun schlurfte sie niedergeschlagen durch den schmalen Raum, durchforstete die Gegenstände und packte eine kleine Tasche mit wichtigen Dingen. Obwohl sie kein Zuhause hatte, um sie auszustellen, gab ihr ihre Nähe das Gefühl, ein Stück Eldrin bei sich zu haben. Am meisten wollte sie das Gemälde, denn es war das Einzige, was die Gesichter ihrer Eltern in ihrer Erinnerung lebendig hielt. Doch ohne ein Zuhause musste es zurückbleiben. Schließlich würde es den Drachenritt zurück nach Destoria nicht überstehen – etwas, das sie gleichermaßen begeisterte und erschreckte.

Als sie das Gemälde ein letztes Mal betrachtete, dachte sie über die Ironie nach. Einst hatte sie sich von ihnen verstoßen gefühlt. Jetzt war sie in derselben Position.

Ein Klopfen an der Tür riss sie aus ihren Gedanken.

Sie vermutete, es könnten Twitch und Aurora sein, ungeduldig, Apex zu verlassen, trotz ihrer Abmachung, sie bald auf der Himmelsbrücke zu treffen, um ihnen den Weg zu ersparen. Doch als sie die Tür öffnete, wurde sie stattdessen von Schulleiterin Aerendyls warmem, elfischem Lächeln und ihren leuchtend rubinroten Augen begrüßt.

„Verzeihung, Quistix, aber ich wollte dich noch erwischen, bevor du gehst. Ich wollte mich verabschieden und habe auch ein Geschenk." Sie nestelte nervös an ihren Händen, während Quistix sie hereinbat. „Ich sehe, du nimmst nicht viel mit."

„Ich muss leicht reisen und habe leider momentan keinen eigenen Ort. Ich hätte gerne einige dieser Dinge mitgenommen. Dein Sohn kann den Rest gerne haben."

Die Worte klangen so seltsam.

Dein Sohn. Ich meine, mein Halbbruder, dachte sie.

„Das ist nett von dir.„Das wird ihm bestimmt sehr viel bedeuten. Er vermisst Eldrin so sehr. Wir alle tun es. Sein Verlust hinterlässt eine Lücke in uns allen." Sie klang feierlich. „Nimm auf jeden Fall Eldrins Foliant mit, wenn du möchtest. Folianten sind hier persönliches Eigentum."

„Danke."

„Du hast ein unglaubliches Talent. Verschwende es nicht." Sie klimperte nervös mit dem Gegenstand in ihrer Hand. „Oh, ich hatte die Gelegenheit, Aurora einige Male zu sprechen, und ich habe beschlossen, ein artenübergreifendes Ausbildungsprogramm einzuführen und Stipendien für das nächste Semester anzubieten. Sag ihr bitte, dass sie sich bewerben kann. Studenten haben vollen

Zugang zur Bibliothek, und wir könnten sicherlich eine Heilerin wie sie in unserer Krankenstation gebrauchen.“

„Ich werde es ihr ausrichten. Sie wird begeistert sein.“ Quistix zwang sich zu einem Lächeln, trotz der melancholischen Umstände.

Emma hielt einen Geldbeutel hin. „Deine Professoren und ich haben eine Sammlung gemacht, um deinen Rückflug mit Veynan zu bezahlen. Es sollte ausreichen.“

Quistix war sprachlos. Sie würde der Schulleiterin nicht erzählen, dass Twitch genug gestohlen hatte, um die Gebühr und eine Nacht in der Herberge nahe der Landestelle in Evolt zu bezahlen. Oder dass er genug Essen aus der Mensa gestohlen hatte, um sie alle mehrere Tage zu versorgen.

„Und als ich von deinen unglücklichen Umständen mit dem Feuer hörte—“

„Wer hat dir davon erzählt?“ Quistix ließ sie nicht einmal ausreden.

„Nun, Twitch erwähnte es. Er sagte, du hast fast alles durch einen Banditenüberfall verloren.“

Es überraschte sie nicht, dass der Wyl geschwätzt hatte. Sie schüttelte nur den Kopf und starrte auf den Boden.

„Ich weiß, Eldrin wusste nicht, dass ich davon wusste.“ Sie ging zum bis zur Decke reichenden Bücherregal, überflog einige Titel und zog dann eines fast außer

Reichweite hervor. Sie reichte es Quistix. „Dieses gehört nicht zur Bibliothek. Du solltest es behalten. Nutze es für einen Neuanfang.“

Quistix lachte über den Titel und las laut vor: „*Finanzieller Erfolg für Magier*?“

Sie drehte das Buch um, um den Rücken zu betrachten, und hörte Metall klimpern. Mit hochgezogener Augenbraue öffnete sie den Deckel und entdeckte, dass der Inhalt mit einem Messer ausgehöhlt worden war. In der ausgehöhlten Vertiefung lag eine Handvoll Platinmünzen. Ihre mandarinenfarbenen Augen weiteten sich.

„Ich glaube nicht, dass ich das annehmen kann.“ Sie bot Aerendyl das Buch an und dachte daran, wie Twitch sich vor Entsetzen zusammenrollen würde, wenn er sähe, wie sie so viel Geld ablehnte.

Aerendyl schob es sanft zurück. „Ich bestehe darauf. Eldrin hätte gewollt, dass du es hast.“

„Ich weiß nicht, was ich sagen soll.“ Ihre Stimme stockte.

„Sag einfach Lebewohl.“ Die Schulleiterin lächelte. Tränen standen in ihren Augen. Sie umarmte Quistix fest und strich der Kriegerin nach dem Loslassen durch die kaffeebraun gefärbten Haare. „Gute Reise, Quistix. Ich wünsche dir alles Gute.“

35

Der Rückflug nach Evolt war frisch und aufregend. Auf Froks Bitte hin hatte Veynan sie alle buchstäblich durch die Luft wirbeln lassen. Für einen Moment dachte die abgelenkte Elfe, sie könnten alle in die schaumigen, grün schimmernden Gewässer der Jadesee unter ihnen stürzen. Die aufregenden Kunststücke schienen der uralten Kreatur große Freude zu bereiten. Statt die Umgebung zu genießen, dachte Quistix über die Zauber nach, die sie am Institut der Magie gelernt hatte, während ein tiefes, unerklärliches Gefühl der Beklemmung in ihrem Magen aufstieg, was ihre Zukunft betraf. Sie hatte keine Ahnung, wohin sie gehen oder was sie erwarten sollte. Sie hatte kein Zuhause, keinen

Ort, an dem sie ihr Haupt betten konnte. Kein Kind. Keine Eltern. Nur ein rätselhaftes Buch voller Auferstehungsunsinn, das ihr toter Vater geschrieben hatte, ein paar grundlegende Zauber, die sie üben konnte, ein Buch voller Geld und ein Outfit ihrer Mutter, das sie aus der Schublade am Fuß ihres Vaters Kleiderschrank genommen hatte.

Und sie hatte ihre Freunde.

Dieser Gedanke ließ sie lächeln, als sie die bunt zusammengewürfelte Gruppe von Außenseitern betrachtete, die sie auf ihrer Reise nach Rache und Wissen um sich geschart hatte. Alle drei klammerten sich mit vom Wind umspielten Grinsen an Veynan. Sie schienen die Zeit ihres Lebens zu haben, hoch über Destoria schwebend und einen Anblick genießend, den die meisten nie einmal*einmal* zu sehen bekämen, geschweige denn*zweimal*in einem Leben.

Als Veynan seine krallenbewehrten Füße in den knirschenden Schnee setzte, fühlte sich Quistix verlorener denn je. Sie mussten noch einen sehr umwegigen Zwischenstopp einlegen, aber danach hatte sie keine Ahnung, wie sie die destorianische Armee davon abhalten sollte, sie zu jagen, oder wohin sie als Nächstes gehen sollte. Vielleicht würde sie auf der Schwesterinsel neu anfangen, wo niemand sie kannte. Vielleicht einen Neuanfang wagen.

Schließlich sagt man, Asera sei zu dieser Jahreszeit schön, dachte sie.

36

Nach mehreren Wochen Abwesenheit konnte sie kaum glauben, dass der Hundeschlitten noch da war, als Veynan in der Nähe des Lush Beaver Inn landete. Sie hielt es für einen glücklichen Zufall, obwohl die riesige Kreatur ihr versicherte, dass der Goblin-Mautarbeiter stolz auf die Sicherheit der Habseligkeiten seiner Passagiere war. Der Besitzer des Lush Beaver hatte ihm sogar erlaubt, einen Schuppen hinter der Herberge für solche Dinge zu mieten. Sie hatten sich verabschiedet, Aurora die Zügel angelegt, und sie hatte sie alle durch den Schnee gen Norden zurück an den Rand von Raven Cairn und zu dem vertrauten bescheidenen Häuschen getrieben, aus dessen rauchendem Kamin der Duft von brodelndem Eintopf quoll.

Seit ihrer Abreise hatte Twitchs Einbruch ihr Gewissen geplagt. Sie klopfte an die Tür und zuckte zusammen, als sie sich öffnete, bereit für einen möglichen Angriff.

Es war Samael. Sein Gesicht verzog sich zu einem Stirnrunzeln, als er sie und Twitch erkannte, beide mit roten Nasen auf der Schwelle stehend. Er begann, die Tür vor ihr zu schließen, als Twitch sanft dagegen drückte und sie offen hielt.

„Bitte, hör uns an." Seine Wyl-Stimme war leise wie die eines Welpen. „Es tut mir leid, Samael. Du hast uns aufgenommen. Uns gefüttert. Gebadet. Du hast uns einen Schlitten gegeben. Es war falsch von mir, dir etwas zu stehlen. Wir waren in Geldnot, und ich dachte..." Seine Worte trieften vor Reue. „Du bist ein guter Mann. Du hast nicht verdient, was ich dir angetan habe. Lange, lange Zeit war ich Mitglied der Diebesgilde, und Stehlen wurde zur zweiten Natur."

„Wir sind zurückgekommen, um es wieder gutzumachen", sagte Quistix und hielt einen prall gefüllten Geldbeutel hin.

Samael nahm ihn zögernd entgegen und spähte in den Beutel, als könnte etwas darin beißen. „Das ist zu viel. Ihr habt nur vier—"

„Es ist extra als Wiedergutmachung. Wir haben dir Unrecht getan, Samael. Und es tut mir wirklich leid." Quistix starrte auf die Dielen, ihr Atem bildete graue Wolken zwischen ihnen.

Ein sanftes Lächeln breitete sich auf Samaels Gesicht aus. „Möchtet ihr reinkommen? Meine Frau hat Eintopf gekocht. Sie macht immer reichlich. Behaltet diesmal nur eure klebrigen Finger für euch. Macht ihr das nochmal, gibt's beim nächsten Mal *Wyl*-Eintopf."

Es tat gut, der gefrorenen Tundra zu entkommen und die Füße am Feuer zu wärmen. Der Eintopf war reichhaltig und voller Gemüse aus dem gut gefüllten Wurzelkeller.

„Wie war es da drinnen? Ich habe gehört, es ist riesig!" fragte Samaels Frau Twitch und beugte sich aufgeregt vor.

Samael winkte Quistix in das Zimmer seiner Tochter, und sie schlich unbemerkt davon.

„Das Institut ist weitläufig! Es gibt diese riesige Brücke, die vom Eingang zum eigentlichen Turm mit der Schule und den Schlafsälen führt, der selbst ein erschöpfend großes

Anwesen ist. Der Hauptturm", fuhr Twitch fort und sparte kein Detail über ihre Abenteuer in Apex aus.

In Hildes Zimmer griff Samael in seinen dicken Flanellstoff und zog ein gerolltes Stück Pergament hervor, umwickelt mit einem Stofffetzen. Auf der Seite der Rolle stand in geschwungener Schrift *Quistix*.

„Was ist das?", fragte sie, fast Zehe an Zehe mit dem massigen Barbaren in dem engen Raum stehend. „Was auch immer es ist, ich kann es nicht annehmen. Du hast schon so viel getan."

„Es ist nicht von mir. Ein paar Stunden nach eurer Abreise fand ich einen Botenwolf vor der Haustür, der versuchte, hineinzukommen. Er hatte dies um den Hals gebunden. Er muss euren Geruch hier wahrgenommen haben. Diese Wölfe haben eine Spürnase, die fast magisch ist. Ich dachte darüber nach, es mit einem Symph nach Apex zu schicken, aber nachdem ich das fehlende Geld bemerkte, fand ich, du verdienst die Höflichkeit nicht. Wegwerfen konnte ich es auch nicht. Es schien einfach nicht richtig." Er sah entschuldigend aus, als er es ihr reichte. Als sie es nahm, lächelte er und klopfte leicht auf ihre Hand, sodass sie sich darum schloss, die beide fast doppelt so groß waren wie ihre eigenen. Dann ging er, seine Stiefel klapperten über die Holzdielen des Flurs zurück ins Hauptzimmer.

Sie löste die Banderole und entrollte den Brief, wobei sie bereits wusste, von wem er wohl war. *Kaem.*

Er lautete:

Quistix,

Alte Freundin, ich hoffe, dies erreicht dich wohlbehalten. Es fällt mir schwer, dich darum zu bitten, aber Ralmeath und ich könnten deine Hilfe gebrauchen. Wir erhielten einen neuen Auftrag, nachdem wir dich sahen. Königin Exos Tempest hat uns angeheuert, um nach verschwundenem Geld und Biago-Beeren zu ermitteln. Ohne sie wird die Dikeeka-Versorgung bald zum Erliegen kommen. Doch seit unserer Ankunft in Desdemona ist klar, dass Exos sich nicht richtig verhält, genauso wie Vervaine. Und erinnerst du dich an Ceosteol? Die alte Quichyrd, die vor Jahren all diese schrecklichen Experimente an Wyl-Kindern durchführte? Sie lebt noch und erhielt vollständige Begnadigung, was angesichts ihrer Verbrechen keinen Sinn ergibt. Sie wurde nicht nur freigelassen, sondern scheint der Königsfamilie nahezustehen. Zu nahe. Ich hatte einige interessante Gespräche mit ihren engsten Vertrauten, darunter dem neuen Oberhaupt der königlichen Garde, Arias, und ihrem flammenden Banditen-Helfer Omen.

Wir werden weiter nachforschen, aber ich spüre, wie sich Gefahr zusammenbraut. Ich habe mehrere Gerüchte über gesichtete Untote in der Nähe des Palastes gehört. Etwas stimmt nicht. Ich könnte wirklich deine Hilfe gebrauchen, Lux Alba. Ich hätte nie gefragt, aber da das Kopfgeld auf dich aufgehoben wurde, dachte ich, du könntest etwas Abenteuer vertragen. Es gibt auch Gold für dich.

Ralmeath und ich werden westlich von Desdemona auf der alten Newberry-Ranch sein, und wir hoffen, du gesellst dich so bald wie möglich zu uns.

Wenn du kommst, beeile dich bitte.

In Ehren,

–Kaem

Quistix fragte sich, ob es eine Falle war, um sie direkt zu Exos zu locken und die Belohnung zu kassieren. *Nein,* dachte sie. *Das konnte es nicht sein. Wenn Kaem sie locken wollte, hätte sie es viel raffinierter angestellt.* Kaem war alles andere als offensichtlich. Außerdem konnte sie sich nach Jahrzehnten der Freundschaft mit der Quichyrd keine Welt vorstellen, in der Kaem so herzlos wäre.

Nach einem Gespräch mit Twitch und Aurora waren sie sich einig, dass sie alle bereit für ein neues aufregendes Abenteuer waren.

„Warum sagte sie, das Kopfgeld sei aufgehoben?„" Twitch wirkte genauso verwirrt wie Quistix.

Samael kicherte, als er ein weiteres gefrorenes Scheit ins Feuer warf. Das vereiste Holz zischte, als die lodernden Flammen es zum Schmelzen brachten. „Sie haben eure Steckbriefe vor Wochen aus der Kneipe genommen. Muss ein oder zwei Tage nach eurer Abreise nach Apex gewesen sein. Als ich fragte, ob sie durch neuere Zeichnungen ersetzt würden, sagte der Wächter ‚nein'. Meinte, sie suchten dich nicht mehr. Ich dachte, sie hätten dich wohl abgefangen, bevor du mit Veynan losgeflogen bist."

Quistix blickte sich um. „Irgendwelche Ideen, wie wir schnell nach Desdemona kommen? Glaubst du, Veynan würde uns nehmen?"

„Veynan würde dich für die Reise ein Vermögen kosten, selbst wenn der Goblin zustimmt. Ein paar Kumpel von mir aus der Kneipe, wo ich dich traf, wollten zu Outliars Docks, um die letzten Dikeeka-Kisten rüberzuschaffen. Ich könnte versuchen, euch auf das Boot zu bringen. Er schuldet mir einen Gefallen, also denke ich, dass er euch mitnimmt. Aber wir müssten uns beeilen. Ich weiß nicht, wann sie ablegen, aber es ist bald."

37

Outliars Docks
Die Jadesee

Ein großes Holzschiff lag stoisch am Dockrand und bot Transport ins Ungewisse. Eisschollen bedeckten die Wasseroberfläche, tanzend auf den stürmischen, weiß schäumenden Wellen.

Der Kapitän richtete die Krawatte seines schwarzen Wollmantels, der vom Gestank nach Meerwasser und Schweiß durchtränkt war. Strähniges Haar wehte ihm im eisigen Wind um den Kopf, verklebt von Öl und Schmutz. Seine Augen waren rot umrandet vor Erschöpfung, der Magen knurrte vor Hunger.

Als Quistix und ihre Gefährten sich von Samael verabschiedeten, grinste der Kapitän seinen Barbarenfreund breit an, mit gelb verfärbten Zähnen und zurückweichendem Zahnfleisch.

„Ich pass gut auf sie auf", kicherte er.

Quistix und Twitch setzten sich auf große, mit „DIKEEKA" beschriftete Kisten gegenüber einem schmallippigen Ewanian in seinem wadenlangen Noubald-Mantel. Die Kiste erinnerte Quistix an die Verfehlungen ihres verstorbenen Mannes, die zu seinem Ende führten. Der Anblick der aufgemalten Worte ließ sie frieren, noch mehr als die eisige Luft.

Aurora blickte gedankenverloren über das Wasser. Die sporadischen Windböen strichen durch ihr Fell. Der kleine Drache schlief eingewickelt in ein Kaninchenfell in der Hängematte, das ihre schuppige Haut vor der Brise schützte.

Mit dem Wurf eines ausgefransten Seils legten sie ab und fuhren durch die Enge des Platin-Kaps in nördlicher Richtung mit überraschend zügigem Tempo.

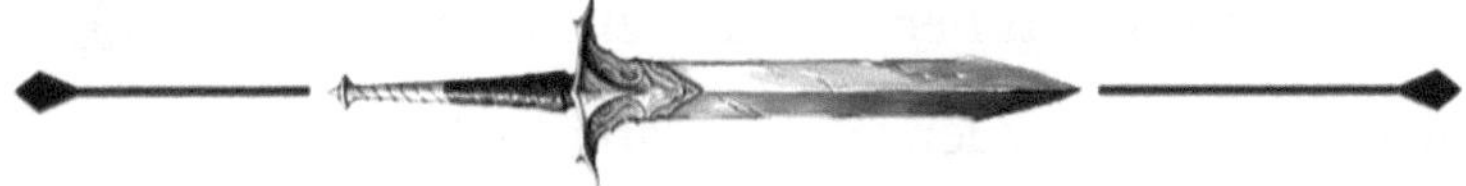

Das Boot hatte bessere Tage gesehen. Der Nebel war dick und der Wind unbarmherzig. In der ersten Nacht ihrer Reise umrundete das Wasserfahrzeug die Ecke bei der Gletscherstraße. Quistix wusste nicht, dass man so frieren und trotzdem überleben konnte. Selbst an den kältesten Tagen auf ihrem abgeschiedenen Tafelberg in Bellaneau war es bei weitem nicht so kalt gewesen wie hier auf der Jadesee. Quistix und Twitch kuschelten sich zusammen, um sich zu wärmen, ihre Pelzmäntel zitterten mit ihnen.

Als sie an einem Gefängnis vorbeifuhren, stupste der ewanianische Schiffskamerad den Kapitän an und weckte ihn aus seinem Schlummer. Sie tauschten die Plätze, der Kapitän übernahm wieder das Steuer, und der Ewanian zog ein Brecheisen aus seinem Werkzeugkasten und öffnete damit eine Kiste.

Der Kapitän warf ihm einen Seitenblick zu, als wolle er das Verhalten leicht tadeln. Doch der Ewanian lächelte nur und sagte: „Ach, komm schon. Die werden ein einziges Fläschchen nicht vermissen.“

Damit entnahm er ein Fläschchen mit schwarzer Flüssigkeit, schloss die Kiste und umschloss den Flaschenhals mit seinen glitschigen grünen Fingern. Mit einem Druck brach er das rote Wachssiegel über dem Korken und zog ihn heraus. Er hielt das Fläschchen Quistix entgegen. „Damen zuerst?“ Es klang mehr nach einer Frage als nach einem Angebot.

Sie winkte ab und verzog das Gesicht. „Ich nehme davon nichts. Das Zeug hat mich zur Witwe gemacht.“

„Wie kommt's?" fragte er und kippte unbekümmert einen Schluck hinunter.

„Lange Geschichte." Sie blies Nebel von ihren Lippen, als sie ausatmete. Er zuckte mit den Schultern und sah sich um. „Ich hab Zeit. Nichts *als* Zeit, eigentlich."

„Nun", sie zögerte, unsicher, warum sie so etwas einem völlig Fremden erzählte. Sie kannte nicht einmal seinen Namen. Doch sie dachte, eine warnende Geschichte könnte ihn beeindrucken. „Mein Mann, Rowland, war Stadtwache in Vrisca. Hervorragend in seinem Job. Eines Tages erwischte er einen jungen Barbaren, wie er Brot vom Markt stahl. Er wollte den Jungen nur zur Rede stellen, doch der zückte ein Messer. Der Junge stach ihm dreimal in die Seite. Er wäre fast an der Infektion gestorben. Nichts schien den Schmerz zu lindern. Ich wünschte, ich hätte damals einen Esteg gekannt." Sie lachte leise und blickte zu dem sternenübersäten Nachthimmel auf, wo drei Monde hell leuchteten.

„Eines Tages besuchte ihn ein anderer Wächter im Krankenhaus. Er bot ihm Dikeeka an, das er einem Dealer abgenommen hatte. Er wollte es eigentlich abliefern, gab es aber stattdessen Rowland. Er nahm es. Erholte sich wie durch ein Wunder, wurde aber auf andere Weise krank. Es wurde seine Mission, immer mehr davon zu beschaffen. Er redete sich ein, er täte nur seinen Job, indem er die Straßen säuberte, selbst wenn es in seinem eigenen Hals landete. Er entwickelte eine Wut, die er vorher nie gehabt hatte. Er wurde launisch und konnte sich von einem Augenblick auf den anderen gegen meinen Sohn und mich wenden. Er sah ausgezehrt aus, roch immer nach süßlich-krankem Schweiß und Biago-Beeren. Jeden Tag erlosch ein wenig mehr von seinem Licht. Am Ende, bevor es ihm das Leben nahm, war er nur noch ein Schatten des Mannes, den ich geheiratet hatte.“

Der Ewanian betrachtete den Rest der Flasche misstrauisch, verkorkte sie und steckte die Reste für später ein.

„Es war schwer, am Ende zuzusehen, wie er dahinschwand, aber ich vermisse immer noch den, der er war, bevor diese verdammte Flaschenseuche ihn erwischte.“ Sie wischte sich die Feuchtigkeit von den Wimpern, bevor sie zu Eis gefror. „Jeden Tag.“

Eine gedämpfte Stille breitete sich unter ihnen aus, während das Schiff weiterraste und das Wasser wild unter ihnen schäumte. Der dunstige Schleier über dem Land lichtete sich und enthüllte eine Silhouettenlandschaft mit dem Strogsend-Gefängnis, das auf dem Hügel thronte. Seine ramponierten Lehmwände waren von aufgeworfenen Schneewehen umgeben, wie weiße Wüstendünen.

„Der Sternenlichtsee liegt da hinten, etwa einen halben Tagesmarsch vom Ufer entfernt", sagte der Kapitän zu Twitch, froh über Gesellschaft am Steuer.

Auroras Ohren spitzten sich. „Da kommen wir her!"

Frok steckte ihren Kopf aus der Hängematte, ihr Gesicht von purer Aufregung erfüllt. „Das heißt, wir sind nah am Glitzergolf!"

„Stimmt, wir sind gerade mittendrin. Müssen direkt durch, um nach Desdemona zu kommen. Noch ist nicht die Zeit, wo die Glitzerfische schwärmen. Die meisten sind noch in tieferen Gewässern, aber wenn ihr über Bord schaut, wer weiß. Vielleicht habt ihr Glück."

Frok flatterte ihren pummeligen Körper zur Seite des wild schaukelnden Boots und spähte ins Wasser, ihr kleiner Kopf mit den übertrieben großen Saphiraugen starrte in die weiß schäumenden Wellen.

„Vorsicht, so nah am Rand, Frok. Ich will nicht, dass du reinfällst", warnte Aurora.

„Mach ich nicht! Meine Güte, 'Rora!"

„Sie hat recht, ich würde nicht zu nah ran—" Die Worte des Ewanian verstummten abrupt. Bevor er seinen Gedanken zu Ende bringen konnte, schaukelte das Boot, und Frok plumpste hinein. Die Fontäne war wie ein Kanonenschuss auf der aufgewühlten Oberfläche.

„Frok!“ schrie Aurora, ihre Hufe klapperten panisch über die Holzdielen.

Quistix sprang auf, warf ihren Mantel ab und machte sich bereit zum Sprung.

Twitch hielt sie zurück. „Machst du Witze? Q, das Wasser ist eiskalt. Das ist Selbstmord.“ Er sah den Ewanian mit entsetzten Augen an. „Hast du ein Seil oder so was, das wir ihr zuwerfen können?“

„Er wird sie fressen!“ sagte der Kapitän und schüttelte den Kopf, die Hände fest am Steuer. Die Passagiere schienen verwirrt über seine Worte. Alle außer dem Ewanian.

„Holt sie raus“, brüllte der Amphibienmann, „da unten ist ein Grindylow!“

„Ich dachte, die gibt’s gar nicht!“ rief Quistix.

„Womit, glaubst du, wird das *Boot*angetrieben?!“ Der Kapitän kicherte, sein Blick auf das Wasser vor ihm gerichtet. Plötzlich kam das Boot vollständig zum Stillstand, als wäre es vor Anker gegangen.

Der Ewanian beobachtete nervös, sein Kehlsack pulsierte.

Unter den gefrorenen Wellen spannte sich Froks pummeliger Körper an. Sie schlug ihre riesigen Augen in der grünlich trüben Tiefe auf und schwamm zur Oberfläche. Sie hörte Twitch' gedämpfte, verzweifelte Stimme.

Eine schattenhafte Gestalt schwamm von unter dem Bug auf sie zu und brachte das Boot zum Stehen. Seine Bewegungen waren geschmeidig und schnell. Es hatte den Kopf eines Raubfischs mit langem Maul und Reihen fletschender Zähne wie ein Hecht, Augen, die seltsam blinzelten wie bei einem Alligator. Sein blasser Körper war dünn wie der eines Menschen mit Schwimmhäuten, straff über den Rippen und eingefallen am Bauch. Hörner auf seinem Kopf krümmten sich nach hinten wie bei einem Steinbock.

Es schnappte nach ihr mit seinen Fängen, fast erwischte es ihren dicken Fuß. Frok war sicher, es hätte sie im Ganzen verschlingen können, wäre sie nur ein paar Zentimeter näher gewesen. Wasser strömte in ihren Hals, als sie schreien wollte. Ein Anker platschte neben ihr ins Wasser, und Frok schwamm darauf zu, erwischte ihn gerade noch rechtzeitig, während Twitch und Quistix ihn mit aller Kraft zurück zum Boot zogen.

Sie hielt sich mit ihren winzigen Krallen fest, die Augen fest zusammengekniffen. Der Pleom wurde mit dem Anker nach oben gerissen. Zentimeter vom Bootsrand entfernt schlug der Grindylow wild um sich, traf sie mit einer Schwimmhand. Sie spürte schildkrötenartige Krallen bei jedem Streifschlag an ihrer Seite. Sie öffnete die Augen und sah Blut im Wasser.

Ihr Blut.

Sie riss den Mund auf und schluckte eine Lunge voll eiskalten Meerwassers, kurz bevor sie die Oberfläche durchbrach. Sie hustete heftig, spuckte und rang nach eisiger Luft, als sie sie an Bord zogen.

„Ich bin so froh, dass dir nichts passiert ist!" Quistix untersuchte die Verletzungen.

Frok begann zu weinen. Sie war traumatisiert.

„Die Wunden sehen nicht schlimm aus. Aurora?" Quistix' Blick verriet die Sorge einer Mutter.

Aurora betrachtete die Wunde und beugte sich mit tränenfeuchten Augen vor, berührte den Pleom mit ihrem leuchtenden Horn. Die Hörner strahlten bei der Berührung heller, und Froks Wunden verheilten bald. Der Ewanian und der Kapitän beobachteten fasziniert den Vorgang.

„Ich... ich hatte solche Angst, 'Rora!"

Der Ewanian griff nach einem Beutel mit übelriechenden Fischresten und warf ihn vors Bug ins Wasser. Die Oberfläche brodelte wie in einem Piranha-Becken, als die Stücke verschlungen wurden.

Kurz darauf ruckte das Boot wieder vorwärts und setzte die Fahrt *fort*.

„Was hast du dir bloß gedacht, Frok!“ knurrte Aurora. Sie wandte sich an Twitch und versuchte, ihren Ärger und vor allem ihre Angst zu verbergen. „Bitte, wickel sie in deinen Mantel, sonst holt sie sich den Tod.“

Twitch hüllte den Pleom in das Fell an seiner Brust und drückte sie fest, um sie mit seiner Körperwärme zu versorgen. Gedämpfte Worte drangen aus seinem Mantel. Er blickte hinab. „Ich kann nicht hören, was du sagst.“

Seine Mantelschöße öffneten sich, und die Schnauze des Drachenkindes schob sich hervor. Ihr winziger Mund rief: „Ich wollte nur die Glitzerfischchen sehen!“

38

„Bei den Göttern, Quistix, ist das gut, dich zu sehen!" Ohne weiter nachzudenken, überquerte Kaem schnell das vereiste Ackerland zwischen ihnen. Sie schlang ihre vernarbten Arme und zerschlissenen Flügel um die Halbelfin in einer liebevollen Umarmung aus schillernden, schwarzen Federn und drückte fest. „Ich war mir sicher, du würdest nicht kommen."

„Es dauerte eine Weile, bis ich deine Nachricht erhielt. Wir waren in Apex."

„Oh, hast du Freundschaft mit all den spießigen Elben da oben geschlossen?"

Quistix schnaubte leicht. „Es ist ein seltsamer Ort, Apex."

„War noch nie dort. Aber ich habe viele Geschichten gehört. Scheint mir zu hochnäsig für eine kampferprobte Quichyrd wie mich." Sie trat zurück und strich mit ihren krallenbewehrten Fingern über den Espresso-Zopf der Elfin, unter dem das Rot langsam wieder zum Vorschein kam. „Interessanter neuer Look."

„Verdammte Steckbriefe waren überall. Das Rot war ein todsicheres Erkennungszeichen."

Hinter ihnen brach Ralmeath in ein furchterregendes Brüllen aus. Kaem ließ das Haar fallen und blickte zu dem Bramolt-Bären zurück, der langsam hinterhertrottete. Sie beruhigte ihn, wandte sich wieder Quistix zu und kicherte. „Ralmeath wird manchmal *eifersüchtig*."

„Das sehe ich." Quistix winkte dem Bären zu, sobald Kaem sie losließ.

Twitch tänzelte auf Ralmeath zu, verneigte sich leicht und nahm die riesige Pranke in seine Hand. Er küsste sie wie ein echter Gentleman. „Also treffen wir uns wieder, Schönheit. Ein so hinreißendes Gesicht vergesse ich nie."

Quistix lachte. Der Bär war mindestens viermal so groß wie er. Dennoch kringelte er sich schüchtern bei seiner Anmache.

„Du erinnerst dich sicher an Twitch vom letzten Treffen. Diese beiden haben wir kurz danach kennengelernt. Die Esteg ist Aurora und die…" Sie sah zu dem Pleom, dessen Saphiraugen über dem Stoff zwischen Auroras leuchtenden Hörnern hervorlugten. „Erzähl du es ihr." Sie zwinkerte.

Frok platzte vor Freude aus der Hängematte, schoss wie ein Kanonenball in die Luft. „Ich is Frok! Ich is ein Pleom!"

„Sie liebt einen großartigen Auftritt." Quistix schüttelte den Kopf.

„Das gilt auch für Dally, unseren Pleom… vorerst. Er ist ein tollpatschiger kleiner Narr. Er ist draußen auf der Weide, wenn du ihn treffen willst."

„Ein Kumpel? Darf ich?!" Froks Aufregung erreichte ihren Höhepunkt. Sie klang, als würde sie gleich explodieren.

Kaem beugte sich zu Quistix und flüsterte: „Habe ihn und ein paar andere vor ein paar Tagen von einem betrunkenen Reptil befreit, und er will einfach nicht gehen, also gebe ich ihm kleine Aufgaben, damit er das Gefühl hat, zu helfen."

„Sie sind toll, um Lagerfeuer zu entfachen."

„Gut zu wissen." Kaem zog eine Augenbraue hoch und lächelte. „Er frisst mehr als Ralmeath. Ich weiß nicht, wie lange wir ihn noch behalten können."

„Frok ist genauso. Wie kann etwas so Kleines so viel essen? Ich verstehe es nicht.“

Kaem löste sich von Quistix und ging auf das Ranchhaus am Rand des Grundstücks zu, winkte ihnen, zu folgen. „Ich würde gerne mehr plaudern, aber ich fürchte, wir sollten gleich zur Sache kommen. Keine Zeit zu verlieren.“

Quistix sah sich um und nahm die rustikale Umgebung in sich auf. Sie musterte die Gehege und das Feld. Alles leer. Kein Tier in Sicht.

Etwas war seltsam. Sie konnte es in der Luft spüren.

Ein Schwall Nervosität durchflutete ihr Rückgrat wie ein Becher eiskaltes Wasser. „Bring mich auf den neuesten Stand, Kaem.“

Aurora lag in einem Heubett unter einer knorrigen Eiche mit kahlen Ästen und beobachtete, wie die beiden aufgeregten Pleoms plauderten wie alte Freunde, obwohl sie sich gerade erst kennengelernt hatten. Dally war in einem hellen Grünton mit Smaragdaugen, die fast ein Drittel seines Drachenkopfes ausmachten. Etwas größer als Frok, flatterte er mit etwas mehr Anstrengung, während sie wie pummelige Kolibris umherflitzten.

Aurora war so froh, sie in so guter Stimmung zu sehen, besonders nachdem sie den Pleom fast an einen hungrigen Grindylow verloren hätte.

„Wir gehören niemandem! Wir sind freie Wesen!"

„Und dann, was ist passiert?" Froks Stimme war voller kindlicher Neugier.

„Dann nahm mich die Vogel-Dame in den Käfig, und als wir weg von der Echse waren, ließ sie den Bären den Käfig gegen einen Felsen schlagen, bis ich frei war!"

Beide Pleoms flatterten auf einen niedrigen Ast des Baumes über Aurora. Ihre begeisterten Stimmen hallten über das weite Ranchland.

„Wow, das ist unglaublich!"

„Wo kommst du her?"

„Ich komme vom Sternenlichtsee!" Frok errötete.

„Ich auch!" rief Dally in voller Lautstärke.

„Das gibt's doch nicht!"

„Hast du jemals einen Raakaby gesehen?" Der Themenwechsel kam ohne Übergang, und es schien keinen von ihnen zu stören.

„Ja! Er hatte bunte Flügel und lange pelzige Ohren! Aber sie haben auch Gift!"

„Der, den ich sah, hatte das auch!" Froks riesige Saphiraugen quollen nun fast aus ihren Höhlen.

„Du hast schöne Augen“, sagte Dally mit schüchternem Lächeln, sein Grün wurde intensiver.

Frok drehte sich verlegen an der Hüfte. „Es gibt einen Drachen namens Veynan, der einen nach Apex bringt! Der ist auch blau!“

„Das gibt's doch nicht!“ Dallys Stimme klang ebenso kindlich wie Froks. „Wow, du hast die ganze Welt gesehen!“

„Das stimmt wohl!“

Nach einem ungewöhnlichen Moment des Schweigens nahm Dally ihre Wangen in seine winzigen Krallenhände und sagte: „Du bist das Schönste, was ich je gesehen habe.“

Die Nacht hatte über dem malerisch dekorierten Bauernhaus Einzug gehalten. Im Laternenlicht versammelten sich alle außer Frok und Dally um den großen Donik-Tisch und studierten eine Karte von Willowdale. Sie genossen die Hitze des Ofens, der neben ihnen loderte und tapfer gegen die eisige Nachtluft ankämpfte, die hereinkroch. Während sie ihre Pläne diskutierten, schienen sie die verzweifelten, fernen Schreie eines Mannes zu überhören.

„Ceosteol ist *böse*, Q. Während unserer Untersuchung entdeckten Ralmeath und ich, dass der alte Vogel eine Armee dieser untoten *Spielzeuge* zusammengerafft hat. Ceosteol wurde kürzlich von Exos offiziell begnadigt, was seltsam ist. Sie hätte vor Jahrzehnten für ihre abscheulichen Verbrechen *gehängt* werden sollen, aber vermutlich aus familiärer Rücksicht der Tempests wurde sie stattdessen eingesperrt."

„Welche Verbrechen?" fragte Aurora mit zögerlicher Neugier.

„Du hast noch nichts *gehört*?" Kaem war ehrlich überrascht. „Vor einigen Jahren wurde Ceosteol in einer Hütte hier in den Wildnissen von Willowdale erwischt. Sie experimentierte an Wyl-Kindern, übte ihre Nekromantie und Blutzauber, versuchte – und schaffte es – diese perversen, finsteren Kreaturen zu erschaffen. Kinder zusammenzunähen und die Nähte mit ihren Tränken zu versiegeln. Teile kombinieren, Arten vermischen. Versuchte, eine überlegene Spezies zu erschaffen oder so. So viele Wyls verschwanden, dass sie auf Waldtiere auswich, um nicht zu viel Verdacht zu erregen. Eines ihrer Lieblingsexemplare war ein zweiköpfiger Wolf mit einer Schlange als Schwanz. Nannte sie *geschwänzte Infernals*."

„Ja, wir sind vor ein paar Wochen tatsächlich auf eines gestoßen", sagte Twitch. „Das Ding war bösartig und roch *entsetzlich*. Ein Typ mit brennendem Gesicht hatte sie an der Leine. Er ging auf Quistix los. Sie kämpften, aber dann...verflüchtigte er sich irgendwie."

Kaem runzelte die Stirn.

„Was?“ Quistix trat alarmiert auf sie zu.

„Das ist Omen. Er ist einer unserer Leute im Inneren. War früher Anführer der Smaragd-Banditen, bis Exos ihn zum Wärter der Infernal-Höhlen degradierte, wo die Schwester der Königin, Vervaine, festgehalten wurde... niemand weiß wirklich, warum. Eine Art Verschwörungswahn.“

„Machst du *Witze*? Ich kann nicht mit ihm kämpfen! Er ist ein Monster!“

„Er ist auf unserer Seite, Q! Er hat uns seit Wochen mit Informationen versorgt, diese Karten gezeichnet. Er will diese Dinge genauso vernichtet sehen wie wir.“

„Das ergibt keinen Sinn!“

„Er ist von Ceosteol verflucht, Lux.“ Kaem seufzte schwer. „Lange Geschichte kurz: Ihm wurde die Schuld gegeben, als Exos versuchte, ihre Schwester Vervaine zu töten, als sie noch Mädchen waren. König Tempest verfluchte ihn daraufhin durch Ceosteol, auf ewig zu brennen. Wie diese anderen untoten Wesen ist seine Seele durch schwarze Magie an ihre gebunden. Wenn wir *sie* zerstören, befreien wir gleichzeitig alles, was mit ihr seelenverbunden ist, aus seinem Elend. Inklusive ihm.“

„Die Smaragd-Banditen haben meinen Sohn getötet, Kaem. Du kannst nicht verstehen, was du von mir verlangst, wenn du willst, dass ich mit ihm zusammenarbeite! Danson ist weg. Für immer.“

„Viele andere Mütter werden auch ihre Kinder verlieren, wenn wir das nicht stoppen. Wenn wir jetzt keinen Krieg führen, wird es bald zu viele geben, um sie zu bekämpfen. Außerdem wird er tot sein, wenn wir Erfolg haben. Sieh es als indirekte Art der Rache, wenn du willst.“

Ralmeath stöhnte, kraftvoll und furchterregend.

„Ich wollte gerade dazu kommen, Ralmeath.“ Kaem wandte sich wieder Quistix zu, trat näher, als wäre der nächste Teil ein Geheimnis. „Neulich sahen wir etwas anderes. Eine Art gespenstische Erscheinung mit roten Augen. Eine unserer Quellen nannte es einen karmesinroten Seelenschnitter. Es schwebte über die Palasttore und streifte hier herum. Es griff ein junges Ewanian-Mädchen im Wald an.“ Ihre Augen zeigten Angst. „Ich *habe es gesehen*, Lux. Dieses Ding riss sie vom Boden hoch in die Luft! Quälte sie *stundenlang*. Er sagt, sie ernähren sich von *Angst*. Es schien, als würde es *stärker*, während es sie misshandelte. Am Morgen, als es ihrer überdrüssig war, ließ es sie kopfüber auf unser Lagerfeuer fallen. Ich höre ihre Schreie immer noch, wenn ich zu schlafen versuche, Q.“ Kaem zuckte zusammen, die Augen geschlossen bei der Erinnerung.

„Bei den Göttern, das ist wahnsinnig.“ Quistix schüttelte den Kopf und schob eine dunkle Locke hinter ihr spitzes Ohr.

„Jede Nacht hören wir die gequälten Schreie von Tieren, finden Überreste, die einfach schrecklich aussehen. Ich habe versucht, es mit Pfeilen zu beschießen, aber das scheint nichts auszurichten. Omen sagt, weil sie mit schwarzer Magie erschaffen wurden, ist Lichtmagie der einzige Weg, sie zu bekämpfen. Darum haben wir dich gerufen.“

„Woher wusstest du überhaupt, dass ich Magie beherrsche?“ Quistix war schockiert.

„Bist du verrückt? Die Leute in Destoria reden! Und ich höre immer zu. Kaum etwas passiert hier, was ich nicht irgendwann mitbekomme. Du vergisst, dass ich dafür bezahlt werde, zu ermitteln. Ich wusste auch, dass du nach Apex wolltest. Ich hoffe, du hast dort einiges gelernt, denn jetzt brauchen wir ein echtes Wunder.“

Es ergab Sinn. Selbst in der Taverne schien Kaem viel über ihr Privatleben zu wissen.

„Einer unserer Leute im Inneren sagt, sie hat etwa ein Dutzend dieser Dinger noch drinnen, zumindest beim letzten Stand. Wenn eines so viel Schaden anrichten kann, möchte ich mir gar nicht vorstellen, was ein paar mehr anrichten würden. Wenn sie entkommen, wird es das Chaos sein. Die meisten der hart arbeitenden Leute hier sind nicht wie wir. Sie kämpfen nicht. Sie haben keine Chance.“

Quistix funkelte Twitch wütend an, empört, in eine Position gebracht zu werden, in der sie mit den Männern zusammenarbeiten musste, die Danson ihr genommen hatten. „Was denkst du?“

„Ich“, er räusperte sich, „ich denke, ich habe kein Kind verloren, also kann ich mir nicht vorstellen, wie du dich fühlst. Aber ich weiß, ich möchte nicht herumstehen und nichts tun, während diese Dinge Destoria verwüsten, wenn ich wirklich die Chance habe, etwas zu bewirken.“

Kaem wurde weicher, ihre runden, schwarzen Augen traten vor Aufrichtigkeit hervor. „Jetzt, da Ceosteol frei und praktisch *ungehindert*von Exos ist, erschafft sie mehr. Sammelt Teile. Einer unserer Insider sagte, sie lässt Soldaten Gräber für Überreste ausheben, damit sie herumbasteln und spielen kann. Wenn diese Dinger entkommen, wenn sie weiterhin diese Monstrositäten erschafft, wird das alles Destoria zerreißen. Keine Stadt wird sicher sein. Ihre Seele ist an alle gebunden. Exos und Vervaine auch, soweit ich gehört habe. Wir müssen Ceosteol stoppen. Wir müssen der Schlange den Kopf abschlagen.“

„Also, was ist dein Plan?“ Quistix betrachtete die grobe Skizze auf einem Stück Pergament, das Kaem entrollte. Die

Gruppe versammelte sich auf einer Seite des Tisches und starrte gebannt auf die Zeichnung.

„Nun, wir haben zwei Männer im Inneren, die uns bei der Koordination eines Angriffs helfen: Omen und Arias. Arias ist ein Akiah und wurde zum Haupt der Königlichen Garde befördert. Er merkte vor Wochen, dass etwas seltsam war, als Vervaine aus ihrer Gefangenschaft zurückkehrte. Seitdem hat sie sich nicht normal verhalten. Er sagte, Exos verhalte sich auch seltsam. Also haben sich Omen und er mit uns verbündet, um zuzuschlagen, solange das Eisen heiß ist. Arias kann es nicht ertragen, Vervaine in diesem Zustand zu sehen. Sie lag ihm sehr am Herzen. Er hat zugestimmt, die königlichen Wachen während unseres Angriffs mit einer fadenscheinigen Ausrede wegzuführen. So müssen wir nicht auch noch Destorianische Soldaten bekämpfen.“

„Großartig. Diese Aufgabe klingt ohnehin schon schwer genug“, warf Aurora ein. Im Hintergrund erfüllten leise, entfernte Ausbrüche von Pleom-Gelächter die Luft, und sie lächelte ein wenig. Der Klang wärmte ihr Herz.

„Omen hat uns eine Karte der Burg gemacht, um uns die Orientierung zu erleichtern. Unser bester Ansatz scheint zu sein, uns aufzuteilen und einzeln anzugreifen. Da du die Einzige mit magischen Fähigkeiten bist, solltest du diejenige sein, die Ceosteol sucht. Der Eingang zu ihrem Versteck soll hier sein." Sie drückte eine Kralle auf die handgezeichnete Karte.

„Derzeit hält sich Vervaine in der Stadt auf für eine Art öffentliche Ansprache, die sie heute über den Dikeeka-Handel gehalten hat. Also haben wir nicht nur Exos zu bewältigen. Es könnte auch sie sein. Es scheint, als wären die Deckung der Nacht und das Überraschungsmoment unsere einzigen Vorteile. Wir haben eine echte Chance, wenn wir heute Nacht ausruhen, unsere Waffen vorbereiten und planen. Wenn wir warten und morgen Nacht angreifen, uns mit Ruß bedecken und leise bleiben, stehen wir gut da. Dann ist da noch die Sache mit Hadinas Rüstung."

„Was meinst du?"

„Sie war eine mächtige Zauberin wie du, versiert in Feuermagie. Sie wurde in einer vollständigen, verstärkten Rüstung bestattet."

Plötzlich erinnerte sich Quistix an das, was Thaxl in Uveges Werkstatt in Apex gesagt hatte, und es traf sie wie ein Blitz, ihr Blut gefror sofort. „Jemand hat mir davon in der schwebenden Stadt erzählt."

„Es gibt einen Eingang hoch in die Eingeweide des Palastes vom hinteren Ende der Krypten aus. Er läge auf deinem Weg zu Ceosteols Versteck, und er könnte den Unterschied zwischen einem lebendigen Entkommen und einer Selbstmordmission bedeuten. Das einzige Problem ist, unsere Quellen wissen nicht viel über die Krypten oder was du dort finden wirst, abgesehen vom unteren Palasteingang, und die Tür nach draußen scheint fest verschlossen."

„Twitch, denkst du, du könntest das schaffen?" Quistix wandte sich hoffnungsvoll dem Wyl zu.

„Ich würde mein Leben darauf verwetten."

Kaem schnaubte. „Du kannst es versuchen, aber ich bin nicht optimistisch. Das härteste Schloss, das ich je gesehen habe."

„Du sprichst mit einem ehemaligen Anführer der Diebesgilde und einem Meister meines Fachs. Ich biete gerne eine freundschaftliche Wette an, wenn du mir nicht glaubst."

Kaem lachte. „Ich vertraue dir."

„Aber uns aufteilen? Ist das *klug*?" Quistix zweifelte an dem Plan.

Kaem seufzte. „So wie ich es sehe, wenn wir alle zu Ceosteol gehen, haben Exos und Vervaine freie Hand, Truppen zu sammeln und Vergeltung zu üben."

„Sagen wir, morgen schafft es Twitch, uns hineinzubringen. Wenn ich durch die Krypten gehen soll, was macht ihr dann?"

„Ralmeath und ich wollten von oben eindringen. Aurora sollte mit uns kommen. Ich habe gehört, die Krypten werden an manchen Stellen eng, und ich glaube nicht, dass ihre Hörner durchpassen. Ich plane, mich am Nordturm hochzuarbeiten und das Tor für die anderen zu öffnen. So können wir, sobald wir im Palast sind, von beiden Seiten zuschlagen. Angriff von oben und unten. Wir könnten nach Exos und Vervaine suchen, und du könntest Ceosteol aufstöbern. Wir würden uns hoffentlich irgendwo in der Mitte treffen, unten in der Nähe des Verlieslevels, wo sie ihre untoten kleinen *Spielzeuge*hält." Kaem tippte mit einer Kralle auf die Verlieszeichnung auf dem Pergament.

„Wird es verschlossen sein?" fragte Quistix. „Wird die Tür von den Krypten hoch zum Verlies von der anderen Seite versperrt sein? Ich will nicht, dass wir dort unten eingeschlossen werden und euch nicht helfen können, weil wir in irgendeinem unterirdischen Friedhof stecken."

Kaems Gesichtsausdruck wurde leer. „Ich... ich weiß es nicht. Tut mir leid. Das alles war viel zu koordinieren." Kaems Federn sträubten sich. „Ich bin sicher, es wird so sein, und wenn es wie die in den Krypten ist, müssen wir uns vielleicht dort treffen und versuchen, sie von der anderen Seite zu öffnen, wenn wir können."

„In Apex habe ich von einem Zauber gelesen, der euch vielleicht auch Zutritt verschafft, selbst wenn sie verschlossen ist", fügte Aurora hinzu. „Ich könnte ihn dir heute Nacht beibringen, wenn du möchtest."

„Absolut." Quistix überlegte nicht einmal. Ihre zitronengelben Augen glitzerten im Licht des Lagerfeuers, als sie Kaem ansah. „Ich hasse den Gedanken, dass wir uns alle aufteilen. Scheint unklug, unsere Kräfte zu trennen."

„Du brauchst diese Rüstung, wenn du gegen Exos oder Ceosteol eine Chance haben willst. Sie sind seit langem praktizierende Magier. Du brauchst jeden Vorteil, den dieses Reich jetzt zu bieten hat. Pfeile, Peitschen und Äxte sind toll, aber wir haben es hier mit wahrer Macht zu tun. Macht, die unsere Waffen mit einem Augenschlag nutzlos machen kann. Darum habe ich nach dir geschickt. Deine wilde Magie gibt uns den nötigen Vorteil, um dem ein Ende zu setzen. Wenn du einen anderen Weg weißt, bin ich ganz Ohr."

Einen Moment lang herrschte Stille unter ihnen. Quistix wusste, die Quichyrd hatte recht und vertraute ihr. Ihre schlauen Kampfstrategien hatten sie so weit gebracht. Sie hatte im Laufe der Jahre viele erfolgreiche Schlachtgeschichten gehört, während Kaem in Bellaneau Waffen bei ihr kaufte und reparieren ließ. Sie bewunderte die Quichyrd für ihren Mut und die ruhige, strategische Art, wie sie Gefahren begegnete. Ihr gefiederte Gänsehaut trug nur wenige Narben. In all den Jahren, die sie die Frau kannte, hatte sie immer überlebt, um davon zu erzählen.

„Ich weiß, du sorgst dich um alle hier, und du wirst versuchen, sie davon abzubringen, aber wir brauchen jetzt jede Hand. Das ist unsere einzige Chance, Quistix. Gewinnen oder verlieren, jeder hier ist bereit, heute für diese Sache zu kämpfen. *Stimmt's?*“

Twitch und Aurora nickten selbstbewusst. Ralmeath öffnete ihr weites Maul und brüllte begeistert ihre Zustimmung.

Kaem hob eine Augenbraue und sah Quistix an. „Was sagst du, alte Freundin? Willst du Destoria retten?“

39

Newberry-Ranch

Randgebiet von Desdemona

Willowdale

Das Heulen von Symphs durchbrach die Stille des Bauernhofs. Donner grollte in der Ferne. Ein verkohlter Holzpfahl, der aufrecht im Boden steckte, schien Quistix durch seine finsteren Rillen zu verspotten. Sie kneifte die Augen zusammen und versuchte, das Chaos in sich zu beruhigen. Unterdrückte Angst, Unsicherheit und Nervosität schwappten in ihrem Magen und vermischten sich zu einem explosiven Cocktail aus brodelnder Wut.

Funken tanzten von ihren Fingerspitzen, als eine Flamme ihre Handfläche füllte. Quistix öffnete die Augen und schleuderte ihre Hände auf den niedrigen Pfahl, schickte eine klägliche Flamme wirbelnd vorwärts, die verlöschte, bevor sie die verkohlte Oberfläche berührte.

„Bündle deine Kraft", rief Aurora aus der Ferne und störte ihre fragile Konzentration. Ihr fellbedecktes Gesicht lugte hinter dem Schutz eines Donik-Baums hervor. Quistix schnippte mit dem Finger, ließ Hände und Schultern sinken, als Aurora weiter sprach. „Nutze dein Training."

Quistix funkelte sie durch die trügerischen Schatten der Dämmerung an. Sie wandte sich wieder dem Zaun zu und presste die Zähne zusammen, biss sich die Worte zurück. Angst flatterte in ihrem Bauch bei dem Gedanken an die bevorstehende gewaltige Schlacht.

Jetzt war die Zeit, zum Ruhm aufzusteigen.

Oder zu scheitern und dabei alle zu verlieren, die ihr ans Herz gewachsen waren.

Erdrückende Angst presste die Luft aus ihren Lungen. Tief im Inneren war sie wund, hohl. Die leere Grube in ihrer Brust rief sie, zog ihre Gedanken zurück zu Danson und dem tobenden Hausbrand, der alles begann. Sie kämpfte darum, sich neu zu fokussieren, und ließ die Finger flink bewegen, wie sie es geübt hatte. In ihrer Handfläche beschwor sie Funken herauf. Sie beobachtete, wie die klägliche Flamme langsam wuchs, dann schrumpfte und wieder erlosch.

„Spüre, wie deine Kraft in dir aufsteigt. Lass sie frei“, zwitscherte Aurora erneut.

Quistix ballte die Hände zu Fäusten und wirbelte herum, um Aurora anzufunkeln. „Was soll das überhaupt heißen? Ich versuche mich zu konzentrieren!“

Aurora trat hinter dem Baumstamm hervor, ihr Blick unschuldig und entschuldigend. „So steht es in den Büchern.“

„Steht in den Büchern auch, dass man quatschen soll, während ich übe? Hier und jetzt, hier, geht es um Leben oder Tod! Wenn ich das nicht hinkriege“, stöhnte sie und drehte sich um. „Du hast die Worte auswendig gelernt, aber du hast keine Ahnung, wovon du redest, also hör auf!“

Auroras Hals streckte sich und versteifte sich. „Ich könnte dir helfen, wenn du mir nur zuhören würdest. Ich habe Dutzende Texte über Zerstörungsmagie gelesen. Wälzer über jede Art, genau genommen! Ich könnte dir ihre Geschichte von der Entstehung bis—“

„Hast du jemals einen einzigen Zauber gewirkt?“Quistix unterbrach sie mit hochgezogener Augenbraue und einem selbstgefälligen Lächeln herablassender Überlegenheit.

„Die Würdigen werden nicht immer auserwählt“, sagte sie mit melancholischem Stolz, „und die Auserwählten sind nicht immer würdig.“

„Oh, du denkst also, du bist würdiger?" Quistix verschränkte die Arme.

Aurora stieß einen frustrierten Seufzer aus und hielt inne. „Ich glaube, du hast Angst und bist frustriert. Du stehst unter immensem Druck, bist abgelenkt und von Emotionen überwältigt. Anstatt sie zu kanalisieren und für deine Kunst zu nutzen, verwendest du sie, um einen Streit mit mir anzufangen."

Quistix' Stirnrunzeln milderte sich. „Du hast recht." Sie ging zurück zum Baum und legte die Arme auf einen brusthohen Ast. „Ich hatte geschworen, dass ich mit diesem Unsinn fertig bin. Ich wollte nur ein Leben. Etwas Einfaches und Ehrliches. Ich habe mir nie *das*gewünscht."

Aurora dachte einen Moment nach und versetzte sich zum ersten Mal in Quistix' Lage. „Ich verstehe. Ich bin nicht hier, um dir zu sagen, dass Frieden immer möglich ist. Aber ich kann mit Sicherheit sagen, dass dir einzigartige Gaben gegeben wurden. Wir bekommen nicht immer die Gaben, die wir uns wünschen, sondern die, für die wir bestimmt sind. Du, Quistix Daedumal, bist geboren worden, um eine mächtige Magierin zu sein. Ich bin dankbar, dass es Wesen wie dich gibt, die für das einstehen, was sie für richtig halten, anstatt sich für immer im Wald zu verstecken und das Leben gänzlich aufzugeben."

Quistix blinzelte mehrmals, überrascht. „War das...
dein Versuch, mich zu ermutigen?“

Aurora grinste. „Wie war ich?“

Quistix kicherte. „Es war gar nicht so schlecht.“

„Jetzt ist die Zeit zu kämpfen. Das ist etwas, was weder
ein Medaillon der Konzentration noch irgendein Training
für dich tun kann. Magie ist eine launische, unnachsichtige
Waffe. Also musst du eine Entscheidung treffen. Stehst du
mit ganzem Herzen dazu? Oder ziehen wir den Schwanz ein
und laufen weg?“

Quistix dachte an Danson. Seinen leblosen Körper im
Schnee. Den herzzerreißenden Schmerz, den diese
Erinnerung hervorrief.

*Wie viele andere Eltern müssen dasselbe Schicksal
erleiden? Wie viele andere Kinder könnten sterben, wenn ich
mich jetzt verstecke?*

„Nachdem ich durch Destoria gewandert bin, bin ich
müde. Müde vom *Weglaufen*. Hast du etwas aus den
dunklen Ecken dieser Bibliothek, das mir hilft, mich zu
konzentrieren? Wenn ja, bin ich ganz Ohr.“ Quistix hielt die
Spitze ihres spitzen Ohres nach vorn.

„Schließe für einen Moment deine Augen.“

Quistix warf ihr einen unsicheren Blick zu, schloss aber
widerwillig die Augen.

„Versuche, deinen Herzschlag zu hören.“

Jenseits des Wirbels ihrer Gedanken lauschte Quistix intensiv auf den rhythmischen Puls.

„Konzentriere dich auf den Schlag in deinen Fingerspitzen und Zehen.“

Als wäre eine Barriere zwischen ihr und ihren Sinnen gelegt worden, durchbrach Quistix den dünnen Schleier in ihrem Geist und spürte das Pochen in ihren Fingern und Zehen.

„Dieser Schlag ist immer da. Er war da, seit du deinen ersten Atemzug getan hast. Er wird da sein, bis zu deinem letzten. Er verlässt dich nie. Er gibt niemals auf. Du musst nur zuhören. Wenn das Chaos tobt, schlägt dein Herz ununterbrochen weiter.“

Quistix’ Schultern entspannten sich. Ihr Puls verlangsamte sich. Die Anspannung in ihrem Nacken und ihren Händen löste sich auf, und das Schlagen ihres Herzens wurde lauter als je zuvor. „Erinnerst du dich daran, was Professor Teryl über die Kontrolle deines Geistes gesagt hat?“

„Entweder du kontrollierst ihn, oder er kontrolliert dich“, imitierte Quistix Teryls Apex-Akzent.

„Ja! *Konzentration.* Nutze deine Energie, um uns zu zeigen, was du fühlst.“

Ein warmes Leuchten ging von Quistix aus, das ihre Adern erleuchtete und ihre Haut in goldenes Licht tauchte.

Sie öffnete die Augen, die sich von zitronengelb zu einem tieferen, gebrannten Orange veränderten. Als sie ihre Finger flink bewegte, stiegen Funken spiralförmig in ihrer Handfläche auf, die sich zu einer stabilen, gleichmäßigen Flamme entzündeten. Sie stieß ihre Handfläche nach vorn und schleuderte einen Feuerball.

Der sonnenverblichene Zaunpfahl fing Feuer und brannte mit knisternden Flammen.

Quistix wirbelte ihre Finger, und ein Frostschauer entwich wie eine Wolke aus Fraktalen, erstickte die Flammen und fror den Pfahl fest ein. Er glänzte in einem schimmernden, blassen Blauton von der Eisschicht, die ihn umhüllte. Mit der anderen Hand griff sie nach einem dicken Ast, der neben Aurora lag. Sie streckte die Finger aus, hob die Hand in die Luft und führte sie an sich vorbei. Der Ast flog über das Feld und *knallte* gegen den Pfahl. Das gefrorene Holz zersprang wie explodierendes Glas in alle Richtungen.

Aurora starrte mit offenem Mund und völlig verblüfft. „Unglaublich! Mach noch einen!"

Sie wirbelte die Hände über dem Kopf, und der Wind drehte sich wie ein Zyklon, wodurch Staubteufel in der Luft entstanden.

„Noch mal!", rief Aurora, hüpfte auf und ab und war vor Aufregung außer sich.

Von Macht durchdrungen, dachte Quistix einen Moment nach und hob die Hände. Wasser aus dem Grundwasserleiter darunter sprudelte hervor und überflutete das Gras. Es wirbelte und spritzte, erzeugte eine Welle, die schnell floss. Die Esteg geriet in Panik. Ihre Hufe versanken im schlammigen Boden. Der Baum über ihr schwankte heftig im Wind. Sie hörte ein *Knacken*. Dann ein *Plopp*. Sie sah nach unten und bemerkte, wie die Baumwurzeln sich aus dem wassergesättigten Boden lösten.

„Quistix, das reicht", rief ihre ängstliche Stimme über den peitschenden Wind.

Doch Quistix war hochkonzentriert, fast wie in Trance. Sie hob Zweige, Äste und Splitter des explodierten Zaunpfahls in die wirbelnden Winde.

Aurora schrie vor Angst, als die durch die Luft fliegenden Geschosse in den Baum neben ihr einschlugen und sich in seinen Stamm bohrten. Der Baum knickte ein, als die Wurzeln sich aus dem Boden lösten.

Durch Auroras erschreckte Schreie riss sich Quistix aus ihrem Zustand. Sie sprintete auf die Esteg zu, stieß sie aus der Falllinie des umstürzenden Baumes und schleuderte sie beide in eine matschige Pfütze, nur Zentimeter vom tödlich herabfallenden Stamm entfernt. Das Geräusch des einstürzenden Donik-Baums war kurz und ohrenbetäubend wie der tobende Donner über ihnen. Quistix rappelte sich im Schlamm auf, ihr frisch gewaschenes Hemd aus obsidianfarbener Baumwolle nun mit nassem, braunem Schlamm verkrustet. Ein weiterer Blitz erhellte den fernen Himmel. Schwere Regentropfen prasselten nun herab und brannten mit ihrem gewichtigen Aufprall auf ihrer Haut.

„Geht es dir gut?", fragte Quistix panisch, während Blätter um sie herum wirbelten.

„Ich... glaube schon", antwortete Aurora, als sie den Kopf hob.

Quistix schnappte nach Luft und starrte auf den Schlamm hinter ihr. Sie folgte dem Blick der Elfin, und auch Aurora wandte sich um, um ihre eingeklemmten Geweihe zu sehen, die einige Meter entfernt aus dem Morast ragten. Eine peinliche Stille breitete sich aus, als die Tragweite der Situation klar wurde – beide starrten fassungslos auf die abgetrennten Hörner.

Als der Schock verflog, sprach Aurora. „Weißt du", ihre Stimme war unheimlich ruhig, „du warst noch *nie* für ein gutes Timing bekannt."

40

Die drei Vollmonde beleuchteten die Plakette an der Mausoleumstür, auf der stand:

Hier ruht eine Verräterin der Magie,
Eine Meisterin der Zerstörung.
Über 500 Leben fordernd
Im großen Brand von Willowdale,
In alle Ewigkeit werden jene verlorenen Seelen
Nun ihr Grab heimsuchen.
BETRETEN VERBOTEN.

Es war verschlossen, genau wie Kaem vermutet hatte. Twitch rieb seine Pfoten und knackte mit den Knöcheln, als wollte er sagen: „Tritt zurück, ich erledige das." Mit seinem selbstgebauten Dietrichset führte er mehrere kleine Werkzeuge in das Schlüsselloch unter dem Griff ein. Quistix hielt wachsam Ausschau über das Feld, ob jemand sie bemerkt haben könnte, obwohl sie schwarz gekleidet im Schatten lauerten. Mit dem Rücken eng an Twitch gepresst, spürte sie das Arbeiten seiner Schulterblätter, während er die Werkzeuge mit geradezu alarmierender Leichtigkeit handhabte. Sie zweifelte nicht daran, dass kein Schloss in Destoria den entschlossenen Wyl aufhalten könnte, wenn er hineinwollte. Trotz seiner fröhlichen, albernen Art hatte er seine Fähigkeiten nie übertrieben dargestellt.

Klick.

Das leise, metallische Geräusch hallte in den unheilvollen, dunstigen Nachthimmel.

„Ha! Das härteste Schloss, das sie je gesehen hat? Pffft!", spottete er. „Schickt niemals eine Quichyrd für die Arbeit eines Wyls", sagte er voller Genugtuung und bemüht, sich nicht weiter zu brüsten. Er zog am Griff, und eine Wolke alter Luft und Staub quoll aus dem Mausoleum ihnen entgegen. Er streckte den Arm aus, um sie vorbeizulassen. „Kriegerinnen zuerst, Madame."

Im Inneren standen drei Steinsärge an den Wänden zwischen einem Gewirr üppiger Baumwurzeln, die durch den Lehmboden eingedrungen waren. Twitch ging zum ersten Sarg und wischte eine metallene Platte ab, die am Stein befestigt war. Laut las er die Inschrift vor: „Annabeth Tempest".

„Woher soll ich wissen, welcher der richtige ist?", murmelte Quistix und knirschte frustriert mit den Zähnen.

„Vielleicht öffnen wir einfach alle und schauen, ob *irgendeiner* Rüstungen enthält."

Quistix kniete neben einem nieder und betrachtete die Gravur. „Nein, ich glaube, das ist er. Hier steht kein Name, nur *Die Schande Destorias.*"

„Ach ja?" Twitch hüpfte über ein Grab, um neben ihr zu stehen.

Quistix stemmte sich gegen den Sargdeckel, doch die Steinplatte rührte sich nicht. „Hilf mir, das Ding aufzubekommen."

Sie stemmten ihre Schultern gegen die Platte und zwangen sie, sich zu bewegen. Unter gemeinsamen Stöhnen und Anstrengungen krachte der Steindeckel auf die andere Seite und erschütterte den steinernen Boden der Gruft.

Twitch wandte den Blick ab. „Ist sie es?"

„Da ist keine Leiche. Sieh mal!"

Er spähte in den Sarg. Der Boden fehlte. Darunter befand sich ein kleines Podest und eine Treppe, die nach unten führte.

„Ich gehe runter." Quistix nahm ihren Rucksack ab und stellte ihn neben das Grab. Sie wühlte in seinem Inhalt, zog *Schwertbrecher* hervor und ließ sich vorsichtig in das Loch hinab, landete auf der Plattform darunter.

Twitch griff nach seinem Bogen und Köcher und sprang geschickt über die Kante, landete fast geräuschlos auf den weichen Ballen seiner Pfoten.

Quistix führte den Weg zu einer scharfen Biegung am Ende des Tunnelgangs. Eine verkohlte Gestalt stand ihnen den Rücken zu, in zerlumpter Sackleinenkleidung. Trotz vorsichtiger Schritte knirschte Quistix' Stiefel Sand und Staub auf dem Steinboden unter ihr. Die Gestalt wirbelte herum und stürzte sich auf sie. Bevor sie denken konnte, reagierte sie bereits und schlug mit ihrer Doppelaxt auf das Wesen ein, durchtrennte sein Fleisch. Knochen brachen und splitterten. Geronnenes Blut tropfte wie dickflüssiger Sirup aus der Wunde.

Seine toten Augen starrten, blinzelten gelegentlich noch immer. Es kam erneut auf sie zu, peitschte seinen knorrigen Körper durch die Luft in ihre Richtung.

Twitch feuerte einen Pfeil ab, der seine Schläfe durchbohrte.

Sie traf es ein zweites Mal mit der Axt. Diesmal in den Hals. Der Kopf flog ab, kohlschwarze Augen auf sie gerichtet. Sein Körper sackte zu Boden, zuckte wild.

„Was zur Hölle ist das für ein Ding?!“ Quistix versuchte, sich zu konzentrieren, trotz des Beißens und Knurrens des abgetrennten Kopfes.

Twitch zuckte nur hilflos mit den Schultern, unfähig, einen Ton herauszubringen, die Augen weit vor Entsetzen.

Vorsichtig gingen sie am äußersten Rand der Halle entlang, knapp den beißenden Kiefern ausweichend.

Nach einem weiteren kurzen Korridor erreichten sie einen felsigen Eingang zu einem höhlenartigen Raum, dessen Wände mit flackernden Tierfettfackeln gesäumt waren. Drinnen standen Dutzende Bänke parallel wie Kirchenbänke, ausgerichtet auf einen erhöhten Felsen. Mehrere waren besetzt von schwarzäugigen, sackleinenbekleideten Anwesenden.

Es war eine unterirdische Kirche.

Quistix schauderte bei dem dunklen Charakter der Zeremonien, die hier offenbar abgehalten wurden. Auf dem erhöhten, blutverschmierten Felsen thronte ein Podium und ein prunkvoller Sarkophag unter einer überlebensgroßen Statue einer betenden Frau. Das flackernde Fackellicht verlieh ihrem Gesicht einen unheimlichen Schimmer. Der

Sarkophag wirkte eher wie ein Opferaltar. Vielleicht hatte er mehrere Verwendungen.

Zwei fast nackte Frauen mit geschwärzter, sich schälender Haut rezitierten im Chor vor dem Sarkophag, nur in Sackleinenröcke gehüllt, flankiert von Fackeln auf Stangen, die kaum größer waren als sie selbst. Hinter den Frauen griff eine rot gewandete Gestalt nach einem verzierten Stab mit einer polierten Steinkugel und bewegte sich zum Rand des steinernen Plateaus.

„Die Dunkelheit heißt euch willkommen." Eine zarte, weibliche Hand streckte sich unter dem wehenden Ärmel des Gewands hervor.

Die Menge rezitierte lateinische Worte, leise und im perfekten Gleichklang.

„Wer seid ihr?", fragte Twitch, seine Stimme klang tapfer trotz des Zitterns seiner Hände.

„*Hadina Tempest.* Einst eine respektierte Königin der *Lebenden*, nun eine befleckte Geisel der *Dunkelheit*." Sie lauschte der Stille, die über den Raum hereinbrach, als empfinge sie eine Botschaft. Sie lächelte und nickte. „Die Stimmen sagen mir, ihr seid mit dem *Illuminator* gekommen."

Hadinas Augen glitzerten grün bei dessen bloßer Erwähnung, eingerahmt von langen Strähnen pechschwarzen Haares.

Da war es wieder. Dieser verdammte Illuminator...

„Ich habe noch nicht herausgefunden, was das ist." Quistix hob den Blick, um Hadinas unheimlichem Blick zu begegnen. „Woher wisst ihr, dass ich ihn habe?"

„Ich höre Eldrin darüber sprechen." Hadinas Worte hallten von den Höhlenwänden wider. Sie schien eine Stimme zu hören, die nicht da war.

Erschrocken bei der Erwähnung ihres Vaters studierte Quistix Hadinas leuchtende Augen. „Wie kennt ihr Eldrin?"

„Wir sind alte Freunde. Dein Vater war im Leben ein enger Freund meines Mannes, König Colton Tempest von Destoria. Eldrin arbeitete an einem Wiederbelebungszauber, beschäftigte sich mit schwarzer und Blutmagie. Colton hörte die Gerüchte darüber und ließ ihn rufen. Da schwarze Magie in Apex so leicht aufgespürt wird, wurde er nach Desdemona befohlen, damit sie ihre Erkenntnisse in der Privatsphäre des Rubinpalasts austauschen konnten. Colton sparte keine Kosten, als er ankam. Eldrin sollte ihm seine Techniken in fortgeschrittener Heilkunst lehren im Austausch für die Forschungen meines Mannes zur Wiederbelebung. Monatelang tauschten sie Nacht für Nacht Informationen aus, bis Lura erfuhr, dass sie mit ihrem zweiten Kind schwanger war. Eldrin eilte nach Hause, um bei dir und Lura zu sein, ein Foliant voller Notizen im Gepäck. Nach Luras Tod sollte Eldrin zurückkehren, doch er kam nie. Colton schickte ihm Briefe per Symph und befahl ihm, die Forschung zu beenden. Dein Vater antwortete nicht. Als Colton hörte, dass Eldrin versucht hatte, dich zu opfern, um Lura zu retten, war er außer sich."

Als Hadina ihren Stab neigte, wurde Quistix' Geist plötzlich leer. Twitch umarmte sie, als ihre Augen nach hinten rollten. Sie keuchte und schwankte auf ihren Füßen.

Quistix fühlte sich in ihren Erinnerungen gefangen, unfähig zu kontrollieren, was geschah. Nur ein Zuschauer, der Augenblicke vor sich ablaufen sah.

Alles wurde schwarz.

41

Der Rubinpalast
Desdemona, Willowdale

Die Nacht würde lang und mühsam werden, so viel war klar, als Kaem sich mit Ralmeath, Frok und Dally den Burgmauern näherte. Ralmeath bewegte sich im Schatten durch die Wiese, keine leichte Aufgabe für einen massigen, schneeweißen Bramolt-Bären. Frok und Dally schwirrten voraus, blickten in entgegengesetzte Richtungen, während der Bär sich zwischen den dichten, kahlen Apfelbäumen der Plantage hinter dem Anwesen verbarg. Sie vergrub ihren pelzigen Leib in Büscheln hohen, verdorrten Grases. Sie gaben Zeichen, wenn der Weg frei war, um zum nächsten Baum zu huschen oder sich hinter eine Heurolle zu ducken.

Obwohl es in Willowdale momentan keinen Schnee gab, waren die Temperaturen eisig, erstarrte die Flora zu knittrig braunen Leichen, die bei jedem Schritt wie Wachspapier knirschten. Kaem verfluchte sich selbst, dass sie nicht bedacht hatte, wie viel Lärm Ralmeath schon auf dem Weg zur Burg machen würde – ein Anfängerfehler, der sie hoffentlich nicht teuer zu stehen kommen würde.

Kaem beobachtete, wie die Palastwachen zwischen den Türmen auf der oberen Ebene patrouillierten. Als Ralmeath und die anderen zu ihr an das Palasttor kamen, gab sie den Pleoms ein Handzeichen. Sie nickten und flatterten in die Krone eines kahlen Apfelbaums, versteckten sich zwischen den leeren Symph-Nestern. Kaem löste ihren Enterhaken vom dicken Gürtel. Seltsamerweise waren Teile davon vor Jahren von Quistix geschmiedet worden, in dem, was wie ihr früheres Leben als Mutter und Schmiedin schien.

Frok wedelte wild mit einem schuppigen Flügel, und Kaem schoss den Bolzen über den Zaun. Die gegabelte Seite schepperte auf dem steinernen Gehweg des leeren Hofes, und sie zuckte bei dem Lärm über ihnen zusammen, als eine Wache herüberstapfte, um die Quelle des Krachs zu finden.

Vorsichtig zog sie, hakte die Spitze am Tor ein, fast sechs Meter über ihr. Sie spannte das Seil straff und legte sich ins Gras. Sie spürte ihr kaltes Blut durch den Körper pulsieren, als die Wache vorbeistolzierte, zufrieden, dass der

Lärm kein Grund zur Sorge war. Dally winkte, und Kaem verlor keine Zeit. Sie zog das Seil straff und setzte ihre Stiefel gegen das Tor. Es ärgerte sie, dass sie, obwohl von Natur aus vogelähnlich, wie alle Quichyrds, nicht mit der Fähigkeit zu fliegen geboren war. Doch war sie dankbar, dass sie fast so leicht war wie ein Vogel. Ein steifer Wind konnte sie umwerfen, aber sie hielt sich mit Waffen, Rüstung und Schuhen gewissermaßen am Boden, in deren Sohlen Metallplatten eingenäht waren. Als sie das Seil hinaufkletterte, war sie froh, dass sie es mühelos schaffte. Sie erreichte die Spitze, steckte den Haken ein und huschte die andere Seite des Zauns hinab, bis sie mit einem *Plumps* in einem grasbewachsenen Fleck nahe dem Steinweg landete.

Sie signalisierte den Pleoms, und diese flatterten in verschiedene Richtungen, um die Umgebung zu erkunden. Sobald eine der Wachen oben hinter die Turmmauer trat, schlug Dally in der Luft einen Purzelbaum.

Kaem schüttelte den Kopf über die Unfähigkeit des Drachenjungen, in solch ernster Zeit für die Insel ernst zu bleiben. In solch ernster Zeit für *sie*.

Sie schlich zum prunkvollen Toreingang und öffnete schnell eine Reihe von sieben Riegeln. Mit dem letzten hatte sie Mühe, als Ralmeath sich zum Tor schlich. Kaem hörte die gepanzerten Schritte der Wache über die offene

Steinbrücke zwischen den rubingeschmückten Türmen klappern.

Ralmeath zuckte erwartungsvoll zusammen, als sie gegen das schwere, verzierte Metalltor drückte. Das rechte Tor ächzte mit rostigem Quietschen auf. Die eisernen Angeln schrien wie das Quieken eines kleinen Noubalds, der zum Schlachthaus geschleift wird.

Kaem fluchte leise in die eisige Nachtluft, als die Schritte stoppten. Die Wache oben brüllte: „Sir, das Gelände wurde verletzt!"

Das Getrampel von mehr als einem Dutzend Füßen hallte über die Steinbrücke, als machohafte Menschen und Barbaren ins volle Blickfeld stolperten, die Brust unter ihrer königlichen, rubinbesetzten Rüstung aufgebläht.

Doch Kaem und die anderen hatten sich darauf vorbereitet, nachdem sie das Torquietschen unzählige Male während ihrer Erkundungsmissionen gehört hatten. Sie hatten erwogen, Öl in die Angeln zu gießen, doch einige waren einfach zu hoch, also akzeptierten sie es, wissend, dass es volle Aufmerksamkeit auf sie ziehen würde.

Sie alle standen in ihren einstudierten Positionen, die sie zuvor stundenlang geprobt hatten. Kaem und Ralmeath standen da, Pfeile in ihren Bögen, auf die Wachen gerichtet. Frok und Dally arbeiteten im Tandem, fast spiegelgleich, indem sie grashaltige Raakaby-Exkremente aus den umgehängten Sackleinentaschen von Kaem und Ralmeath holten und um die Pfeilspitzen formten. Fast synchron flatterten sie zurück und spuckten Feuerstrahlen auf den Dung, der in Flammen aufging.

„Feuer!" Kaems Stimme war mehr Schlachtruf als Befehl, ihr Blick auf das metallgepanzerte Menschenziel gerichtet.

Gemeinsam schossen sie. Beide brennenden Pfeile trafen. Kaems in das bärtige Gesicht des Menschen, Ralmeaths in die Seite eines Barbaren, der gerade nach einem Pfeil in seinem Köcher griff. Die Männer schrien vor Schmerz, eine Schockwelle der Angst breitete sich unter den Umstehenden aus. Kaem und Ralmeath luden bereits nach, als der Mensch sich rückwärts von der Brücke stürzte und auf dem Rücken landete. Sein letzter Atemzug hallte an den Steinwänden wider, während sein Gesicht wie ein Lagerfeuer knisterte, ein gerader Donik-Stab ragte wie eine Fahnenstange ohne Tuch aus ihm heraus. Flammen leckten die schimmernden smaragd-schwarzen Quichyrd-Federn am Pfeilschaft.

Ralmeaths Opfer wirbelte im Kreis, versuchte den brennenden Pfeil aus seinem Rippenkorb zu ziehen, und setzte dabei zwei benachbarte Menschen in Brand. Als die anderen merkten, dass für ihren Barbarenkameraden jede Hilfe zu spät war, hatten Kaem und Ralmeath bereits neue

Pfeile eingelegt, und Frok und Dally bereiteten eine weitere Ladung grashaltigen Kots vor.

„Feuer!“ brüllte Kaem erneut.

Ralmeath brüllte, als die lodernden Pfeile ihre tödlichen Ziele fanden, zartes Fleisch durchbohrten und Schädel versengten.

42

Sie saßen an Eldrins Schreibtisch. Quistix war noch ein Kind. Eldrin deutete auf eine Passage in seinem Folianten.

Sie musterte das Buch. „Ich kann es nicht lesen. Die Wörter sind zu schwer."

„Was steht hier?", fragte die Stimme ihres Vaters, die wie warmer Honig in ihren Ohren klang und sie beruhigte.

„Der", quiekte sie, „Ill-oo-mi-na-tor?"

„Genau! Nun sag es schnell."

„Illuminator!„

„Du wirst klüger sein als deine Mutter und ich zusammen, Kleines.“ Er drückte ihren vierjährigen Körper fest. „Möchtest du wissen, was ein Illuminator ist? Es bedeutet etwas, das Licht bringt. So wie du für mich und Mama. Du bringst so viel Licht, Quistix. Du bist unser kleiner Illuminator.“

Ein Schock durchfuhr Quistix, ihr Körper verkrampfte sich in Twitchs Armen, als sie zu sich kam, die Schwärze verschwand kurzzeitig.

„Ich... ich bin es? Bin ich es?“ Quistix fragte unsicher, konnte das Zittern ihrer Hände nicht kontrollieren. „Ich bin *der Illuminator*?“

„Ja“, zischten alle Wesen im Raum fast perfekt im Chor, inklusive Hadina.

Die Schwärze umfing sie erneut, und sie erschlaffte wie ein Waschlappen in den Armen des Wyls. Sie wurde in der Zeit zurückversetzt in eine weitere kristallklare Erinnerung, die unversehrt von den Verwüstungen der Zeit lebendig wiedergegeben wurde.

43

Eldrins Schlafsaal
Das Institut der Magie
Apex City, Apex

Das elbische Kind tat so, als schliefe es, während seine Eltern stritten. Obwohl es sie nicht sehen konnte, waren ihre gedämpften Stimmen durch die Decke hindurch verständlich.

„Nein, Eldrin. Das kann ich nicht zulassen."

Es war Lura. Mutter. Oh, wie sie den Klang der Stimme ihrer Mutter nach all diesen Jahren vermisste...

Eldrins Stimme erschreckte sie. „Lura, wir haben die Chance, den Tod auszulöschen! Das verändert alles. Wie könnte das etwas Schlechtes sein?"

„Es geht um schwarze Magie! Wir werden aus Apex verbannt werden, und das ist noch nicht einmal der schlimmste Teil! Sie ist unsere Tochter. Sie ist nur ein kleines Mädchen! Du kannst sie nicht einfach wie ein Werkzeug benutzen! Sie ist ein Mensch, keine Schachfigur.“

„Sie ist für einen viel größeren Zweck bestimmt als Schutzsprüche und Salon-Zaubertricks. Sie kann die Sterblichkeit aufhalten, Lura! Jeder geliebte Ehemann, jedes zu früh genommene Kind, jede Mutter, die von einer Krankheit ihres Lebens beraubt wurde... Sie kann sie zurückbringen!“

„Nein! Es werden nicht sie sein! Sie werden falsch sein. Es gibt einen Grund, warum schwarze Magie verboten ist. Wenn du das, was jenseits des Äthers liegt, störst, verstrickst du dich in etwas Dunkles. Es ist nicht richtig!“

„Du hast nicht die Verwüstung gesehen, die ich in der Heilstation sehe. Menschen ohne Heilung. Unschuldige Menschen, die ich mit Magie nicht heilen kann. Dies, Lura, ist möglicherweise die wichtigste Entdeckung unserer Zeit. Und du willst, dass ich es einfach lasse? Nichts davon funktioniert ohne Quistix, ohne ihr Licht. Ohne ihre reine Kraft. Wenn es irgendeine Möglichkeit gäbe, dies ohne sie zu tun, würde ich es tun.“

„Du würdest ihr das Leben rauben, um andere zu retten. Das ist deine Tochter. Dein eigenes Fleisch und Blut!“

Sie hörte ihren Vater seufzen, lang und laut.

„Ich weiß, dass du einen anderen Weg finden kannst. Versprich mir, dass du es versuchst.“

Eldrins Stimme krächzte: „In Ordnung!“

44

Die unterirdische Kirche
Krypten des Rubinpalasts
Desdemona, Willowdale

Quistix sackte zu Boden, glitt aus den Armen des Wyls, die Augen flatterten, der Körper schlaff.

Die fremde, unangreifbare Präsenz, die ihren Geist bewohnt hatte, war verschwunden. Desorientiert sah sie die schwarzäugigen Wesen, die auf den Bänken um sie herum saßen. Die Worte auf der Tür der Krypte wirbelten in ihrem Schädel:

In alle Ewigkeit werden diese verlorenen Seelen ihr Grab heimsuchen.

„Sind das die Menschen, die in deinem Feuer starben?“ Ihre Stimme war heiser, der Mund trocken. Sie zitterte, als sie aufstand, fühlte sich durch die Magie der Hexe geschwächt.

„*Mein* Feuer?“ Hadina schnaubte verächtlich und blinzelte unter der Kapuze ihres Gewands hervor. „Ich habe kein Feuer gelegt. Ich habe niemanden getötet. Er *war es*. Jeder um Colton Tempest herum war immer nur Kanonenfutter. Wir waren alle Schachfiguren in dem bösen kleinen Spiel eines eifersüchtigen Königs.“

„Ich verstehe nicht.“ Sie hob eine Hand zu ihrem schmerzenden Kopf und versuchte, ohne Twitchs Hilfe aufzustehen.

Hadina fuhr fort: „Jahre seines Missbrauchs und seiner Folter trieben mich fast an den Rand des Wahnsinns. Dann bekam ich Kinder, zwei wunderschöne Mädchen, und er verhängte die Strafen auch über unsere Töchter. Ich hatte zu viel Angst, mich zu wehren, bis zu dem Tag, an dem er unsere Älteste fast tötete. Sie war immer ein *böses* Kind. Seine brodelnde schwarze Magie korrumpierte sie mit ihrem heimtückischen Griff im Moment ihrer Geburt. Eines Tages, nachdem sie ihre jüngere Schwester fast lebendig in einer Hütte verbrannt hatte, ließ Colton seine karmesinroten Seelenschnitter sie tagelang foltern. Dann befahl er seinem

Quichyrd-Lakai, unserer Kleinen für immer die Kräfte zu nehmen. Der Missbrauch brach mich fast als Mutter.“

Quistix war von der Erzählung fasziniert, vieles klang wie vertraute Gerüchte, die sie als Mädchen in Bellaneau gehört hatte.

„Ich machte mich zu Fuß auf, um Truppen zu sammeln, um ihn zu stürzen. Und das tat ich. Als die tausend tapferen Seelen bereit waren, das Schloss zu stürmen, hatte er das Königreich in Brand gesteckt. *Unser* Königreich. Männer, Frauen und Kinder verbrannten in ihren Betten, als das Feuer außer Kontrolle geriet. Seine Männer fanden mich schließlich im Grimhafen. Ich wurde gefangen genommen, wie eine schmutzige Kerkerratte in den Höhlen unter dem Palast gefangen gehalten. Colton sagte meinen Töchtern, sie könnten mich foltern oder sich mir anschließen. Exos gehorchte bereitwillig, aber Vervaine wurde von Colton fast zu Tode geprügelt, bevor sie schließlich Hand an mich legte. Nach drei langen Wochen, Wochen, die sich wie eine *Ewigkeit* anfühlten, war ich tot. *Wir* waren tot.“ Sie breitete die Arme aus und deutete auf die schwarzäugigen Gemeindemitglieder.

„Ich residiere nun hier, zusammen mit diesen gläubigen, schwelgenden Geistern der längst Vergessenen. Unsere sterblichen Überreste vom Festland verbannt. Colton konnte ihren Anblick nicht ertragen.“

Hadina neigte ihren Stab in Richtung der Elfin und betäubte sie. Sie versetzte ihren elbischen Geist an einen anderen Ort und in eine andere Zeit, wo sie die Welt verschwommen wahrnahm...

Durch *Hadinas* Augen.

45

Verlies des Rubinpalasts
Desdemona, Willowdale

Hadina war an die Wand der tropfenden Tiefen des Steingebäudes gekettet, das ständige *Tropf-Tropf-Tropf* des Wassers neben ihr trieb sie in den Wahnsinn.

Ein onyxhaariges Kind stand vor ihr, mit Blut bedeckt. *Hadinas Blut.*

Das Mädchen rammte einen Dolch in die Brust ihrer Mutter und drehte ihn.

Hadina warf den Kopf zurück und schrie, ihr Lebensblut entwich ihr.

Ein sadistisches Lächeln breitete sich auf den kindlichen Wangen des Mädchens aus. Sie beugte sich vor und flüsterte ihrer Mutter ins Ohr: *„Die Dunkelheit heißt dich willkommen, Mutter."*

Alles wurde dunkel.

So *still*.

So *reglos*.

So *kalt*.

Ein sanftes orangefarbenes Licht durchschnitt die Schwärze, sein strahlender Schein wuchs zu einer blendenden Kraft. Hadinas steife Augenlider öffneten sich mühsam. Ihr unnachgiebiger Körper war eiskalt, erstarrt von der Totenstarre.

Die junge Exos war verschwunden.

An ihrer Stelle kniete eine Quichyrd mit leuchtend grünen Augen, die ihre erstarrte Gestalt sorgfältig musterte. Ein krankes Grinsen formte sich an den Rändern ihres Schnabels. „Willkommen zurück bei unssss", zischte sie.

46

Die unterirdische Kirche
Krypten des Rubinpalasts
Desdemona, Willowdale

Quistix wurde erneut aus dem Bann entlassen, sprachlos angesichts dessen, was sie miterlebt hatte. Hadina strich eine Strähne ihres langen, wallenden Haares beiseite. Ihre leuchtend grünen Augen verhakten sich mit denen der Elfin und des Wyls vor ihr. Sie war eine wahre elbische Schönheit, obwohl ihre vollen Lippen keine Spur eines Lächelns zeigten.

Quistix versuchte, die hunderte pechschwarzen Augen von Hadinas Handlangern zu ignorieren, die sich in sie brannten. „Ich nehme an, Sie glauben, weil ich *der*

Illuminator bin, dass ich Sie irgendwie von den Toten zurückholen kann?"

„Ich bin bereits von den Toten zurückgekehrt." Sie höhnte. „Ich brauche *Endgültigkeit*. *Wir* brauchen Endgültigkeit. Sie sind die Magierin, die wir brauchen, mächtig und voller Lichtmagie", sagte Hadina, „diejenige mit der Fähigkeit, diesen Schwebezustand ein für alle Mal zu beenden. Sie haben die Macht, uns zum Leben zu erwecken. Oder unser Leiden zu beenden. Wir sind nur Tentakel, doch Sie haben die Waffe, um dem Tintenfisch den Kopf abzuschlagen."

„Ich wüsste nicht einmal, *wo ich* damit anfangen sollte!" Quistix' Kopf drehte sich. Sie fühlte sich so zermürbt von all dem Glauben, den alle in sie setzten. Sie hatten keinen Bezug zur Realität. Der *wirklichen* Realität. Sie war nur eine obdachlose Witwe aus Bellaneau. Kein Sohn. Keine Schmiede. Kein Geld. Es war unfassbar, warum alle sie als Schlüssel zu etwas so Unermesslich Wichtigem in diesem Leben und *darüber hinaus* betrachteten.

„Eldrin führte gewissenhaft Aufzeichnungen, als er mit Colton experimentierte. Ihr Vater war brillant. Er beherrschte die Wiederbelebungsmagie nahezu perfekt und notierte alles in seinem Buch." Sie streckte ihre blasse Hand aus. „Bringen Sie mir seinen Folianten, und wir können beginnen."

Mit großem Zögern griff Quistix in ihren ranzen und holte das Meisterwerk ihres Vaters hervor, abgenutzt und ausgefranst, genau wie der Geist des Mannes gewesen war, als er darin geschrieben hatte. Sie reichte es einer der Frauen neben Hadina, die es nahm und dann wieder mit ihren toten, rabenschwarzen Augen in die Ferne starrte.

„Ich glaube, der Teil, nach dem Sie suchen, wurde entfernt. Einige Seiten wurden entfernt, lange bevor ich das Buch in Besitz nahm." Quistix fröstelte vor der feuchten Kälte, die durch ihren schwarzen Umhang drang.

Hadina blätterte mit den Fingern durch die Seiten, überflog schnell die Abschnitte, ihre Augen leuchteten grell, während das Buch in ihrem Schein badete. Sie berührte die zerfetzten Reste, die Fragmente der Seiten, wo der Wiederbelebungszauber achtlos herausgerissen worden war.

Sie hielt ihre Hand über das Buch und konzentrierte sich. „*Quae quondam erat redi.*"

Als die Worte ihren vollen Lippen entströmten, sprossen frische Seiten aus den zerfetzten Resten wie Knospen an einem Baum, entfalteten sich vor ihr und ersetzten die fehlenden Pergamentstücke. Wenngleich weniger vergilbt als der Rest, passten sie perfekt in Größe und Form zu den umliegenden Seiten. Wörter und Skizzen erschienen wie Tinte durch ein Taschentuch.

„So gut wie neu." Das zufriedene Lächeln auf Hadinas Gesicht sagte alles. Ihr Zauber *funktionierte.* „Hier. Es steht, dass Eldrins Wiederbelebungszauber eine freiwillige Opferung von jemandem mit großer Lichtmagie verlangt, *d.h. den Illuminator.* Die Seele muss von einem willigen Teilnehmer erlangt werden. Das ist der Hauptunterschied zwischen Eldrins Methode und einer traditionellen, schwarzmagischen Wiederbelebung."

„Was ist mit den Konsequenzen? Vom Wirken des Zaubers? Du hast gehört, was meine Mutter sagte." Quistix deutete hinter sich, obwohl ihre Mutter nirgends zu sehen war. „Du wärst nicht *du.* Sie wären auch nicht sie selbst."

„Wir sind Tausende hier. Ruhelos wandernd. Ziellos existierend, unsere Seelen erfüllt von Leid und Dunkelheit statt Leben und Kraft", knurrte Hadina, ihre Stimme mächtig und doch irgendwie verzweifelt. *Beinahe* flehend. „Wir können nicht *ruhen,* doch schlimmer noch, wir können nicht *leben.* Verdammt, als Marionetten eines kranken Meisters umherzuwandern. In unseren eigenen Gedanken um Hilfe schreiend. Freude existiert nicht mehr. Wir bewegen uns, wir atmen, doch wir *leben* nicht. Wir müssen aus diesem verfallenden Fegefeuer befreit werden. Jahrzehntelang habe ich geduldig auf jemanden wie dich gewartet, mit deiner Macht, um uns von diesem Schicksal zu erlösen. Die Untoten in ganz Feradona werden bei deinem

Gedanken ein Knie beugen, Statuen in fast jeder Stadt der Insel. Lieder werden von dir gesungen werden. Du wirst ein Vermächtnis von etwas Gutem hinterlassen. Etwas Reinem."

„Aber nur, wenn ich mich freiwillig opfere?"

Hadina nickte. „Du kannst dich Danson wieder anschließen."

Allein die Nennung seines Namens auf ihren Lippen ließ Quistix am liebsten in dem kalten Boden versinken und sich unter ihrem mitternachts-schwarzen Umhang verstecken.

„Er wartet auf seine Mutter jenseits des Äthers." Hadina klang *freundlich*, ihre Stimme in diesem Moment sanft. Als spräche sie von Mutter zu Mutter. „Er hofft, du wirst das Richtige für uns alle tun."

„Das fühlt sich überhaupt nicht *richtig* an, Q", murmelte Twitch und riss sie aus ihrem traumhaften Dämmerzustand. „Danson würde nicht wollen, dass du dich umbringst."

Quistix konnte nicht einmal blinzeln. Sie fühlte sich benommen von dem Gedanken. „Ich könnte sie alle zurückholen, Twitch."

„Das *weißt* du nicht!" Der Wyl war plötzlich die Stimme der Vernunft. „Du glaubst einer toten Hexe in einer Krypta? Keine Respektlosigkeit gegenüber deinem Vater, aber das könnte alles nur das *wissenschaftliche Experiment* eines Verrückten sein. Bleib beim Plan! Wir müssen der Schlange den Kopf abschlagen. Das ist *Ceosteol*. Vergiss nicht, warum wir hier sind." Er nickte zum Grab voller Rüstung.

„Sie hört jedes deiner Worte, weißt du." Hadinas Augen leuchteten grün. Ihre Stimme war nicht ihre eigene. Sie hatte sich in etwas Unmenschliches verwandelt. Etwas... *Dunkleres.*

Älteres.

Uraltes.

„Ich bin überall." Ihre Lippen verzogen sich zu einem teuflischen Lächeln.

„Nein, Hadina. Er hat recht." Sie schüttelte ihre Lethargie ab, stand aufrecht, fest in ihrer Entscheidung. „Ich kann das nicht tun. Das ist nicht der Weg."

Hadinas Lächeln verschwand, und Dutzende gefühlloser Gesichter folgten ihrem Beispiel, ihre Grinsen verwandelten sich in kalte Grimassen.

„Hadina ist nicht mehr hier." Die Stimme kam von der Frau und allen schwarzäugigen Wesen im Chor, wie ein Chor jugendlicher Dämonen.

Die Frau brach in herzhaftes Lachen aus. Die Wesen taten es ihr gleich. Eine wilde Kakophonie kranken

Gelächters hallte von den klaustrophobischen Erdwänden wider.

Was einst Hadina war, trat auf sie zu. Die anderen Wesen folgten, alle näherten sich ihnen in einer einzigen, unheimlichen Bewegung, wie untote Soldaten.

Hunderte schwarze Augen blinzelten in perfektem Gleichklang. Eine einzige, wütende, verbundene Masse.

Und dann stürmten sie alle auf sie zu.

47

Die unterirdische Kirche
Krypten des Rubinpalasts
Desdemona, Willowdale

„Bulla subsisto!" schrie Quistix, während ihre Augen begannen, ihre Farbe zu verändern. Ihre nach außen gewandten Handflächen zischten leicht, doch ihre Konzentration blieb auf den Geist Hadinas und die schwarzäugigen Wesen unter ihrem Befehl gerichtet.

„Hast du irgendwelche Ideen, Twitch?" Quistix hielt die Arme ausgestreckt und erschuf eine der magischen Barrieren, die sie von Professor Teryl gelernt hatte. Der Wyl war beeindruckt von ihrer neu entdeckten Fähigkeit. Sein pelziger Mund stand offen vor Schock über ihre plötzliche

Zauberkunst, doch die Bewunderung war nur von kurzer Dauer angesichts der Gefahr, die nur wenige Schritte entfernt lauerte.

Wütende schwarzäugige Wesen schlugen mit ihren jungen Fäusten gegen die Wände ihrer Barriere, ihre Münder trieften von schaumigem, schwarzem Speichel, während sie übereinanderkletterten, um eine verwundbare Stelle zu finden und Zugang zu ihr und dem Wyl zu erlangen.

Das Fackellicht verblasste, blockiert von sich stapelnden Körpern, die sie in eine dunkle Kuppel einschlossen.

„Kann die Barriere mit dir mitwandern?"

„Ich glaube schon!" Quistix versuchte, sich in irgendeine Richtung zu bewegen, spürte jedoch eine unglaubliche Kraft, die sie zurückdrückte. Sie versuchte es erneut, warf ihr Körpergewicht in Richtung des Tunnels jenseits des Grabmals.

Dasselbe Ergebnis.

Quistix schüttelte den Kopf, Panik und Angst breiteten sich in ihr aus. Brutale Wesen kletterten auf die Schultern anderer und schlugen ungeschickt mit wütenden Fäusten gegen die Barriere.

Twitch beobachtete, wie eine ältere schwarzäugige Frau ihn gierig durch die Blockade anstarrte, ihr Mund voller spitzer Zähne. Mit ihren tintenschwarzen Augen auf ihn fixiert, klappte ihr Kiefer langsam auf, und sie brüllte. Der Höllenschrei ließ die dunkle Barriere vibrieren.

Das letzte Licht erlosch, als eine weitere Reihe von Körpern die Spitze erreichte.

„Sie können nicht zu uns durchdringen", begann Twitch und bewegte sich zum Rand, „aber vielleicht können wir zu *ihnen*gelangen."

Er griff nach dem Griff ihres smaragdgrünen Dolches und hob ihn über seinen Kopf. Dann führte er die Klinge auf den Kopf der alten Frau hinab.

Die Dolchkante zerbrach sofort, als sie in die Barriere eindrang. Twitch zog zurück und starrte entsetzt auf die gebrochenen Überreste der Klinge, die aus dem smaragdverzierten Griff ragten. „Na, das wird nicht funktionieren!"

Twitch blickte sich in der Dunkelheit um, spähte zwischen den Kreaturen hindurch, zwischen schwingenden Armen und Beinlücken. „Warte! Kannst du dieser Sache Flammen hinzufügen?"

Quistix verzog das Gesicht. „Das wäre eine Vermischung von Feuer- und Schutzmagie. Das sind zwei verschiedene Schulen. Ich weiß noch nicht, wie das geht. Das hier zehrt schon an meinen Kräften. Ich spüre es. Ich kann nicht mehr lange durchhalten."

„Nun, wir müssen etwas tun. Wenn das schon Stahl zerstört hat“, hielt er den ruinierten Dolch hoch, „dann sind Pfeile nur Verschwendung.“

„Ich werde es versuchen.“ Sie schluckte schwer. „Falls das nicht klappt“, ihr Herz wurde schwer, „möchte ich nur sagen, ich bin froh, dass sich unsere Wege gekreuzt haben.“

Twitch schaffte es, trotz der Angst zu lächeln. „Es war mir eine Ehre.“

Quistix schloss ihre leuchtend weißen Augen und stellte sich vor, wie Wut sie übermannte. Sie sah die Rassel vor sich, die sie auf dem Schreibtisch ihres Vaters gefunden hatte, den Sohn, den er mit einer anderen Frau hatte. Hitze begann von ihrer Haut auszustrahlen. Sie malte sich Flammenwände aus, die um sie herum aufzüngelten, und an der steinernen Decke darüber leckten. Sie streckte die Finger aus und führte ihre ausgestreckten Hände zum Boden.

Sie schrie.

Die Barriere stand in Flammen und erhellte die Dunkelheit mit einem wilden orangefarbenen Aufleuchten. Ein Jugendlicher, der vor ihr gegen die Barriere geschlagen hatte, fing Feuer. Seine Haare und Augenbrauen standen in Flammen und qualmten. Er schrie nicht vor Schmerz, als seine Haut sich zu schälen und zu verkohlen begann. Er schien unbeeindruckt, bis sein verkohlter Körper zuckend zu Boden fiel. Die anderen folgten. Männer, Frauen, Kinder und Alte verkohlten zu schwarzen Klumpen, wie Fleisch, das viel zu lange über dem Lagerfeuer gehangen hatte. Die Körper begannen wegzufallen, wodurch mehr Licht durch die dunkle Kuppel drang.

Die Entschlossenheit in ihren Gesichtern ließ nicht nach. Wie geschmolzene Aufziehfiguren wanden sie sich auf dem Boden, so weit es ihre verbrannten Sehnen und Muskeln zuließen.

Einige schlugen weiterhin gegen die Barriere, nachdem die Haut ihrer Hände weggeschmolzen war.

„Ich habe eine Idee", rief Quistix. „*Bulla evanescet!*"

Mit diesen Worten fiel die Barriere. Twitch blieb die Stimme im Hals stecken. Nichts schützte sie jetzt mehr vor dem verkohlten Haufen zitternder, geschwärzter Körper. Einige stürzten nach innen auf sie zu, dorthin, wo einst der perfekte Kreis der Kuppel gewesen war.

„*Glacies undam!*" Sie streckte die Arme erneut aus, die Augen fest geschlossen, in tiefer Konzentration.

Twitch beobachtete, wie eine dichte Frostwolke über die Wesen hinwegzog und sie augenblicklich mit einer Schockwelle aus gefrorenem Eis einfror.

Hadina und die schwarzäugigen Wesen erstarrten.

Eingefroren.

Hadina stand kerzengerade am Podium, vorübergehend von einer Eisschicht an Ort und Stelle gehalten. Quistix spürte, wie ihre Energie schwand, ihre Beine wackelten unter ihr. Sie stiegen über gefrorene Körper und verstreute, zerborstene, verbrannte Gliedmaßen der schwarzäugigen Wesen.

Hadinas grüne Augen leuchteten heller als je zuvor. Die Fackeln erloschen gleichzeitig.

Magie pulsierte in der Luft. Quistix konnte Magie spüren. Es war nicht ihre eigene. Sie mussten schnell handeln.

Hadinas Finger und Hände begannen sich zu bewegen, bald gefolgt von ihrem Gesicht und ihren Füßen.

Quistix und Twitch stürmten die Stufen zum Podest hinauf und flankierten das Grabmal, um hineinzuspähen. Quistix staunte über das, was darin lag: ein weibliches Skelett in einer makellosen Rüstung.

Obwohl das Grabmal verkohlt war, waren die polierten silbernen Inhalte darin makellos auf dem staubigen Skelett von Hadinas sterblichem Leichnam, der in all seiner Pracht unter dem flackernden Licht zur Schau gestellt wurde.

Ein spitzer Helm mit einem Visier in Form eines Dämons umschloss ihren geschrumpften Schädel. Gerundete Armschienen lagen locker um Radius- und Ulna-Knochen, perfekt unter detaillierten Schulterplatten platziert. Die Unterarm-Schienen waren an den Ellbogenspitzen spitz zulaufend. Offensichtlich für eine

Frau gefertigt, war das kurvenreiche Bruststück mit kunstvoll geschnitzten Symbolen übersät. Die Schultern des hochgeschlossenen Brustpanzers ragten scharf wie ausgebreitete Federn heraus. Er verjüngte sich an der Taille, wo der überlappende Kürass mit passenden Beinschienen verbunden war.

Noch erstaunlicher, als die Legenden vorhergesagt hatten, war die Rüstung für diese erfahrene elfische Schmiedin absolute *Perfektion*.

48

Die unterirdische Kirche
Krypten des Rubinpalasts
Desdemona, Willowdale

Twitch half, die Teile von den staubigen Skelettresten zu befreien, während ihn Wellen der Übelkeit überkamen.

Quistix zögerte nicht, ihren schwarzen Umhang abzulegen und die Rüstungsteile mit einer Mischung aus Hast und Ehrfurcht vor der verstorbenen Elfe anzulegen. Während sie sich so schnell wie möglich hineinzwängte, konnte die Schmiedin in ihr nicht umhin, jede Kurve zu bewundern. Sie bestaunte jedes kunstvolle Gelenk und jede Markierung. Es war eine göttliche Rüstung, mit einer Sorgfalt und Geduld gefertigt, die selbst ihre wildesten

Kindheitsträume als Assistentin ihres Großvaters übertraf. Als die Rüstung vollständig angelegt war, spürte Quistix sofort einen energischen Schub von Adrenalin durch ihre Adern schießen. Sie griff nach dem *Schwertbrecher* und schnallte ihn sich wieder um die Taille. Der billige, abgenutzte Ledergürtel stach in krassem Kontrast zur makellosen Rüstung hervor.

Die lebendige, ätherische Version von Hadina starrte sie an, ihr Gesicht nun durch das geschmolzene Eis verbrannt. „Ich werde dich von dieser Insel tilgen wie einen Fleck!"

Hadina schleuderte einen Feuerball auf Quistix, der sie rückwärts in mehrere gefrorene Wesen schleuderte. Diese zersprangen wie Porzellan in blutige Stücke. Quistix rappelte sich auf und sprintete zur anderen Seite der Kammer.

Sie schoss einen Eisdolch auf Hadina ab, verfehlte sie aber. Der massive Eisbolzen zerschellte an der betenden Steinstatue am hinteren Ende der Bühne.

„Du bist stark, aber undiszipliniert. Ein wildes Pferd, das noch gezähmt werden muss. Du erinnerst mich an meine Töchter." Hadina verfolgte sie mit ihren Augen und warf einen Feuerball. Quistix änderte die Richtung und wich ihm aus, knapp den Flammen entkommend. „Ich kann das die ganze Nacht durchziehen. Aber ich habe das Gefühl, du bist eher erschöpft."

Quistix lehnte sich mit dem Rücken an ein gefrorenes schwarzäugiges Wesen und versuchte, zu Atem zu kommen. Twitch deutete auf die Öffnung rechts, die ihrer Vermutung nach zu den Verliesen führen würde. Quistix nickte, und sie sprinteten zur anderen Seite der Höhle.

Bevor sie die andere Seite erreichen konnte, traf sie Hadina mit einem Feuerball, der von ihrer Rüstung abprallte. Der Aufprall schleuderte sie durch die Luft, riss sie von den Füßen und knallte sie mit metallischem Klirren gegen die Wand. Twitch stolperte auf das Loch zu und kletterte hinein.

„Q, alles okay?", rief er.

„Es wird mehr als das brauchen, um mich aufzuhalten!", brüllte Quistix wütend. „Sieh nach, was du da oben findest, Twitch! Wir müssen hier raus!"

Er nickte und rannte die Stufen zur Tür oben hinauf. Sie war tatsächlich *verschlossen*.

„Was zum...?"

Das Schloss sah kompliziert aus. Es war anders als alles, was er je gesehen hatte, mit einer Reihe von drei Zifferblättern, die mit Hieroglyphen beschriftet waren.

49

Die unterirdische Kirche
Krypten des Rubinpalasts
Desdemona, Willowdale

Hadina lächelte, als Quistix mit ihrem Feuerstrom-Zauber wild um sich schoss und Mühe hatte, die Richtung zu kontrollieren. Die erzürnte Hexe schoss einen Eisdorn auf die Elfe. Er traf Quistix' Knie und durchbohrte das Fleisch. Sie schrie, ihr Feuerstrom erlosch, als sie von den höllischen Schmerzen abgelenkt wurde. Sie kämpfte sich durch und konzentrierte sich schnell genug, um Hadina erneut mit einem Feuerstrahl zu beschießen. Hadina heulte vor Schmerz auf und huschte hinter dem Sarg hervor, blieb unter der riesigen Eisenstatue der betenden Frau stehen.

Quistix konzentrierte sich und richtete ihren Feuerzauber auf das ausgestreckte metallische Gesicht, das stoisch über der Hexe hing. Hadina schloss die Augen und hob die Handflächen. Die grotesken Haufen aus Fleisch und Knochen begannen zu rumoren. Knochen klapperten und ordneten sich neu. Sie erweckte ihre gefallenen schwarzäugigen Wesen wieder zum Leben.

Zu sehr konzentriert, bemerkte Hadina das sich verflüssigende Abbild über ihr erst, als es zu spät war. Es tropfte wie Lava von oben herab, zischte und spritzte auf den Boden um die untote Zauberin herum. Quistix hielt den Feuerstrom stabil, schrie vor Anstrengung auf und ließ ihre weiß glühenden Augen nicht vom tropfenden Ziel abweichen. Ihr Blick verschwamm vor Erschöpfung, aber jetzt durfte sie nicht aufhören.

Nicht, nachdem sie schon so weit gekommen waren und noch so weit vor sich hatten.

Das verflüssigte Eisen tropfte auf Hadina herab. Ihr letztes markerschütterndes Heulen ließ Quistix zusammenzucken. Der Schrei der untoten Frau hallte durch die Kammer und ließ Twitch bis ins Mark erschaudern.

Ihr unmenschlicher Schrei verstummte schließlich, und die Höhle der schwarzäugigen Wesen verfiel in einen tranceähnlichen Zustand, sie starrten die Wände an, als wären sie eingefroren. Die sich wiederbelebenden Körper fielen zurück in blutige Pfützen. Hadinas geschmolzene, metallbedeckte Leiche begann zu erstarren. Sie war nun ihre eigene Eisenstatue, eine metallene Erscheinung, erstarrt unter einem jetzt gesichtslosen Götzenbild.

Quistix zog den spitzen Eiszapfen aus ihrem Knie und holte ein kleines Stück von Auroras abgebrochenem Geweih aus ihrer Tasche. Sie rieb es an der rauen Seite des Grabmals, bis es zu einem Haufen feinen, hellgrünen Pulvers zerrieben war. Sie strich die erdige Mischung vom Boden auf und streute sie sich auf die Zunge, würgte bei dem Geschmack. Innerhalb von Minuten beobachtete sie, wie sich das Loch in ihrem Knie schloss und die Blutung aufhörte. Der Schmerz pochte noch, aber die wundersame Heilung ermöglichte es ihr, aufzustehen und im Grab nach ihrer prachtvollen Beute zu suchen.

Oben im gewölbten Tunnel, beleuchtet von zwei Fackeln nahe der Tür, studierte Twitch das Schloss mit den drei Ringen mit den Hieroglyphen. Er drehte das äußere Zifferblatt, bis die Kerbe oben mit dem Umriss eines Raakaby übereinstimmte.

Klick.

Etwas stöhnte, laut und schrecklich.

Direkt über seinem Kopf schossen Pfeile von beiden Seiten der Höhle, pfeifend mit messerscharfen Spitzen an ihm vorbei und gruben sich in die Lehmwände. Sie verfehlten ihn nur knapp, so knapp, dass er den Wind eines Pfeils durch das Fell seiner spitzen Ohren streifen spürte.

„Bei den *Göttern*!", rief er. Sein Leben hätte gerade enden können, und er spürte das Gewicht eines solchen Fehlers. Er hatte Angst, das Zifferblatt erneut zu bewegen. Als er sich umsah, sein Herz schlug ihm bis zum Hals, entdeckte er Worte, die in starren Reihen oben an den Lehmwänden eingraviert waren. Er kniff die Augen zusammen, um sie zu lesen, zog eine Fackel aus der Halterung und sprach die Worte laut aus. *„Ich habe mehr Muskeln als Verstand."*

Er blickte zurück auf das Zifferblatt und begriff schnell, dass die Glyphen Umrisse von Spezies auf Destoria darstellten. Er ließ seinen Blick über jedes der drei Ringe gleiten. Alle drei zeigten dieselben groben Umrisse: Raakaby, Wyls, Eaflics, Semdrogs, Elfen, Ewanianer, Quichyrds, Symphs, Akiah, Barbaren –

„Barbaren!", keuchte er. Es war ein Rätsel, und er kannte die Antwort. Er duckte sich, um den Pfeillöchern auszuweichen, und drehte das äußere Zifferblatt erneut, bis der Barbar mit der Kerbe übereinstimmte.

Klick, klick, klick! Die drei Zifferblätter drehten sich wild in verschiedene Richtungen wie ein Uhrwerk, das durchgedreht war. Die Tür ächzte, und Twitch wich zurück, sicher außer Reichweite möglicher Pfeile. Eine kurze Stille trat ein, in der er nur Hadinas Knurren und Quistix' Feuerstrahl wie von einem Schneidbrenner hören konnte. Dann sprang das oberste Schloss der Tür mit brutaler Gewalt auf und gab den Spalt darunter frei.

Twitch lächelte. *Eins geschafft, fehlen noch zwei.* Er stand kurz davor, seinen Titel als Meisterschlossknacker erneut unter Beweis zu stellen.

Er musterte die zweite Zeile:

Es krächzt und kratzt, doch ihr Können lässt einen stutzen.

Er dachte einen Moment nach.

Das war *einfach*. Krächzt und kratzt. Sie waren die Geißel Destorias. *Ratten der Lüfte,* lachte er in sich hinein. Übermütig stapfte er zum Zifferblatt und drehte den mittleren Ring auf SYMPH.

WHOOSH! Eine Feuerwand schoss aus zwei Löchern unterhalb der Pfeilöffnungen, versengte das Fell an seinen Armen und den Seiten seines Gesichts. Er schrie, warf sich zu Boden, um die Flammen schnell zu ersticken.

„Bist du verletzt, Twitch?" Quistix' Stimme klang gequält. Sie kämpfte darum, den Feuerstrahl aufrechtzuerhalten.

Er stand auf, mit fehlenden Fellstellen, bedeckt von khakifarbenem Staub. „Nur mein Stolz, meine Liebe."

Er schüttelte es ab und betrachtete das Zifferblatt erneut, den Kopf hängen lassend. Er war ein Trottel. Sicher, sie hatten Krallen und krächzten – *oh, bei den Göttern, wie sie unerbittlich krächzten* – aber Symphs hatten kein *Können*. Sie waren nur herumfliegende Parasiten mit anarchischem Kot.

Aber Quichyrds hingegen...

Er holte tief Luft, drehte das Zifferblatt und zuckte zusammen, als er sich zurückwarf, die gemeißelten Erdtufen hinabrollte, um möglichen Gefahren auszuweichen.

Doch stattdessen...

Klick, klick, klick. Die Zifferblätter drehten sich wild, und das zweite Schloss quietschte auf. Twitch grinste, sein Fell qualmte noch immer.

Er starrte auf das letzte Rätsel, verwirrt. Er las es laut vor und hob eine Augenbraue. „*Reiche Eaflics wollen es, arme Wyls haben es, Semdrogs werden es eingestehen.*" Er holte tief Luft und seufzte. Er hatte keine Ahnung, was das bedeutete.

Außerhalb seines gewölbten Tunnelendes, die archaische Treppe hinab, tauchte Quistix auf.

„Etwas Hilfe hier oben!" Twitch klang besorgt.

Quistix stieg die Treppe hinauf, die metallenen Rüstungsteile klirrten dabei, und sie nahm mit ihrer neuen verzauberten Stiefelschutzkraft drei Stufen auf einmal, bis sie neben Twitch stand. Sie musterte sein versengtes Fell, und er blinzelte heftig und schüttelte den Kopf. „Frag nicht."

„Tu ich nicht." Sie verzog das Gesicht und sah sich um.

„Die Rüstung steht dir gut."

„Danke."

„Sie betont deine Kurven."

„Natürlich würdest du das sagen." Sie rollte mit den Augen. Augen, die wieder ihre normale zitrusfrische Farbe angenommen hatten.

„Dieses Schloss ist mit den Rätseln verbunden. Das erste und zweite habe ich richtig gelöst, obwohl die Konsequenzen für Fehler ziemlich unangenehm sind." Er deutete auf das dritte Rätsel, das über ihren Köpfen eingraviert war. „*Reiche Eaflics wollen es, arme Wyls haben es, Semdrogs werden es aufgeben.*"

„Das ergibt überhaupt keinen Sinn." Sie betrachtete die Zifferblätter. „Es muss eine Spezies sein?"

„Was wollen reiche Eaflics?"

„Andere Eaflics?"

Twitch runzelte die Stirn. „Wann hast du je einen Eaflic mit einem anderen Eaflic gesehen?"

„Arme Wyls haben es."

„Ich habe arme Wyls mit jedem Typ gesehen. Im Gegensatz zu allen anderen auf Destoria diskriminieren wir nicht", sagte er in hochnäsigem Ton.

„Das ist die Wahrheit. Ihr versucht es mit allem, was nicht bei drei auf den Bäumen ist."

„Das nehme ich übel." Twitch kniff die Augen zusammen und sah sie verärgert an.

„Semdrogs werden es aufgeben?"

„Nicht einen verdammten Deut. Wann hast du je einen Semdrog irgendetwas aufgeben sehen? Die halten sich nie für im Unrecht."

„Das ist es!" Quistix zeigte ein fast erschreckend breites Grinsen. Twitch hatte sie noch nie so extrem lächeln sehen. Als ob die Rüstung sie manisch machte. „Semdrogs geben nichts zu. Reiche Eaflics brauchen nichts. Arme Wyls..."

Sie verstummte, als ihr klar wurde, dass dies das Rätsel nicht ganz löste, da das letzte Zifferblatt nur Spezies anzeigte. Sie starrte es einen Moment an und griff dann nach der mittleren Kurbel.

„Vorsichtig, Q. Diese Kammer beißt zurück. Dreh es nicht, wenn du nicht weißt, was du tust." Er schlich rückwärts zum Treppenabsatz, weg von den Löchern, aus denen zuvor Feuer und Pfeile gekommen waren.

„Auf gut Glück." Sie drehte das Zifferblatt und hielt an, wo die Kerbe auf die Lücke zwischen Eaflic und Wyl zeigte.

Klick, klick, klick.

Die Zifferblätter wirbelten im Kreis, bis der Boden unter ihr bebte. Sie sah sich besorgt nach Twitch um, aber der war bereits halb die Treppe hinab – reiner Selbstschutz.

KLICK!

Das letzte Schloss sprang auf, und Licht fiel durch die langsam sich öffnende Tür. Das Beben ließ nach. Sie starrten in die Tiefen des Verlieses des Rubinpalasts.

Quistix' manisches Grinsen verblasste blitzschnell.

Eine Horde karmesinroter Seelenschnitter starrte sie an, ihre geisterhaften Kiefer tropften vor Schleim, die granatfarbenen Augen funkelten bei der Aussicht auf Nahrung. Es war mehr als klar, dass sie gierig und hungrig waren. Und *Schmerz* stand auf der Speisekarte.

50

Die Große Halle
Das Rubinschloss
Desdemona, Willowdale

Frok und Dally flatterten um die Tür herum, auf der Suche nach Metallstiften, die sie entfernen konnten, und Spalten, durch die sie schlüpfen konnten. Ralmeath kratzte heftig mit ihren Krallen daran. Sie stumpften an den verstärkten Metallstangen der riesigen Eingangstür ab.

„Ihr beiden, kommt runter. Rally, du stumpfst deine Dolche ab. So kommst du nicht durch", knurrte Kaem. „Halt einen Moment inne und denk nach."

Ralmeath stieß eine Reihe von Stöhnen aus und suchte nach einer Lösung. Frok und Dally flogen zu Ralmeaths Schultern und starrten die Tür an.

„Es muss einen Hebel oder einen Schalter geben. Oder... ist dieser riesige Holzklotz völlig verbarrikadiert?", fragte Kaem.

Ein lautes *Klack* ertönte hinter der Tür, als diese erzitterte.

Sie sprangen von der rüttelnden Tür zurück. Kaem spannte ihre Peitsche, während Ralmeath ihre Krallen ausfuhr. Dally und Frok schluckten Luft und bereiteten ihre Rülpser vor. Hinter der dicken, verstärkten Tür erhob sich das schwache Echo einer Stimme.

„Komm schon, du!" Es war eine männliche Stimme, die Kaem bekannt vorkam.

Klack! Klack!

Eine lange Pause folgte. Dann ein letztes, durchdringendes *Klack!*

Plötzlich brachen die Türen auf. Die gesplitterte Holzsperrbarriere zerbrach in zwei Teile und gab dahinter ein Paar gewundener Akiah-Widderhörner frei. Arias warf eine einseitige Holzspaltaxt mit einem widerhallenden *Klang* zu Boden. Er beugte sich vor, um Atem zu holen. „Diese Stangen sind zäher, als sie *aussehen*.„

„Deshalb habe ich eine von *diesen*." Kaem zeigte auf Ralmeath.

Arias lachte und richtete sich auf. Kaem stieß einen scharfen, vogelähnlichen Bewunderungspfiff aus, beeindruckt von der Großen Halle des Schlosses hinter ihm. Exquisit gemeißelte Steinsäulen schraubten sich empor und endeten an einer großen Kuppeldecke. Die umliegende Decke war mit Wandgemälden von Destorianischen Soldaten bedeckt, die einen epischen Krieg gegeneinander führten. Die Wände um sie herum zeigten verblasste Bilder von Stadtbewohnern, die vor der Szenerie darüber zusammenzuckten.

„Wow", schwärmte Frok und krallte sich für Halt in Ralmeaths Wangenfell, während sie die atemberaubenden Kunstwerke betrachtete.

„Reichtum ist wahrlich bei den Reichen verschwendet", schnaubte Kaem und warf einen ehrfürchtigen Blick auf die kunstvollen Gemälde, bevor sie sich wieder ihrer Aufgabe zuwandte.

Arias drehte den Kopf suchend nach einer Bedrohung umher.

„Arias, schön, dich zu sehen." Ein freundliches Lächeln breitete sich auf ihrem Schnabel aus.

„Dich auch, mein Freund."

„Okay“, Kaem stieg über einen Haufen zerborstener Balken durch die massiven Türen, „lass uns das durchziehen.“

Arias nickte und winkte ihnen, ihm zu folgen. Er huschte einen nahen Korridor entlang. Kaem folgte dicht hinter ihm. Ralmeath schien von der Darstellung des feurigen Gefechts an der Decke geblendet. Der hohe Gang schimmerte in einem Regenbogen von Farben, alles Projektionen der bunten Glasfenster mit ihren zahlreichen, massiven Scheiben, von denen viele Szenen zeigten, wie Destorianische Spezies sich vor der rubinroten Krone verneigten.

Am Ende des Gangs drückte Arias die schwere Holztür auf und spähte hinein. Sobald er sah, dass die Luft rein war, winkte er die anderen heran. Sie schlängelten sich zwischen langen Donik-Tischen in den ordentlichen Reihen des Speisesaals der Soldaten hindurch und versammelten sich nahe der Tür auf der gegenüberliegenden Seite. Er zog an der Klinke und öffnete sie einen Spalt breit, zuckte bei der Überraschung zusammen. Er stand einer seiner Wachen gegenüber.

„Urwin“, redete Arias seinen Untergebenen in vertrautem Ton an und richtete seine Haltung auf. „Das sind Freunde unserer Sache.“

„Verstanden, Sir.“ Urwins Tonfall war äußerst ernst.

„Warum bist du nicht bei den anderen?“, fragte Arias. „Heute ist nicht dein Kampftag.“

„Die Königin befahl mir, Dienst zu tun und einen Krug Wein für ihre Nerven zu holen. Hat mich den ganzen Tag nicht aus den Augen gelassen. Ich bin gerade auf dem Weg.“

„Wo ist sie?“, fragte Arias.

„In ihren Gemächern, Sir.“ Urwins Augen huschten zum Boden.

„Vergossenes Blut kennt keine Loyalität. Beeil dich. Bring dich sofort in Sicherheit.“ Arias klopfte ihm auf den Rücken und winkte den anderen, dem Akiah zu den Gemächern zu folgen.

Urwin nickte und beschleunigte dann seine Schritte Richtung Eingang, von dem sie gerade gekommen waren.

Kaem, Ralmeath, Arias und die Pleoms schlängelten sich durch die verwinkelten Gänge und stiegen eine Treppe unter einem Glasfenster empor, das den symbolischen Baum von Willowdale im Stadtzentrum vor Jahrzehnten zeigte.

Arias zählte die Türen, bis er bei der vierten rechts ankam. Ohne Vorwarnung riss er sie auf.

Exos kreischte, dann seufzte sie, als sie erkannte, wer es war. „Arias! Warum platzt du so herein?!“ Sie zog an den Schnüren des Mieders vor ihrem Kleid und band sie. Die wehenden Stoffbahnen ihrer scharlachroten Ärmel rauschten, als sie den Knoten festzog. Ihre einst sinnliche, sanfte Stimme hatte sich nun in einen scharfen, empörten Ton verwandelt. „Wo sind die Männer? Ich habe vor meine Tür geschaut, aber niemand war dort postiert. Selbst die verdammte Zofe ist nirgends zu finden! Was geht in diesem Schloss vor? Eine *Meuterei*?" Sie kicherte über die Absurdität ihrer Worte.

Das würden sie nicht wagen.

Sie erspähte die Quichyrd, als sie an Arias vorbeistrich. Ralmeath duckte sich unter den Türrahmen und richtete sich im Zimmer auf. Die große Kammer wirkte plötzlich klein mit dem Bramolt-Bären darin, wie der enge Käfig eines wilden Tieres.

„Wer seid ihr?"

Die drei starrten Exos an. Die Stachelpeitsche entrollte sich aus Kaems Klaue.

„Wachen!", rief Exos in den Flur. Keine Antwort. Keine eiligen Schritte, kein klirrender Harnisch. *Nur stummer Verrat.*

„Ich höre niemanden kommen. Du etwa?" Arias verschränkte die Arme.

Schwarze Rauchfäden quollen aus Exos' Handflächen. „Was hast du getan?"

„Als Anführer der Königlichen Garde ist es meine Pflicht, Destoria vor denen zu verteidigen, die es zerstören wollen. Selbst wenn die Bedrohung jemand ist, der auf seinem Thron sitzt.“

Exos nickte und lachte, ihr Geist wirbelte. „Verrat, Arias? Vielleicht hast du doch ein Rückgrat.“ Sie schlüpfte in ihre seidenen flachen Schuhe. „Aber das war nicht gut geplant. Deine Männer sind nicht die Einzigen, die für ihre Königin kämpfen werden. Du wirst diejenigen ausweiden müssen, die du zu beschützen geschworen hast. In meinem Verlies warten Monster, alle hungrig und begierig darauf, losgelassen zu werden. Bist du bereit für unschuldiges Blut an deinen makellosen Händen?“

„Kein unschuldiges Blut wird vergossen. Das endet hier und jetzt.“ Er zog sein Schwert aus der Scheide und richtete es auf sie.

Ralmeath fuhr ihre Krallen aus, und Kaem holte mit ihrer Stachelpeitsche aus. Frok und Dally nickten sich unter Ralmeaths Schnauze zu und holten erneut tief Luft.

Exos stand reglos, mit einem breiten Grinsen auf ihren purpurroten Lippen. „Drei Außenseiter und zwei kleine Ratten wollen gegen die Königin der Insel kämpfen? *Dann lass uns anfangen.* Es ist eine Ewigkeit her, seit ich einen guten Kampf hatte.“

Kaem peitschte aus und schlang das Leder mit den Widerhaken um Exos’ Handgelenk. Sie zog kräftig und riss die Haut an ihrem Unterarm auf. Exos kreischte und wich

Frok und Dally aus, die wie ein wütender Schwarm feuerrülpsender Bienen um sie herumschwirrten.

Exos streckte ihre Hand nach Kaem aus und ballte sie zur Faust. Mit einem widerlichen Knirschen verdrehten und knickten Kaems Beine ein. Die Quichyrd schrie vor Schmerz auf, als sie zu Boden sank und ihre verstümmelten Glieder umklammerte.

Exos zog die Widerhaken aus ihrer Haut und ließ die blutige Waffe zu Boden fallen. Ralmeaths ausdrucksvolle braune Augen verdunkelten sich, und sie stürmte auf allen vieren auf die Königin zu. Exos streckte die Hand aus und konzentrierte ihre Magie, um den riesigen Bären vom Boden zu heben und seinen massigen Körper zur Decke zu schleudern. Trotz ihres Schlags und Tretens blieb Ralmeath fest an der Decke haften, gehalten von wispernden, tintenfischartigen Tentakeln schwarzer Magie. Weitere Tentakel griffen nach Frok und Dally und schleuderten sie gegen die Fenster hinter ihr. Das Glas zerbarst. Dally und Frok kreischten, als sie gegen die gegenüberliegenden Wände des U-förmigen Rubinpalasts prallten.

Nachdem die anderen ausgeschaltet waren, trat Exos auf Arias zu. Arias reagierte schnell, erhob sein gehärtetes Schwert und rammte die Spitze in die Mitte ihrer Brust. Sie zuckte zusammen und spannte ihren Kiefer vor Schmerz an.

Der stechende Schmerz entfachte den bodenlosen Zorn in ihr.

„Wir hätten etwas Wunderschönes sein können", sagte sie wehmütig. „Leb wohl, Arias." Exos hob ihre Hände in seine Richtung.

Ein erdrückender Druck breitete sich in seinem Brustkorb aus. Sein Herz schlug unregelmäßig und donnernd unter der unsichtbaren Belastung. Sein Atem wurde zu keuchenden Schnappern. Er ließ sein Langschwert fallen und griff sich an die Brust. Innerhalb weniger Sekunden verstummte der vertraute Herzschlag. Als sein Sehvermögen schwand, schleuderte sie seinen Körper mit ihrer dunklen Kraft durch das Fenster, wobei weitere Teile der kunstvollen Glasdarstellung zersprangen.

„Nein!" kreischte Kaem, unfähig, sie von dieser grausamen Tat abzuhalten.

Der Wurf schleuderte seinen behaarten, gepanzerten Körper in den Innenhof, wo er mit einem widerlichen Knirschen von Knochen und Fleisch auf Stein auf seine gewundenen Hörner aufschlug. Der Sturz war hoch, und der Akiah starb beim Aufprall.

Die Königin starrte durch das zerbrochene Fenster auf seinen leblosen Körper und schluckte schwer. „Verräterischer *Feigling*." Ihre Lippe zitterte. Sie biss hart zu, um es zu stoppen.

Kaem rappelte sich auf und schleuderte ihre Peitsche vom Boden aus, wickelte sie um Exos' Hals. Abgelenkt von stechenden Schmerzen verlor die Königin den Fokus, und Ralmeath stürzte von der gewölbten Decke herab, wobei sie den Steinboden unter sich zerbersten ließ. Exos keuchte, als Metallteile in das zarte Fleisch ihrer Kehle schnitten und sich mit ihrem Kampf immer fester zuzogen. Ihre verzweifelten Fingerspitzen krallten sich in das Ledergeflecht, um es loszureißen. Blut rann über ihr porzellanfarbenes Fleisch, während Kaem sie rückwärts zog und sie zu Boden schleuderte. Die Risse breiteten sich weiter aus und teilten sich zu einer beträchtlichen Spalte. Die Trennung der Seiten der Kluft ließ zerbrochene Steinchen in den Speisesaal unter ihnen rieseln.

Exos gurgelte einen Schrei, versuchte mit ihrer Magie zu entkommen. Sie konnte sich nicht konzentrieren, während sie nach Luft rang. Kaem riss heftiger an der Peitsche. Das Metall grub sich in Exos' Luftröhre, während ein feuchtes Pfeifen ertönte. Exos griff nach Arias' zurückgelassenem Langschwert und umklammerte den Griff. Mit etwas Glück schwang sie es ungeschickt über ihren Kopf und durchtrennte die geflochtenen Lederriemen und befreite sich.

Bei all dem Tumult und Ralmeaths Versuchen, sich aufzurichten, brach mehr vom Boden unter ihnen weg, sodass sie alle zusammen mit Brocken des Steinbodens in die Ebene darunter stürzten. Kaem und Ralmeath krachten auf einen der Donik-Holztische und zerschmetterten ihn. Exos prallte gegen einen Tisch neben ihnen, kippte ihn durch die Wucht zur Seite, und rollte auf den Boden. Sie sog gierig Luft ein und spähte durch die Lücke zwischen Bank und Tisch nach ihren Feinden.

Ralmeath setzte sich auf und blickte zu Kaem, die schwach krächzte.

Exos blickte zu den geborstenen, drohenden Steinbrocken der Decke darüber und beschwor ihre Magie, um einige davon loszubrechen. Als sie sich lösten, warf sich Ralmeath über Kaem und schützte die Kriegerin gerade noch rechtzeitig. Die graue Platte krachte auf den Rücken des Bären.

Exos wartete und beobachtete jede Bewegung. Der Steinbrocken blieb regungslos.

Zufrieden rappelte sich Exos auf. Sie griff sich an die Wunden an ihrer Kehle, Blut tropfte auf ihre Brust und färbte das scharlachrote Tuch über ihrem Busen. Sie gurgelte und keuchte, während sie den Korridor hinunter zum entfernten Ausgang ging, Richtung Verlies.

Als sich die Tür hinter ihr ächzend schloss, bewegte sich der Steinhaufen.

BRRRRAAAAAAAAAH!

Ralmeath stemmte sich und brüllte, kämpfte darum, die Platte wegzudrücken und sie zu befreien. Als sie sie zur Seite schob, blickte sie auf Kaem hinab, deren Beine verdreht und verstümmelt waren. Frok und Dally schauten durch den eingestürzten Boden, mit ein paar Kratzern auf Bäuchen und Wangen, aber sonst unversehrt.

Ralmeath kniete neben Kaem nieder und stieß ein trauriges Brüllen aus. Sie grub ihre Krallen in Kaems Hosentasche und zog Auroras grüne Geweihspitze hervor. Sie hielt das winzige Stück Geweih, das von ihren massiven Pranken winzig wirkte, und brach es entzwei. Sie rieb die beiden Enden aneinander und bestäubte Kaems geöffneten Schnabel mit dem heilenden Pulver.

Nach langer Stille hustete Kaem, verzog das Gesicht, als sie ihre Beine zurück in Position ruckte. „Was für eine Schlampe."

51

Das Verlies des Rubinpalasts
Desdemona, Willowdale

Quistix starrte in die lodernden roten Augen eines karmesinroten Seelenschnitters und feuerte rein aus verängstigtem Reflex einen Eisbolzen ab. Der Eiszapfen ging daneben, prallte am grauen Steintunnel hinter ihr ab und zerbrach dann wie Glas in Millionen Teile auf dem Boden. Der Seelenschnitter grinste ein grauenhaftes Lächeln voller Zähne, ein Ausdruck der Freude, der eher wie eine abscheuliche Grimasse wirkte.

Der heimtückische Geist griff sie an, warf sie rückwärts die schmutzigen Stufen hinunter in Richtung Hadinas Grab und fegte dabei Twitch beiseite. Der Wyl fuhr seine spitzen

Krallen aus und zerfetzte das verrottete, untote Fleisch des Seelenschnitters in einer schnellen Bewegung wie ein Tiger. Der Seelenschnitter brüllte vor Schmerz über die heftigen Angriffe des Wyls. Während sein Maul offen stand, kehrte sich der ohrenbetäubende Schrei um und saugte Quistix mit gewaltiger Kraft auf sich zu. Sie heulte vor Schmerz.

Twitch schlug erneut mit einer Serie bösartiger Schnitte zu, und die verfaulten Organe der Kreatur quollen als widerlicher Haufen ranziger Eingeweide und Galle heraus. Der Seelenschnitter erschlaffte und sank über seine eigenen Innereien.

Quistix warf Twitch ein halbes Lächeln zu. „Gut gemacht!"

„Ich weiß." Twitch grinste überheblich. Das Fell seines Gesichts war mit dunklem Blut besprenkelt.

Außer Atem zuckte sie zusammen, als seine pfotenartige Hand in einem üblen Klatscher auf ihre traf und ihre bereits schmutzige, elbische Hand mit gerinnender Flüssigkeit überzog.

„Einer weniger." Er wischte sich die Pfoten an seinen zerlumpten Hosen ab und zog seinenBogen.

Das Duo stieg über den widerlichen Kadaver und begab sich die Treppe hinauf zu den engen Katakomben. Sie musste sich durch eine besonders schmale Stelle quetschen, wobei ihre metallenen Brust- und Rückenplatten an den

Wänden schabten. Ihr Herz pochte in der Brust, und sie war dankbar, dass Aurora zugestimmt hatte, draußen zu warten.

Sie schlichen die lange Treppe hinauf. Ihre Gedanken wanderten zu Kaem, Ralmeath und Frok. Sie fragte sich, wie es ihnen auf ihrer Seite erging.

Doch sie würde nicht lange rätseln müssen.

ROOOOOOAAAAAHHHHHHHH!

Ralmeath knurrte bösartig. Es klang wie ein stöhnender Felsbrocken, der sich an etwas Rauem rieb, und ließ den Boden mit seinem mächtigen Bass erzittern. Twitch krallte sich an die Steinwand neben sich, presste seinen Rücken dagegen und atmete schwer.

„Alles okay?" Quistix sah besorgt aus.

„Ja. Rally ist nur *wirklich* furchterregend, wenn sie wütend ist." Er drehte sich zurück zum Licht am oberen Ende der Treppe. Er spannte seinen Bogen und stürmte zwei Stufen auf einmal hinauf, während er gewalttätiges Gekrächze und das Klirren von Bärenklauen hörte, die über Stein schliffen.

Quistix zog den *Schwertbrecher* aus ihrem Lederriemen und machte sich bereit. Seine Schwere lastete auf ihr, obwohl ihre Rüstung leicht war, aus einer Art Metall, das sie in all ihren Jahren als Schmiedin noch nie gesehen hatte. Zwischen all der Magie, die Hadina ihr entzogen hatte, der Wucht der Last und der körperlichen Anstrengung des

Kampfes gegen die Hexe war sie erschöpft. Es beunruhigte sie, so ausgepowert erneut in die Schlacht zu ziehen.

BRAAAAAAAAHHHH!

Quistix hörte ein weiteres Brüllen, als sie die Treppe hinter einer niedrigen Kistenwand am Eingang des Verließes durchbrach. Sie und Twitch duckten sich, ließen kaum die Spitzen ihrer Köpfe hervorschauen, während sie das Gelände erkundeten. Der längliche Raum war riesig, über fünfzehn Meter lang und fast sechs Meter breit, mit abgerundeten Ecken wie ein Ei, das sich zu einer offenen Tür auf der anderen Seite hin verjüngte. Dahinter türmte sich ein bergiger Schutthaufen. *Der obere Eingang,* dachte Quistix. Das rechteckige Licht zeigte einen Speisesaal mit einem Palastausgang am anderen Ende.

Zwischen den Wänden aus drogengefüllten Kisten drängte sich ein Haufen untoter Wesen gefährlich nah an Ralmeath heran. Zweiköpfige, geschwänzte Infernaler fauchten und knurrten, begierig auf frisches Blut. Zwei bösartige, karmesinrote Seelenschnitter beobachteten die Szene und kreischten geisterhaft, ihre roten Augen glühten.

Die Ränder des Raums waren vollgestopft mit gestapelten Kisten, die auf den diagonalen Holzstreben mit Schablonenbuchstaben als*DIKEEKA* gekennzeichnet waren, genau wie die, die sie auf der Schiffsreise von Evolt gesehen hatten.

„Das muss der Ort sein, an dem Exos ihre Vorräte bunkert. Sie enthält sie den Destorianern vor. Sie versucht wahrscheinlich, die Leute süchtig zu machen, um die Versorgung abzuwürgen und als Hauptdealerin die Kontrolle zu übernehmen. Sobald die Leute süchtig sind, werden sie *jeden* Preis für dieses Gift zahlen", murmelte Twitch.

Plötzlich erleuchtete ein runder Kreis aus neongrünem Licht und Platinsprühen auf der linken Verlieswand und unterbrach ihre Bemühungen kurzzeitig. Der sich drehende Kreis wurde in der Mitte schwarz, und das blendende Licht und die Farben um ihn herum intensivierten sich. Die Öffnung wurde glasig wie ein teerschwarzer Wahrsagespiegel und wirbelte dann nach außen, wodurch sich ein Tunnel in der Mitte bildete.

Zuerst kamen schwarze Federn mit grün schillernden Spitzen heraus, die sich an den leuchtenden Seiten des Kreises im Stein festkrallten und den Körper der damit verbundenen Quichyrd durch das Portalloch zogen.

„Was zum...?" Quistix konnte Kaem über die steinerne Weite hinweg sagen hören.

Als die uralte Quichyrd durch den Tunnel schlüpfte, lächelte sie. Die reptilienartigen Schuppen ihres Gesichts wirkten unter den Federn, die aus ihren verschiedenen Gesichtszügen sprossen, von den Verwüstungen der Zeit gezeichnet. Ihre limettengrünen Augen leuchteten wie zwei Leuchtfeuer durch das Verlies, nur erhellt von den schwachen, ewigen Fackeln, die alle paar Meter an den Wänden brannten.

„*Ceosteol*", flüsterte Twitch der verblüfften Kriegerin neben ihm zu, „*die Erschafferin der Untoten.*" Er starrte Quistix einen Moment lang an, während sie ehrfürchtig neben ihm hockte und das Schauspiel betrachtete. Es fiel ihm leicht zu vergessen, dass sie vor nur wenigen Monaten noch eine einfache Schmiedin auf einem grasbewachsenen Hügel in Bellaneau gewesen war, die noch nie einen Bruchteil der Wunder und Albträume Destorias gesehen hatte.

„Da bist du ja, du abgehärmter alter Truthahn! Das kannst du nicht machen", schrie Kaem, knurrte und humpelte schmerzhaft hinter einer Dikeeka-Kiste hervor. „Wir werden nicht zulassen, dass du unser Land mit deinen kleinen Spielzeugen verwüstest", krächzte sie vom anderen Ende der linken Wand.

Ralmeaths gutturales Brüllen erhob sich aus der Mitte eines Haufens von Seelenschnittern. Sie fletschte die Zähne.

Kaem knotete die abgetrennten Enden ihrer Peitsche mit einem hässlichen Knoten zusammen. Ceosteol hob eine Hand, um einen Zauber zu wirken, und Kaem schlug damit hart nach der alten Frau. Das stechende Ende verfing sich fest an ihrem ausgestreckten Flügelarm und ließ sie sofort bluten. Seltsamerweise sahen die Quichyrds ähnlich aus, abgesehen von den zerlumpten Waisenlumpen, die Ceosteol trug, und ihren moosgrün leuchtenden Augen.

Kaem wirkte wie eine jugendlichere Schwester der uralten Quichyrd, vernarbt und kampferprobt, aber immer noch listig und schlau. Ihre stahlbeschlagene Lederrüstung war mit schwarzer Schleimschicht bedeckt, derselben Substanz, die aus dem Haufen zerfetzter schwarzäugiger Wesen sickerte, die reglos neben der Kiste lagen. Ralmeath hatte ganze Arbeit an den Monstrositäten geleistet. Sie sahen jetzt aus wie ein Klumpen brandiges Pulled Pork.

Die Ranke unter Quistix' Stiefel begann sich zu winden und zu zucken wie eine plötzlich lebendig gewordene Schlange.

„Äh, Q, was zum—"

Twitch wurde von einer dicken Ranke unterbrochen, die seine Schnauze fest umschlang und seine Kiefer zusammenpresste. Sie untersuchte den Boden unter ihren Füßen und sah ein Netz braunen Blattwerks, das sich schnell ausbreitete, ihre Beine umschlang und sich wie eine Boa um ihre Gliedmaßen wand.

Quistix schlug die Klinge des *Schwertbrechers* herab und durchtrennte einige der Ranken. Sie hackte wieder und wieder, zerschnitt das Blattwerk in Stücke. Es hatte Twitch gepackt, hob ihn vom Boden und über die Kisten in abgehackten Bewegungen auf und ab. Die Ranken warfen ihn direkt ins Blickfeld der ruchlosen Horde vor ihnen. Seine gedämpften Grunzer und Zappelversuche waren nutzlos.

„Halt durch, Twitch!" Quistix hackte auf den dicken, stammartigen Wurzelstrang ein, der den Wyl in der Luft hielt, und nagte mit jedem Schlag Stücke heraus.

„Da bist du ja, Quizzy!" Froks piepsige Stimme hallte durch die feuchte Luft des Verlieses, bevor sie sich zu Ceosteol umdrehte und der alten Quichyrd Feuer ins Gesicht spuckte. Ein Teil ihres Gefieders versengte, ließ Ceosteols schuppige Haut kahl zurück, entblößt von Brust- und Gesichtsfedern. Sie klopfte die Flammen auf ihrer ruinierten Kleidung mit einer gekrallten Hand aus, aber es war zu spät. Die schmutzigen Fetzen Stoff und Federn fielen in verbrannten Flecken zu Boden.

„Nova vestimenta sua!" Sie murmelte die Worte, verlegen. Ein pflaumenfarbenes Gewand erschien und bedeckte ihre traurige, nackte Gestalt erneut bescheiden.

Quistix hielt mitten im Hieb inne und ließ den *Schwertbrecher* fast fallen, als sie die Quelle ihres Elends erkannte.

Sie hätte es wissen müssen...

Es war Exos, zusammengesackt im Graben zwischen der rechten Wand und einem Haufen doppelt gestapelter Dikeeka-Kisten, verborgen vor der Schar der Monstrositäten. Giftig aussehende Flüssigkeit tropfte in Rinnsalen aus den Wunden an ihrer Kehle, hinab zu ihren keuchenden Brüsten.

Exos funkelte in ihre Richtung, verwundet und erschöpft. Die Ranken pulsierten mit ihrem keuchenden Atem. Selbst aus der Ferne konnte Quistix ihr Gurgeln wegen der Verletzung hören. Und doch, selbst im Versteck, mit einem Bruchteil ihrer Kraft, war die Hexe, die sie seit Monaten jagte, immer noch so mächtig. Mächtig genug, dass Twitch hoch über ihren Köpfen schwebte und verzweifelt an der Ranke kratzte, die seinen Torso umschlang.

Ceosteol schrie von der gegenüberliegenden Raumseite, jenseits der Bestien: *„Plumis novis!"* Sie ballte ihre Krallen, als hätte sie einen Schlaganfall. Plötzlich sprossen neue schwarz-grün gespitzte Federn zwischen ihren hässlichen, echsenartigen Schuppen hervor.

Frok und Dally flatterten zusammen und besprühten einen knurrenden, geschwänzten Infernal mit einer Feuerfontäne aus ihren winzigen Mäulern. Er jaulte mit beiden knurrenden Schnauzen, schrie vor widerhallendem Schmerz. Er stolperte ungeschickt davon und entzündete dabei den karmesinroten Seelenschnitter neben sich. Die

Pleoms klammerten ihre winzigen Krallen zusammen zum Feiern.

„Wir sind ein tolles Team", rief Dally.

„Ich wünschte, 'Rora hätte das sehen können!" Frok kicherte.

RAAAAAAAAAA!

Ralmeath brüllte, um sie vor der Gefahr hinter ihr zu warnen. Ceosteol streckte ihre Krallen aus und schoss einen Eiszapfen auf Frok ab, der den Drachen um Haaresbreite verfehlte.

Als Quistix ihre neu gewonnene Familie in Gefahr sah, überkam sie kochende Wut und gab ihr einen zweiten Adrenalinschub.

Sie würde sie nicht wie Danson im Stich lassen.

Sie *konnte* es nicht.

Schnell denkend wusste Quistix aus ihrer letzten Begegnung mit Hadina, dass sie mit Eisbolzen besser zielte, da Feuer unberechenbar und unkontrollierbar war. Sie beschwor einen großen Eiszapfen in ihrem Geist und konzentrierte sich darauf, wie er in ihr heranwuchs. Ihre Augen wurden weiß wie Wolken, und sie knurrte. Ihr Arm schnellte in Richtung Exos, und der Bolzen schleuderte die rabenhaarige Zauberin rückwärts und durchbohrte sie an der Schulter. Ihr Körper prallte gegen eine Kiste und zerschmetterte die Glasfläschchen darin.

Twitch fiel zu Boden. Er stolperte, keuchte und wand sich schnell aus den dicken Ranken, die ihn umschlungen hatten.

Hinter einem kleinen Stapel Kisten versteckt, ergriff Ceosteol Besitz von einem ihrer knurrenden Infernaler. Sie beobachtete durch beide Augenpaare, wie er sich auf Twitch stürzte, und war bald erschrocken, als er mitten in der Luft gestoppt wurde. Ralmeath hatte ihn gepackt und hielt beide Köpfe von ihrem Körper weg, weit genug, um außerhalb der Reichweite seines Schwanzes zu sein. Mit einem kräftigen Riss zerteilte sie den Infernaler. Sie schleuderte die Hälften gegen die Wand und machte sie damit unschädlich. Ceosteol richtete ihren Fokus neu aus und ergriff Besitz von einem anderen.

Twitch fasste sich an den Hals und nickte Ralmeath dankbar zu, dann hob er die Überreste seines Bogens auf. Die Ranken hatten ihn zerdrückt. Nun war er nur noch nutzlose Schnur und Splitterholz.

„Äh, Quistix?!“, schrie Twitch.

Sie drehte sich zu ihm um und bemerkte den zerbrochenen Bogen in seinen zitternden Händen. Quistix erinnerte sich an einen der Zauber, die Professor Glenshire ihr in Apex beigebracht hatte, und kämpfte darum, ihn zu wirken. *„Ligwam restituet“*, rief sie und zeigte mit dem Finger auf seine Waffe.

Nichts geschah.

„Sollte da etwas...?“ Twitch schien verwirrt.

Quistix stöhnte.

Ralmeath packte einen der Infernaler, umklammerte seinen Schlangenschwanz und riss ihn vom Rest des Körpers ab. Die untoten Höllenhunde kreischten vor Schmerz. Sie schleuderte den Rest des Körpers in die anderen, warf zwei weitere um, während sie sich den nächsten schnappte, um ihn zu erledigen.

Kaem wickelte ihre Peitsche um die Hand, um sie für den Nahkampf anzupassen, während sie den Rest der Gruppe antrieb. „Quistix, gib mir deine Axt!“

Völlig auf ihre Magie konzentriert, warf Quistix den *Schwertbrecher* über das Meer aus fletschenden Zähnen und zischenden Schwänzen zu Kaem, die ihn am verbogenen Metallgriff aus der Luft fing. Kaem schlug die knirschenden Kiefer mit ihrer Peitsche zu. Dann trat sie auf den Riemen zwischen ihnen, pinnte die Köpfe der Infernaler am Boden fest und schlug den *Schwertbrecher* auf den ersten Kopf, dann auf den zweiten, wich ihren giftigen Schwänzen aus und hieb auf sie ein, bis die Bestien völlig bewegungsunfähig waren.

Es war Ceosteol zu viel, ihre Kinder fallen zu sehen. Sie suchte sich ein anderes Ziel.

Hinten schnappte ein Infernaler mit beiden Kiefern, hüpfte unbeholfen auf den Hinterbeinen und sprang in die Luft, um Frok zu schnappen. Seine Zähne klappten mit einem harten, feuchten Schlag zusammen, während er wild nach den Pleoms schnappte. Frok stieß einen ängstlichen Schrei aus und schwirrte von der Bestie weg. Ceosteol schoss ihren eigenen breiten Eisstrahl durch die Luft und brachte Frok und Dally hinter einigen Kisten zu Boden. Die untoten Hunde jagten sie durch das hölzerne Labyrinth wie Jagdhunde.

„*Lignum restituet*!" Diesmal funktionierte der Spruch, und Twitchs Bogen setzte sich vor seinen Augen wieder zu einem Stück zusammen.

„Ja!" Egal wie oft er die Elfe Magie wirken sah, er glaubte nicht, dass er sich jemals daran gewöhnen könnte.

Krallen schlitzten, Äxte sausten, und losgelassene Pfeile zischten durch den länglichen Raum. Betäubende Peitschenhiebe und donnernde Schläge hallten wider, als Skelettkörper gegen die Wand geschleudert wurden. Über dem Lärm ertönten die schrillen Schreie der Pleoms.

Quistix schrie: „Ich komme, Frok!"

Als sie über die Kisten kletterte und zu denen in der Nähe von Frok sprang, rappelte sich Exos mühsam auf. Flüssigkeit strömte aus ihren neuen Verletzungen. Twitch legte einen Pfeil ein und schoss ihn ihr in den unteren

Rücken, durchbohrte ihn sauber und trieb ihn gerade durch ihren Magen.

Exos drehte sich zu ihm um. Sie war in einem schrecklichen Zustand. Er zielte erneut und schoss einen weiteren Pfeil ab, doch sie fing ihn mitten in der Luft mit einer erschreckenden Präzision. Sein Kiefer klappte vor Erstaunen herunter über die Geschwindigkeit, die man brauchte, um so etwas zu schaffen. Sie zerbrach den Pfeil mit ihren kräftigen Fingern. Blut tropfte von ihren grinsenden, roten Lippen. Sie warf ihn zu Boden und riss den in ihrem Magen heraus, verzog das Gesicht vor Schmerz. Sie taumelte auf ihn zu und zeigte damit auf ihn. An der Spitze klebte noch ein Stück Fleisch.

„Das wird mir Freude bereiten." Sie lachte. Doch das Lachen verwandelte sich in einen Husten, und mehr Blut spritzte aus ihrem Mund, als sie je im Leben getan hatte.

Frok und Dally sprangen in die Luft, um der knurrenden zweiköpfigen Kreatur unter ihnen zu entkommen. Ceosteol warf einen weiteren Zauber. *Blitz.* Ein blendender, gezackter Strahl aus Elektrizität knallte wie eine Quallententakel in die Luft. Er zuckte genau zwischen ihnen hindurch und wirbelte die Pleoms in verschiedene Richtungen.

Rechts sah Quistix, wie Exos sich Twitch stellte. Sie schlich sich hinter die verwundete Königin und trat Exos in die Kniekehle, worauf diese wie ein Baum umstürzte. Während sie fiel, packte die gepanzerte Kriegerin eine Handvoll von Exos' schwarzem Haar und schmetterte ihren Kopf gegen die Felswand, bevor sie ihren Körper zu Boden warf.

Twitch stürmte zu Frok und Dally, und Kaem pfiff schwach. Er blickte auf, und die Quichyrd warf ihm eine kleine einseitige Axt von einem der Schlaufen ihres Waffengürtels zu. Er fing sie in der Luft und wirbelte herum, hackte mit der Waffe auf die Köpfe der hungrigen untoten Wölfe ein. Die Schreie der Pleoms erklangen unter den bösartigen Knurrlauten, während er die Bestien erbarmungslos zerhieb.

Als Exos sich mühsam erhob, murmelte sie: „Das ist nicht wie in den Fabeln, wo wir als Gleichgestellte kämpfen."„Das", hustete sie, jedes Wort eine Qual, „ist die Geschichte, in der ich dich zermalme wie das Ungeziefer, das du bist." Sie spuckte mehr rubinroten Schleim aus. „Weil ich es *kann*. Weil ich es *will*." Blitzschnell beschwor sie ein gezacktes Stück Dikeeka-Flasche vom Boden und schlug damit auf ihre elfische Gegnerin ein. Es prallte an Quistix' metallener Brustplatte ab.

Sie trat Exos ins Handgelenk, um sie zu entwaffnen. Die Scherbe flog durch die Luft und setzte sich erstaunlicherweise wie an einem elastischen Band zurück in Exos' Handfläche.

Selbst verwundet war Exos mächtig.

Exos stach in die ungeschützte Naht zwischen Quistix' vorderer und hinterer Beinpanzerung und durchtrennte das Fleisch ihres rechten Oberschenkels. Quistix heulte auf und hielt sich die Wunde.

Exos grinste. Nach monatelanger Jagd auf die Elfe und dem Stück-für-Stück-Zerstören ihres Lebens freute sie sich, sie diesmal *persönlich* zu verletzen.

Ein Knurren ertönte.

Quistix reckte den Hals, um einen geschwänzten Infernal hinter sich zu sehen, der gleichzeitig mit beiden Mäulern leckte. Das untote Wesen knurrte und fletschte beide Reihen seiner verrottenden Zähne.

„Q, pass auf!" krächzte Kaem von einer Dikeeka-Kiste in der Ecke aus, während sie ihre eigene Spitze von Auroras Geweih zu Staub zermalmte. Ohne den Einsatz beider Beine würde die Befreiung wesentlich schwieriger werden.

Drei verwesende Kreaturen umzingelten Quistix, und sie wich gegen eine Wand zurück, bereit für einen Angriff. Doch die Infernaler gingen vorbei, ihre bösen grünen Blicke auf ihr eigentliches Ziel gerichtet:

Exos.

Sie umschwärmten die Königin wie eine Schar loyaler Diener. Ihre verlängerten Zehennägel klackerten auf der rauen Steinoberfläche des Verlieses. Schlangenschwänze klapperten, bereit zuzuschlagen. Einer heulte, blutdürstig, und wartete geduldig auf das Wort seines grünäugigen Meisters. Sie lechzten nach Gewalt.

„Was soll das?" Exos lachte Ceosteol aus. „Ich dachte, wir ziehen hier an einem Strang?"

Darüber brach Ceosteol in schallendes Gelächter aus, dass sie fast auf den Steinboden stürzte. Sie musste sich an der Wand neben dem noch funkelnden Portal abstützen. „Das kann nicht dein Ernst sein." Sie fand schließlich ihre Fassung wieder. „Du hast mich auf jede erdenkliche Weise über die Jahre benutzt. Alles, was du bist, verdankst du mir. Dafür schäme ich mich. Von all den Monstern, die ich erschaffen habe, *bist* du bei weitem das schlimmste. Du verwöhntes, anspruchsvolles, verzogenes *Geschöpf*. Du hast mir jahrzehntelang eine Karotte vor die Nase gehalten wegen meiner Kinder." Sie lächelte einen der Infernaler an, der sie anschaute und mit seinem Klapperschwanz wedelte wie ein glücklicher Hund. „Vielleicht, weil du nicht einmal weißt, wie Loyalität aussieht. Vielleicht, weil du den Wert von *Gehorsam* nicht kennst. Die Freude der *Schöpfung*..." Die neonfarbenen Augen der Quichyrd schienen vom Wahnsinn ergriffen. „Es ist Zeit, dem ein Ende zu setzen. Es ist Zeit, das zu tun, was ich hätte tun sollen, als du noch ein *sadistisches* kleines Mädchen warst!"

Exos blickte sich um, die Arme schützend erhoben, während sie versuchte, alle Monster im Blick zu behalten. „Hör—"

Ceosteol unterbrach sie mit einem dröhnenden Kreischen. *„Impetum! Infantes meos!"*

Exos wurde von einem brutalen Infernaler angegriffen und rückwärts geschleudert. Sie landete hart mit einer Wucht, die ihr die Luft aus den bereits schwachen Lungen presste. Sie stemmte sich auf zitternden Händen hoch, nur um sich Auge in *Augen* mit einem krätzigen, doppelköpfigen Infernaler wiederzufinden. Sein Atem stank nach Verwesung. Seine Haut roch nach *Fäulnis*. Eiskalte Tropfen Galle tropften von seinen Reißzähnen. Ichor und Eiter quollen aus offenen Wunden, wo sein freiliegender Brustkorb durch fleckiges, fehlendes Fell schimmerte.

Exos versuchte aufzustehen, doch im Nu spürte sie, wie seine eiskalten Klauen in ihre Schultern schnitten und ihr blasses Fleisch zerfetzten, während er sie wie einen Berg erklomm. Ein anderer rammte seine schweren Pranken in sie und schleuderte sie gegen die Steinwand unter einer ewig brennenden Fackel. Ein weiterer tobte gegen ihre schlanken Beine und biss mit giftigen, plaqueüberzogenen Zähnen in die Knochen darunter.

„Ceosteol, schaff diese elenden Dinger von mir weg!"

„Es ist endlich vorbei, Exos. Für uns beide." Sie genoss die Macht, die durch sie strömte, die Hände vor Adrenalin zitternd.

„Bitte, überdenk es noch einmal", flehte Exos, ihre Stimme klang nicht mehr wie ihre eigene.

„In meinen Jahren der Knechtschaft habe ich dies tausendfach überdacht und wieder überdacht." Der Kosmos wirbelte in Ceosteols Augen und erhellte ihre harten vogelähnlichen Züge mit einem galaktischen Leuchten. „Ich bin nur traurig, dass ich es nur einmal erleben darf." Sie stieß ein meckerndes Lachen aus und schrie dann: *„Gutture!"*

Ein weiterer Infernaler sprang auf Exos. Sein eisiger Speichel klatschte ihr ins Gesicht, kurz bevor er seine kräftigen Kiefer in ihre nässende, verwundete Kehle schlug.

Und dann rüttelte er.

Alle drei Bestien verbissen sich, ihre Zähne rissen direkt durch ihr Fleisch. Sie versuchte zu sprechen, versuchte um Hilfe zu schreien, doch der würgende Druck um ihren Hals erlaubte nichts als feuchte Hustenstöße und blutiges Gurgeln. Blut strömte aus den Wunden und übergoss Exos in einem Wasserfall ihrer eigenen lebenssprühenden Jenseitskraft.

Sie taumelte zu Boden. Ein überwältigendes Gefühl von Entsetzen und lähmender Angst überkam sie, während ihr Atem durch die neuen, klaffenden Löcher entwich. Ein metallischer Geschmack erfüllte ihren Mund. Ihre Lungen brachten nicht einmal den schwächsten Schrei zustande, und ihr Blickfeld verengte sich, verdunkelte sich, bevor ihr Sehvermögen vollständig versagte. Exos zuckte heftig auf dem Boden. Ihr Kopf schlug mit einem mehrfachen widerlichen Krachen gegen den Stein.

Sie lag nahe der Stelle, wo sie vor all den Jahren Hadina gefoltert hatte. Als sie in den Äther dahindämmerte, hörte sie die Stimme ihrer Mutter:

„Die Dunkelheit ist gekommen," hauchte Hadina.

Während Ceosteol von dem Gemetzel und dem Tod der Königin vor ihren unnatürlichen Augen gebannt war, griff Ralmeath die Quichyrd an, warf ihren gebrechlichen, alten Körper gegen eine Wand aus Holzkisten und zerschmetterte deren Bretter und den Glasinhalt. Die Wucht des Aufpralls überzog beide augenblicklich mit schwarzer, schillernder Flüssigkeit. Ralmeath hob eine Pranke, um der Alten ins Gesicht zu schlagen, doch ihre Neonaugen trafen Ralmeaths, und sie warf einen Windstoßzauber, der den schneeweißen Bramolt-Bären rückwärts in weitere Kisten schleuderte.

Angestachelt von Ralmeaths Schreien, erwachte ein karmesinroter Seelenschnitter zum Leben und schlang seine gespenstischen Skelettarme um Twitch. Er brach in einen umgekehrten Schrei aus und verursachte dem Wyl qualvolle Schmerzen. Frok und Dally, angeschlagen nach ihrem Infernal-Angriff, flatterten ihm zu Hilfe, warfen Brocken aus zerbrochenem Glas und Holz auf die Kreatur, wohl wissend, dass ihre feurigen Rülpser dem Wyl in solcher Nähe schaden würden.

„Kaem! *Schwertbrecher!* Her damit!"

Kaem griff die blutverschmierte Klinge und warf sie Quistix zu.

Quistix fing den *Schwertbrecher* aus der Luft und machte sich bereit, einen Schlag zu führen, während sie die blutige Stoffbahn vom Hemd ihres Sohnes umfasste, die noch am Griff hing. Die Nähe machte ihre Wildmagie zu unberechenbar, und sie würde sich niemals verzeihen, wenn sie Twitch verletzte.

Die Infernaler huschten vor der üblen, schwarzen Lösung davon, die sich um Ceosteol sammelte, und drängten sich in der fernen Ecke nahe dem Durchgang zum oberen Palast zusammen. Der berauschende Schnaps gluckerte aus versiegelten Behältern und füllte die Risse und Spalten zwischen den Steinen des gepflasterten Bodens. Ceosteols moosgrüne Augen rissen auf, als sie begriff, wie sehr sie davon durchtränkt war. Sie hatte die Droge vor vielen Jahren erschaffen – größtenteils aus Versehen – und wusste nur zu gut, wie entflammbar die Lösung war.

„Hey, du!" Dallys piepsige Stimme schrie den Seelenschnitter an, als er ein gebrochenes Holzbrett auf seinen Kopf schleuderte. „Lass Twitch los!"

Als das Brett dem rotäugigen Gespenst auf die Stirn knallte, ließ es den Wyl fallen und streckte seinen gespenstischen Arm auf unheimliche Weise aus, schnappte sich den Pleom direkt aus der Luft und warf ihn wie einen Fleischklumpen in seinen Mund. Twitch stürzte sich auf das Gespenst, während der Seelenschnitter den Drachen mit seinen scharfen Fängen zermalmte.

„Dally!" Frok kreischte und hüllte seine granatfarbenen Augen in einen Feuerrülpser. Der Seelenschnitter ließ sein lebendes Kau-Spielzeug fallen. Er atmete ein, sog die qualvollen Schreie des Drachen zu seinen Füßen ein und nährte sich von seinem Schmerz. Twitch tauchte hinab, um Dally vom Boden zu schnappen, und rannte hinter die letzten intakten Kisten.

Dally war in einem schlechten Zustand, voller Löcher, seine Lungen rangen nach Luft, die nicht kommen wollte. Twitch hielt ihn fest umklammert, seine Augen irrten über den zerfetzten kleinen Körper. Er zog sein Stück Esteg-Geweih mit zitternder Hand aus der Tasche, genau als ihn der Seelenschnitter angriff. Die Wucht des Treffers schleuderte das Hornstück in das dunkle Loch des Portals, und es verschwand in der Leere.

„Nein!“

Quistix und Ralmeath griffen den Seelenschnitter gemeinsam an. Der Bär rang ihn zu Boden, und Quistix hob den *Schwertbrecher* hoch über den Kopf und ließ ihn auf den Hals des Seelenschnitters niedersausen, trennte seinen Kopf mit einem sauberen Hieb vom Körper, der eine Schockwelle der Erschütterung durch ihre gepanzerten Arme jagte.

„Wo ist dein Horn? Dally... Er ist...“, schluchzte Twitch, „Es ist schlimm.“

„Ich habe es bereits zermahlen! Unten im Grab, erinnerst du dich?“ Sie sah den Drachen an. „Bleib bei uns, Dally!“

„Ich habe meins auch gerade aufgebraucht“, krächzte Kaem aus der Ecke, rappelte sich auf die Beine und humpelte vorwärts, die Peitsche bereit, die Augen auf Ceosteol gerichtet. Frok begann laut zu klagen, was die Seelenschnitter sadistisch grinsen ließ.

„Wir müssen ihn hier rausbringen! Wir müssen ihn zu Aurora bringen. Sie hält den Rest des Geweihs für uns bereit.“ Quistix fühlte sich angesichts des verletzten Pleoms hilflos. Sie zielte mit ihren Handflächen auf Ceosteol und schoss große Eissplitter. Die alte Quichyrd duckte sich, huschte gerade noch zur Seite, als die Frostbolzen in den Stein einschlugen, wo sie eben gestanden hatte.

Sie schoss einen auf Quistix zurück, traf sie mitten auf die Brust. Er prallte an der magisch verstärkten Rüstung ab, und die Quichyrd feuerte einen weiteren, diesmal mit voller Wucht zwischen die Metallplatten ihrer Rüstung, wodurch sie von unerbittlicher magischer Kraft durchgeschüttelt wurde.

„Du hast meinen Dally verletzt! Du *darfst* meine Quizzy nicht verletzen", kreischte Frok mit Tränen in den Augen. Sie legte die Flügel an und schoss wie ein Pfeil auf die Quichyrd herab. Sie sog Luft ein und rülpste laut, überflutete Ceosteols Gesicht mit Flammen und versengte den federigen Körper der alten Magierin.

Wutentbrannt schlug die Alte die Flammen ab und streckte eine offene Hand nach Frok aus. Daraus materialisierte sie einen glühenden Metallpfeil und schoss ihn erbarmungslos auf den Pleom ab, traf Frok mitten in der Brust. Der brutale Aufprall schleuderte ihren kleinen, rundlichen Körper mit einem dumpfen *Wumm* gegen die unnachgiebige Steinwand! Ihr winziger Schädel schlug hart auf, und sie rutschte mit dem Gesicht nach unten zu Boden. Regungslos.

Twitch stürmte auf den Drachen zu, hob ihn wie ein Baby in seinen pelzigen Armen hoch. Sie sah ihn benommen an. Sie lächelte. Er auch. Er war überwältigt von

Erleichterung. Bei einem solchen Treffer hätte sie sterben müssen.

Und dann hustete sie.

Blut und Speichel spritzten auf seine pelzbedeckten Wangen, und sein Lächeln verblasste sofort. Ihre winzige, keuchende Stimme sprach, die Augen groß und unschuldig. „Wirst du 'Rora sagen, dass ich sie lieb hab?" Ihre Stimme war süß wie Zuckerrohr.

Mit tränenüberfluteten Augen schüttelte Twitch den Kopf. „Nein. Sag es ihr selbst. Hörst du?"

„Sie war meine beste Freundin auf der ganzen Welt." Ihre Stimme klang so glücklich. Als wäre sie in einer anderen Welt, einer voller Frieden statt des von Drogen und Tumult erfüllten Kerker-Schlachtfelds. „Sag ihr... sie hat mein ganzes Leben ausgemacht."

Damit entspannte sie sich. Ihr Körper hing schlaff in seinen Armen.

Leblos und still.

Quistix warf den Kopf zurück, die Augen weiß vor Wut. Die Elfe explodierte in einem Schrei, entfesselte eine Schockwelle weißglühenden Feuers, das den Kerker überflutete und durch die engen Katakombengänge in Richtung Hadinas Grab schoss. Kaem, Twitch und Ralmeath hatten gerade noch Zeit, sich unter Kisten zu ducken. Twitch presste sich gegen den Rücken der Rüstung der Elfe, als die Hitze seine restlichen Haare versengte.

Es war zu spät.

Der Feuerball prallte mit einem lauten Fauchen gegen die Wand und entzündete die in den Bodenritzen verschüttete Dikeeka sofort.

Mit dem *Rauschen* ihrer schwarzen Flügel katapultierte sich Ceosteol durch das Portal, aus dem sie gekommen war, und entkam knapp der feurigen Explosion. Kaem stürzte auf sie zu, kurzzeitig ohne Angst vor dem Portal ins Unbekannte, doch sie schaffte es nicht rechtzeitig. In einem Sekundenbruchteil verschloss sich das Portal, der Funkenkreis erlosch, und Kaem prallte mit dem Kopf voran gegen die brennende Felswand. Sie sprang zurück, wälzte sich auf dem Steinboden, um sicherzugehen, dass sie nicht in Flammen stand.

„Wir haben sie entkommen lassen!" schrie Quistix, während ein Ausdruck völliger Verwirrung ihr rußverschmiertes Gesicht überzog. Die schwarze Ölspur im Raum entzündete sich zu einem ovalen Feuerring. Der brennbare Stoff verwandelte den Raum im Handumdrehen in ein rauchiges Inferno.

Quistix wedelte mit den Händen in der Luft und schickte einen Wirbelsturm aus schwebendem Eis durch das Feuertal. Ein glasartiger Pfad blieb in seiner Spur zurück, mehrere Meter in der Luft, der rasch über den Flammen darunter schmolz.

„Kommt schon!“ Quistix riss Frok aus Twitch' Händen und sprintete los, preschte über das Eis, wobei ihr Pfad unter ihren Schritten krachte. Sie drängte die anderen, es ihr gleichzutun, während die verbliebenen Infernaler nach ihr schnappten und von unten an der schwebenden Eisstraße kratzten.

Die Flammen kamen näher. Ein Infernal jammerte, ein anderer heulte. Sie waren jetzt mehr verängstigt als wütend. Quistix verspürte einen Stich des Bedauerns angesichts ihres unausweichlichen Schicksals, trotz ihrer widerlichen, untoten Existenz.

Ein großes Stück des Pfades nahe der Tür brach ab und fiel in eine Pfütze der schwarzen Flüssigkeit, bespritzte den letzten karmesinroten Seelenschnitter zwischen ihr und dem Ausgang. Er griff sich an Brust und Gesicht, seine straffe, hagere Haut blähte sich unter der siedend heißen schwarzen Ölschicht. Er stieß einen ohrenbetäubenden Schrei aus, wie sie ihn noch nie zuvor gehört hatten.

Quistix rutschte über den schmelzenden Pfad. Ihre metallenen Stiefelüberzüge klapperten gegen das Eis wie ein galoppierendes Pferd. Sie spürte die Erschütterungen von Ralmeath und den anderen, die ihr dicht auf den Fersen folgten. Mit der Feuersbrunst im Rücken hastete die verletzte Gruppe von Außenseitern weiter durch den Speisesaal, während sie das qualvolle Geheul der Hunde hörten, als die Flammen den Palast überrollten.

BOOM!

Eine Kiste Dikeeka explodierte und erschütterte die Steinböden unter und über ihnen. Riesige Brocken der Decke stürzten herab. Die strukturelle Integrität des Palastes war bereits beschädigt, als Exos' Gemächer zerstört wurden, und das obere Stockwerk folgte nun dem Beispiel, brach ein wie ein tödliches Kartenhaus.

BOOM! BOOM!

Hintereinander folgende Explosionen erschütterten die Luft. Die Hunde hörten auf zu heulen. Kaem humpelte schnell voran und führte sie hinaus. Ralmeath fing einen herabfallenden Deckenbrocken mit dem Rücken ab, der sie fast zu Tode gequetscht hätte, aber sie stemmte die Steinplatte mit aller Kraft von sich und hinkte auf die Eingangstüren zu, die der verstorbene Arias eingeschlagen hatte. Sie rutschten in den Innenhof, wo mehrere Wachen um Arias' verstrickte Leiche herumstanden und sie mit eisernen Blicken musterten.

Und dann geschah etwas Wundersames. Einer kniete vor Quistix und ihren Freunden nieder.

Dann ein weiterer.

Dann alle übrigen.

Sie beugten ehrfurchtsvoll das Knie vor den Rettern ihrer Sache.

BOOM!

Die Wucht der gewaltigsten Explosion ließ das zweite Stockwerk des Schlosses vollständig einstürzen, wobei die angrenzenden Türme wie Bäume in einem Hurrikan nach innen kippten. Die Spitzen auf dem Turm fingen langsam goldenen Flammen, und das Feuer breitete sich an den hängenden Vorhängen und den eingeschlossenen Möbeln aus.

Als Quistix und die anderen sich weiter in den Innenhof schleppten, weg vom Gebäude, hörten sie, wie die Palastfenster zersprangen und zerbarsten und die visuelle Geschichte Destorias in Vergessenheit rissen.

52

„Legt sie hin. Bitte, Frok, halt durch", schluchzte Aurora, als sie sich im Innenhof versammelten. Quistix bettete Frok und Dallys leblose Körper auf einem Grasbüschel ab, das zwischen den Pflastersteinen spross.

Ohne den Blick von Frok zu wenden, stammelte Quistix und rang nach Worten. „Gib mir die... die *Geweihspitze*! Das Geweih, gib es mir!"

Twitch griff in den Rucksack, der über Auroras Schulter hing, und zog ein abgeschnittenes Stück von Auroras abgeschlagenem Geweih hervor. Quistix riss es an sich und schabte es verzweifelt gegen den Stein neben den leblosen Pleoms. Ein feines Pulver rieselte herab und hinterließ eine kleine Menge neongrünen Staubs.

„Sie atmen nicht." Twitch' Augen füllten sich mit Tränen. „Bei den Göttern, *Frok*..."

Quistix fuhr auf. „Sie braucht nur Luft. Geht zurück und lasst sie atmen!" Sie nahm etwas Staub zwischen die Fingerspitzen und tupfte ihn auf Froks schuppige Lippen. Der neongrüne Schimmer lag über dem Maul des Drachen, ohne in die Haut einzudringen. Das Gleiche tat sie bei Dally.

Keiner von beiden regte sich.

Tränen rollten über Auroras pelziges Gesicht.

„Warum funktioniert es nicht?" schrie Quistix. „Kommt schon! Wirkt!" Ihre Stimme überschlug sich vor Verzweiflung.

„Es funktioniert nicht, weil... sie *fort*. Sie sind tot." Auroras Stimme brach. Sie rollte sich zu einem engen Ball zusammen und streckte ihren Hals aus, legte ihren Kopf neben Frok. Stille breitete sich unter ihnen aus. Quistix fürchtete, sie hatte recht.

„Du kannst mich nicht verlassen!" schluchzte Aurora.

Quistix lehnte sich auf die Fersen zurück, der Blick auf Froks leblosen Körper geheftet. „Nein. NEIN! Sie ist nicht weg. Sie braucht mehr." Die Elfe schabte fieberhaft die Geweihspitze auf dem Boden, die Ränder ihrer Rüstung klirrten bei jeder Bewegung. Twitch griff nach ihrem Arm, doch sie riss ihn weg. Sie schrie, sammelte mehr Staub. Sie kippte Froks Unterkiefer herunter und streute ihn hinein. Ihre winzigen Lippen blieben offen.

„Bitte, komm schon!" flehte Quistix. Es fühlte sich an, als würde sie ein weiteres Kind verlieren. Sie hatte Frok während ihres wilden Abenteuers lieben gelernt.

Twitch wandte sich ab, unfähig, die Flut der Tränen in seinen Augen zu kontrollieren.

Quistix starrte lange, hielt den Atem an und wartete, dass die Heilung einsetzte. Froks Stichwunde schloss sich, und die Magierin keuchte. „Sie heilt! Bitte! Komm schon, Frok!"

Twitch und Aurora beobachteten angespannt, doch in Froks winziger Brust regte sich nichts. Er legte die Hand auf ihre Schulterplatte. „Sie sind fort, Q."

„Aber... aber sie *heilte*", murmelte Quistix, die Schultern sackten. Die Hoffnung wich aus ihrem Körper, ersetzt durch seelenzerreißende Qual. Heiße Tränen bahnten sich ihren Weg über ihre rußverschmierten Wangen. Ihre Lippen zitterten. Sie hob Froks winzigen Körper in ihre Hände und drückte sie an ihre Brust. Ein herzzerreißender Schrei entrang sich ihr, der über den Innenhof und die zerklüfteten Klippen zum Golf hinaus hallte.

Ihre Tränen tropften wie warmer Regen in den Staub zwischen den Steinen. Um sie herum spross üppiges Grün, schlängelte sich zwischen den Steinen, bis frisches, grünes Laub die Palastmauern erkletterte. Der Innenhof war üppig bedeckt mit herabhängenden Moosranken und Weinreben, übersät mit leuchtend bunten Trompetenblumen. Aurora und Twitch beobachteten mit tränennassen Augen, wie der steinige Boden vor ihnen sich in eine üppige Oase verwandelte, bedeckt mit blühendem Klee. Die Mauern überzogen sich mit ungestümen Rosen und Efeu.

Twitch wischte sich die Augen und kniete neben Quistix nieder. Er legte einen Arm um sie und zog sie nah. Quistix entzog sich ihm. Mit tiefer Melancholie murmelte sie: „Ich hätte es sein sollen.“

Twitch wischte ihre pflanzensprießenden Tränen weg und zog Quistix an seine Brust. „Deine Zeit ist noch nicht gekommen.“

Aurora stand auf, trat auf Quistix zu und schmiegte ihren Kopf an den Hals der Elfe. So saßen sie in einem einst kargen, gepflegten Innenhof, der durch die Macht der Tränen der Magierin in einen Dschungel verwandelt worden war, und trauerten um den Verlust des unschuldigsten und geliebtesten Mitglieds ihrer erwählten Familie und ihres Geliebten.

53

Der Strand des Glitter Gulf
Randgebiete von Desdemona, Willowdale

Quistix stand über zwei kleinen, aufgeworfenen Erdhügeln auf einem Feld kurz hinter der Farm, wo sie erst vor einem Tag den Plan besprochen hatten. Es lag nahe dem Hafen von Desdemona, mit Blick auf den Glitzergolf, wo die aufgewühlte See nun im flachen Wasser von tausenden biolumineszenten Fischen glitzerte. Ein atemberaubender Anblick, den viele einmal im Jahr aus allen Ecken Destorias bereisten, ein faszinierendes Schauspiel, das man gesehen haben musste, um es zu glauben.

Frok hatte es immer sehen wollen, doch nie die Gelegenheit gehabt.

Nun würde sie es auch nie.

Sie fanden es einen würdigen Ort, um ihren tapferen kleinen Körper zur Ruhe zu betten.

„Sie hätte das geliebt." Eine schwere Last drückte auf Auroras Brust.

Quistix hatte das Gefühl, nicht atmen zu können. Panisch und ängstlich, kreiselnd bei dem Gedanken, eine wie auch immer geartete Rolle beim Tod der Pleoms gespielt zu haben. Wie bei den Verlusten von Danson und Rowland war es ein schweres Gefühl, von dem sie wusste, dass es sie nie verlassen würde, das sich dem Gewicht des Ballasts, den sie bereits trug, hinzufügte.

Leise, schreckliche Schreie von Männern und Frauen hallten über die Wasseroberfläche, vom Wind in ihre Richtung getragen, während Quistix die beiden selbstgemachten Grabmarkierungen am Begräbnisort der winzigen Liebenden in den Boden drückte, die einander am Ende gefunden hatten. Zwei seltsame Wesen einer Art, die tapfer gekämpft und verloren hatten.

Sie weinte um ein kleines rosa Drachenjunges, das die Welt sehen wollte...

Und *estat.*

Twitch' schwankende Stimme brach. *„Sieh."* Er deutete mit einem pelzigen Finger auf den bedrohlichen, schwarzen Rauch, der von der Stelle aufstieg, wo einst der

Rubinpalast stand, und den prächtigen blauen Himmel mit einer giftigen Dikeeka-Wolke verpestete. Das Bauwerk war zu einem verkohlten Trümmerhaufen reduziert, der wie ein verlöschendes Lagerfeuer qualmte. Was einst ein grandioses Schloss war, geführt von Magiern mit Habsucht in ihren Herzen, war nun kaum mehr als ein Steinbruch aus aufgetürmten Steinen und verkohlten Brettern. Beschädigte Relikte einer kranken Zeit in Destorias Geschichte.

Sie blickten schockiert über die kriegsgebeutelte Hauptstadt. Die Insel, für deren Rettung sie gekämpft hatten, steuerte auf einen Bürgerkrieg zu.

Die Geschichte wiederholte sich, wie so oft, und die Ironie war keinem von ihnen entgangen. Quistix starrte auf das Chaos, das sie angerichtet hatten. Die Stadtbewohner waren am Boden zerstört, und die Stadt Desdemona stand erneut in Flammen.

54

Das Verlies des Rubinpalastes
Desdemona, Willowdale

Mit einer Klaue zog Ceosteol einen Kreis an der gegenüberliegenden Wand und legte ihre dürre, abgeflachte Hand in die Mitte. Mühelos floss schwarze Magie aus ihren geübten Bewegungen. Ein Teil der Steinwand wölbte sich wie eine runde, gläserne Tür heraus. Sie trat hindurch und stürzte sich in den verlassenen Innenhof, den die Soldaten evakuiert hatten, gezeichnet von aufsteigendem Rauch und Rußschichten.

Sie hob Arias' leblosen Körper auf und kämpfte sich mit dem toten Gewicht des Akiah in ihren dünnen, vogelähnlichen Armen vorwärts. Sie kehrte zu der Öffnung zurück, aus der sie gerade gekommen war, und schlich sich in den engen Gang im Inneren, die Dunkelheit mit ihren leuchtend grünen Augen erhellend.

Arias' Hals knickte unnatürlich mit der Bewegung, und das Portal schloss sich hinter ihm, als wäre nichts geschehen.

55

Innenhof des Rubinschlosses
Desdemona, Willowdale

Einige Monate später

Das Wetter scherte sich nicht um den Anlass, als der bedeckte Himmel kühle Herbstregentropfen herabsprühte. Der lange vorbereitete Tag war endlich gekommen. Das prächtige Gartenhäuschen war zart mit blühendem Efeu drapiert. Wie eine farbenfrohe Oase in einer Wüste aus Stein und Gras war der neue Innenhof der perfekte Ort für das Spektakel. Das teilweise reparierte Schloss verlieh der Veranstaltung einen hoffnungsvollen Charme. Es war ein

Zeichen dafür, dass die Destorianer sich unter neuer Führung trotz der Umwälzungen wieder aufbauten.

Eine fröhliche, beschwingte Melodie wurde auf einer Laute gezupft. Begleitet wurde sie von den besten Stimmen Willowdales, die sich in atmungsvoller Harmonie vereinten. Wachen hielten eine Menge Schaulustiger vor den verkohlten Schlossgaten in Schach. Einige buhten, andere jubelten. Destorias neueste Royals hatten den erwarteten lauwarmen Empfang von der Republik erhalten.

Alvanak zog die Ärmel seines weißen Amtgewandes hoch, seine ausgetrocknete, ledrige Haut dankbar für die wohltuende Erfrischung des Regens.

Arias war in knallweiße Hochzeitskleidung gehüllt, das feuchte Haar an seine Hörner gepresst, sein Wollanzug von Regentropfen übersät. Er starrte auf die Stelle, an der sein Körper nach Exos' Hinauswurf gelandet war. Er erinnerte sich vage an die Landung, als sein Bewusstsein schwand. Erschreckender war das abrupte Erwachen Stunden später. Das Bild von Ceosteol, die mit einem Lächeln auf ihrem Schnabel über ihm schwebte, quälte ihn mit ständigen Alpträumen.

Er ruckte zurück in die Realität, als Alvanak mit heiserem, dröhnendem Gebrüll rief: „Dieser Sturm zeigt keine Anzeichen des Nachlassens. Darf ich so kühn sein und um die Abdeckung hier bitten? Ich halte schließlich ein unbezahlbares, jahrhundertealtes Buch in Händen!"

Zwei Wachen schoben die Abdeckung über den Ewanian am Podium. Die Chormitglieder spannten sich an, als der Regen auf sie tropfte.

Alvanak zog ein Fläschchen Dikeeka aus den Falten seines Gewandes und hielt es Arias hin. „Für die Nerven?"

Arias schüttelte den Kopf.

„Wie du willst." Alvanak zuckte mit den Schultern und knickte das rote Wachssiegel oben ein. Er kämpfte einen Moment mit dem Korken, bevor er einen Schluck der bitteren schwarzen Flüssigkeit darin nahm und dann mit den Lippen schmatzte. Der Ewanian leckte sein vom Regen bespritztes Auge ab und blinzelte mit seinen durchsichtigen Lidern, um seine Sicht zu klären.

Vervaine stand geduldig unter dem zerbrochenen Torbogen des Rubinschlosses, das Gesicht mit dezenter Schminke versehen, ihre Narben noch sichtbar. Ihr Haar war ordentlich frisiert und mit kleinen weißen Blüten geschmückt. Das Kleid war aus Seide mit einer aufwendigen Spitzenverzierung. Die lange Schleppe musste von drei Wachen getragen werden. Rüschenärmel fielen ihr seitlich herab. Als jemand, der sein Gesicht so lange verborgen hatte, hatte sie sich entschieden, sich an diesem Tag nicht zu verschleiern. Ihre Hände umklammerten einen Strauß weißer, ungestümer Rosen, die sich von ihrer besten Seite zeigten. Der anschwellende Gesang und die Lautenmusik gaben ihr das Zeichen. Sie trat aus dem Torbogen in den kalten Regen hinaus.

Arias strahlte, als er seine stattliche Braut in Elfenbein gewandet sah. Vom jungen, obdachlosen Waisenkind zum baldigen König Destorias – er spürte, wie Stolz die düstere Taubheit in ihm durchdrang.

Vervaine und die drei Wachen betraten die hölzerne Bühne und stellten sich vor den Akiah. Sie legte ihre zitternde Hand in seine.

Die Untersuchung des Todes der Königin war kurz verlaufen. Der Körper war im Feuer zu Asche geworden, zusammen mit Dutzenden anderer Monstrositäten. Die Kontrolle über die Erzählung zu behalten war schwierig, aber notwendig gewesen, damit Vervaine den Thron besteigen konnte. Der Einsturz des Schlosses beendete Exos' Herrschaft und befleckte ihr kurzes Vermächtnis mit dem durchdringenden Gestank von Blutvergießen und Gier. Ihr Tod spaltete die Destorianer. Süchtige, sich in Entzug befindende Dikeeka-Konsumenten übersäten das Land. Diebstahl und Mord wüteten in den Städten, die vom plötzlichen Versorgungsengpass stärker betroffen waren. Einige wollten Vervaine als Sühne für die Verbrechen ihrer Schwester hängen sehen. Andere hielten fest an der

Tradition. Zufrieden mit einem Temperamentswechsel und den fortgesetzten Versprechen voller Geldbeutel entschied der neu gewählte Rat, Vervaine zu wählen, während gleichzeitig stärkere Vetorechte eingeführt wurden.

Alvanak las trocken die *Regeln des ehelichen Verhaltens* vor, ein vergoldeter Foliant, der so schwer war, dass seine Arme vor Erschöpfung zitterten. Er leierte die letzten unverständlichen Direktiven der alten Welt herunter, wurde dann munter, als er das Ende erreichte. „Versprecht ihr feierlich, euer Leben der Wahrung der heiligen Prinzipien Destorias zu widmen?"

„Das tue ich", sagte Vervaine stolz.

„Ich auch", stimmte Arias zu.

„Schwört ihr feierlich, euch dem Fortschritt und der Sicherheit Destorias und seines Volkes zu widmen, unter Androhung der Todesstrafe durch öffentliche Hinrichtung?"

Arias und Vervaine zögerten, von der neuesten Ergänzung des offiziellen Eids überrascht. Sie erschauerte und verbeugte sich vor ihrem Volk, verkündete für alle hörbar: „Das tue ich."

Arias ergriff ihre Hand und verbeugte sich ebenfalls. „Ebenso ich."

Die Menge begann langsam zu klatschen, nicht überzeugt, aber anerkennend für die Darbietung. Alvanak setzte Vervaine eine schwere zeremonielle Krone auf. Die rubinroten Juwelen wirkten im trüben Licht des Regens schwarz. Alvanak versuchte, die Königskrone auf Arias' Kopf zu setzen. Er wollte sie über das gewundene Horn auf seiner Kopfhaut stülpen, seufzte aber und reichte sie stattdessen Arias. „Du kannst... ähm... das später regeln." Er räusperte sich. „Heute geht es nicht nur um euer ewiges Versprechen an euer Volk, sondern auch aneinander. Arias, versprichst du Vervaine Tempest, Königin von Destoria, deine Liebe, Ehre und Hingabe, bis du zur ewigen Ruhe gebettet wirst?"

„Das tue ich."

Alvanak nickte und wandte sich an Vervaine. „Versprichst *du* Arias Brius von Asera und hiermit dem König von Destoria Liebe, Ehre und Hingabe, bis du zur ewigen Ruhe gebettet wirst?"

„Das tue ich."

Alvanak lächelte und blähte seinen rundlichen Bauch stolz auf. „Es ist mir eine große Ehre, als Erster euch beide zu König und Königin Brius von Destoria zu erklären. Mögen eure Herzen für immer loyal bleiben, während eure Liebe in die Ewigkeit übergeht. Ihr dürft nun einander küssen."

Arias fasste Vervaines Halsseite und strich mit dem Daumen über ihr Kinn. Als sich ihre Lippen trafen, wie sie es so oftzuvor getan hatten, fühlte sich diesmal etwas endgültig an.

Als sich die beiden lösten, klappte Alvanak den schweren Folianten zu. Alarmiert von der neonfarbenen Tönung, flüsterte er Arias ins Ohr: *„Hattest du nicht früher rote Augen?"*

Arias antwortete kalt, wie einstudiert: „Nein, sie waren immer grün."

Alvanak kniff misstrauisch die Augen zusammen, schwankte kaum merklich hin und her. „Ich dachte immer, Akiah hätten rote Augen."

„Meine Mutter war keine reinblütige Akiah." In den chaotischen vergangenen Wochen war seine Augenfarbe ein sichtbares Problem gewesen, doch irgendwie war es die geringste von Arias' Sorgen.

„Ach so, natürlich." Alvanak kicherte und wandte sich dann der versammelten Gruppe zu. „Sollen wir nach drinnen gehen, um zu feiern?"

Arias und Vervaine nickten und drehten sich wie gegen ihren eigenen Willen synchron zum Schlossbogen zurück. Die kleine Menge jubelte und klatschte, niemand so laut wie die alte Quichyrd hinten, die ein feines Kleid über ihren grünspitzigen schwarzen Federn trug. Die alte Frau entblößte ihren schrecklichen Schnabel und krächzte Lob, ihre Augen unter dem schwarzen Schleier funkelnd, genau so giftgrün wie die der Neuvermählten.

Mit den untoten Herrschern Destorias vollständig unter ihrer Kontrolle würde es nun interessant werden.

Über die Autorin

Heather Wohl ist eine preisgekrönte Autorin, die auch ein Ölfeldlabor in Casper, Wyoming, leitet. Sie hat schon immer gerne fantastische Geschichten gesponnen. Unter dem Pseudonym Aurora Alba schreibt sie auch Liebesromane und als H. M. Wohl Thriller.

Heather engagiert sich leidenschaftlich für die Unterstützung von Menschen mit chronischen Erkrankungen, die Sensibilisierung für psychische Gesundheit und ist eine Verfechterin von Pitbulls.

Kreaturenlexikon

Aestuo Quichyrd: Eine Mischung aus Vogel und Mensch mit gepanzerten Federn, diese Vogel-Menschen sind kampfbereit. Sie haben klauenartige Hände und einen Schnabel.

Akiah: Oft mit Dämonen verwechselt, eine einst verbotene Spezies, die unter der Herrschaft von Meister Tempest für verschiedene Gräueltaten verantwortlich war. Mit menschlicher Körperform und -merkmalen sind ihre auffälligsten Merkmale die Widderhörner und karminroten Augen.

Azurblaue Wandler: Diese Unterwasserwesen haben das Gesicht und den Oberkörper eines Menschen und einen fischähnlichen Schwanz als Beine. Ihre goldenen Hörner glitzern unter der Oberfläche und locken Beute an den Wasserrand, wo sie angreifen. Weiße Augen und schuppige Haut sind weitere Merkmale der Wandler. Da sie nicht sprechen oder vernünftig kommunizieren können, gehören sie zu den tödlichsten Kreaturen Destorias.

Baiya: Dies sind die dickhäutigen Echsenmenschen, die die Insel nur spärlich bevölkern. Aufgrund des wechselhaften Wetters finden die meisten Baiya das Land unwirtlich, aber einige dickhäutigere Exemplare nennen die Insel Destoria ihr Zuhause. Bedeckt mit kleinen, flexiblen Schuppen machen diese Mischung aus menschlichen/echsenartigen Merkmalen sie mit ihrem schadensresistenten Fleisch zu unbestreitbar begehrten Kriegern.

Barbaren: Größer als Menschen, bekannt für ihre stattliche Statur und muskulöse Statur. Als ideale Kämpfer mit menschlichen Zügen sind diese Charaktere ein Grundpfeiler.

Schwarzäugige Wesen: Schwarzäugige Wesen sind Kreationen Ceosteols. Durchdrungen von ihrer Lebenskraft wirken diese trügerischen Wesen menschlich, obwohl ihre Augen vollständig schwarz sind. Solche Kreaturen können Fangzähne ausfahren und bei Laune bösartig werden.

Bramolt-Bär: Wie ein Eisbär, diese massigen, pelzbedeckten Bären kämpfen mit ihren 7,5 cm langen Krallen und gehen aufrecht. Unfähig, die menschliche

Sprache zu sprechen, sind diese Bären sowohl liebenswert als auch furchterregend.

Crolt: Zweiköpfiger Riese. Kaum in der Lage, durch Türen zu passen, haben diese Kreaturen zwei funktionierende Köpfe, die unabhängig voneinander arbeiten. Ihr gemeinsamer Körper ist massig und muskulös, was diese Riesen zu einer soliden Schutzmacht macht. Allerdings ist ihre Intelligenz nur eine Stufe über der eines Symphs.

Zwerg: Zwerge sind typischerweise einen Meter groß mit rotem Haar. Sowohl Männer als auch Frauen dieser Spezies tragen Bärte. Sie sind typischerweise von störrischer Natur.

Drache: Ein gewaltiges Wesen, das normalerweise nicht mehr in Destoria oder den benachbarten Inseln anzutreffen ist. Bis zur Ausrottung gejagt, halten sich die wenigen verbliebenen Exemplare geschickt im Schatten oder in der Wildnis verborgen, bis sie gerufen werden. Sie können meist in ihrer eigenen Sprache sprechen, sind aber in der Lage, jede gehörte Sprache zu erlernen und zu praktizieren. Mit geschuppten Körpern und ledrigen Stacheln, die wie eine Löwenmähne aus ihrem Gesicht ragen, sind Drachen ruhige, vernünftige Geschöpfe, die dazu neigen, sich an einen Besitzer zu binden und ihn mit feuriger Magie, Krallen und einem breiten Schwanz, der mit einem Schlag ein Haus zum Einsturz bringen kann, erbittert zu beschützen. Drachen sind jedoch nicht ausschließlich an Land oder im Himmel beheimatet. Es gibt auch Unterwasserdrachen, die sich leicht im Aussehen unterscheiden.

Druide: Ein Volk, das die Fähigkeit zur Gestaltwandlung besitzt. Diese magische Klasse kann sich nur vorübergehend in jedes Lebewesen verwandeln, mit dem sie persönlich interagiert haben. Wie ein Muskel kann diese Fähigkeit durch Training gestärkt werden, wodurch die mögliche Dauer der Verwandlung verlängert wird, während weniger Ausdauer verbraucht wird, obwohl selbst erfahrene Druiden völlig erschöpfen und das Bewusstsein verlieren können. Diese Fähigkeit erholt sich durch Ruhe.

Eaflic: Eine Mischung aus Flusspferd und Mensch. Mit grauer Haut und einer massiven Schnauze sind diese Wesen friedlich, bis sie bedroht werden. Mit runden Ohren und einem peitschenden Schwanz sind diese Kreaturen unbestreitbar liebenswert.

Elf: Elfen haben menschliche Züge, aber typischerweise einen gelblichen Hautton und spitze Ohren. Als Meister der Magie gehören Elfen meist der Oberschicht an.

Esteg: Denkende Hirsche. Estegs sind leidenschaftliche Leser und intelligent. Sie können sprechen und gesprochene sowie geschriebene Worte verstehen. Ihre ungewöhnlichen Geweihe (die sowohl Männchen als auch Weibchen tragen) sind neongrün und besitzen Heilkräfte. Sie werden oft wegen ihrer Geweihe gewildert.

Ewaner: Froschmenschen. Diese Wesen sind eine Mischung aus Mensch und Frosch. Mit glatter, grüner Haut und einer klebrigen Zunge laufen und reden sie wie Menschen. Wenn sie erschreckt werden, reagieren sie mit Ohnmacht und lassen als biologisch programmierten Abwehrmechanismus Gase frei.

Frumlan: Denkende Wolf-Vogel-Hybride. Größere Versionen von Symphs. Mit einem wolfsähnlichen Gesicht und gefiedertem Fell am Körper und an den Flügeln können diese Wesen mühelos laufen, sprechen und fliegen.

Kobold: Wesen von geringer Statur (durchschnittlich etwa 75 cm groß) mit großen Nasen. Listig, schlau und oft zurückgezogen. Ihre Vorliebe für Gold hält sie davon ab, sich völlig zu verstecken.

Grindylow: Sie haben ein langes Gesicht mit Reihen hechtähnlicher Zähne und Augen ähnlich einem Alligator. Ihre dünnen menschlichen Körper sind oft blass, mit Schwimmhäuten an den Extremitäten, die schnelle, fließende Bewegungen ermöglichen. Sie haben gewundene, ibexartige Hörner auf dem Kopf und lange Krallen, um Beute zu zerreißen. Grindylows werden genutzt, um Schiffe an windstillen Tagen zu ziehen – Arbeitstiere, die man am besten nie zu Gesicht bekommt.

Halb-Elf: Mischlinge aus Mensch und Elf mit oft stumpfen Ohrspitzen. Mit leicht gelblichem Hautton ist es reine Glückssache, ob sie magische Fähigkeiten von ihrer elfischen Seite erben.

Mensch: Mit unterschiedlichen Hauttönen und einer durchschnittlichen Größe von 1,73 m ist ihre größte Gabe ihre Leidenschaft und Liebesfähigkeit.

Inelm: Diese Waldwesen leben in Wirtsbaumstämmen und lösen sich bei Gefahr oder Respektlosigkeit von ihnen. Sie sind stolz und kommunizieren über ein Wurzelnetzwerk unter der Erde.

Kleax: Löwen-Mensch-Hybride. Diese Kreaturen sind bekannt für ihre langen Mähnen, peitschenden Schwänze und unberechenbare Laune. Fell bedeckt sie, und lange Krallen machen sie zu gefürchteten Kämpfern.

Landigo: Leoparden-Mensch-Hybride. Ausgestattet mit einem anmutigen Schwanz, Leopardengesicht und fellbedeckten Körpern sind diese gefleckten Wesen für ihre schnelle Zornesausbrüche bekannt.

Ork: Mit Haut in verschiedenen Grüntönen sind Orks muskelbepackte Raufbolde mit einem Ruf als starke, furchtlose Krieger. Sie haben dicke untere Schneidezähne, die über die Lippe ragen.

Pleom: Miniaturdrachen. Pleoms sind kleine Drachen, die durchschnittlich 8 Jahre alt werden. Ihre schuppige Haut gibt es in verschiedenen Farben, und ihre winzigen Krallen eignen sich zum Dietrichöffnen, was sie zum idealen Begleiter für Diebe macht. Pleoms verbringen ihre Zeit meist lieber mit Estegs, die sie nach ihren tollpatschigen Abenteuern heilen können.

Quichyrd: Ein Vogel-Mensch-Hybrid. Diese Wesen haben ein unterschiedliches Aussehen, aber immer mit einem Schnabel, Federn und krallenbewehrten Händen. Sie gehen aufrecht, sind meist magisch begabt und werden oft verachtet.

Raakaby: Kaninchen-Vogel-Hybride, die für Fleisch gezüchtet werden. Diese niedlichen, giftigen Kreaturen produzieren einen halluzinogenen Speichel, der in Dikeeka verwendet wird. Mehr als ein Biss ist tödlich.

Semdrog: Echsen-Mensch-Hybrid. Diese Echsenmenschen haben Hautlappen auf dem Kopf und Schuppen. Ihre Augen haben schlitzförmige Pupillen, ansonsten besitzen sie menschliche Züge.

Symph: Ein kleiner Wolf-Vogel-Hybrid. Diese farbenfrohen Kreaturen haben ein wolfsähnliches Gesicht mit einer Schnauze, ausgestattet mit Flügeln und Pfoten. Sie sind klein genug, um in der Hand zu landen, und heulen anstatt zu zwitschern.

Geschwänzte Infernaler: Eine von Ceosteol erschaffene Abscheulichkeit – diese zombifizierten Kreaturen bestehen aus zwei grob zusammengenähten Wölfen mit einem Schlangenschwanz. Gefährlich und verfallend können sie durch Ceosteols Seelenband (das sie mit all ihren untoten Gräueltaten teilt) gelehrt und kontrolliert werden.

Tundra-Kobolde: Diese schneeweißen Wesen sind gewalttätig und suchen Wärme in der erbarmungslosen Kälte von Evolt. Sie töten und graben sich in ihre Beute ein. Ihr Fell ist äußerst begehrt und wertvoll. Mit langen Fangzähnen, die über die Unterlippe ragen, sind diese Kreaturen die perfekte Mischung aus niedlich und tödlich.

Untote: Wiederbelebte Leichen. Untote Varianten jeder Kreatur, wobei Menschen besonders anfällig sind. Eine Schöpfung von Schwarzmagie-Anwendern, einer streng verbotenen Magie, die nur von ruchlosen Magiern genutzt wird.

Wasserdrache: Eindrucksvoll wie ihre landlebenden Verwandten leben diese reptilienartigen Wesen fast ausschließlich unter Wasser. Mit einem muskulösen Körper, Schuppen, einer schmalen Schnauze, Rückenstacheln und einem langen Schwanz gleiten sie mit atemberaubender Geschwindigkeit durch große Gewässer. Wasserdrachen fügen normalerweise nur Schaden zu, wenn sie bedroht oder ausgehungert sind.

Zauberer: Praktiker der Magie, die die Elemente kontrollieren können. Diese hochkompetenten Magier konzentrieren sich meist auf experimentellere Magie.

Wyl: Bekannt für Diebstahl und überlegene Liebeskünste. Während die meisten Wyls ihre Zeit auf *der Wyl-Insel*verbringen, betrügen, lügen und stehlen andere sich durch den Rest von Destoria. Sie kommen in verschiedenen Farben. Ihr markantes Gesicht und die spitzen Ohren machen sie leicht erkennbar.

AUSGABE IN DEUTSCHER ÜBERSETZUNG

DIE UNTOTE KÖNIGIN

BAND DREI DER ILLUMINATOR SAGA

HEATHER WOHL

DIE VORBOTEN DER HOFFNUNG

BUCH VIER DER ILLUMINATOR-SAGA

HEATHER WOHL

VERMÄCHTNIS

BUCH FÜNF DER ILLUMINATOR-SAGA

HEATHER WOHL

Ausgabe in Deutscher Übersetzung

Dienstmädchen im Himmel

Band Eins der Man-Maid-Reihe

AURORA ALBA

Dienstmädchen in Amerika

Band Zwei der Man-Maid-Reihe

AURORA ALBA

DAS STARRE GRINSEN

ANDERE GESCHICHTEN DES WAHNSINNS

ERICA SUMMERS

SICH WINDEN

EINE HORRORGESCHICHTE

ERICA SUMMERS

&

H. M. WOHL

DEUTSCHE ÜBERSETZUNG AUSGABES